dtv

Die Häuser, von denen hier erzählt wird, stehen in den neuen und in den alten Bundesländern, auch in Österreich. Die Menschen, die sie bewohnen, sind zum Beispiel ein Rechtsanwalt, der sich auf seine Weise am Aufschwung Ost beteiligt. Ein geschaßter Prokurist, der nach fünfunddreißig Jahren Dienst für eine Familienfirma einer Kabale der Eigentümer zum Opfer fällt. Ein Philosoph, dessen private Gedankenwelt keineswegs seiner akademischen entspricht. Eine Frau, die sich die Vergangenheit anderer Frauen zulegt, weil sie keine eigene haben will ... Ernst-Wilhelm Händler erzählt eine Geschichte aus elf Geschichten, von denen jede in eine andere konkrete Welt entführt – auch in eine ferne Zukunft, in der es keine Individuen mehr gibt.

Ernst-Wilhelm Händler wurde 1953 in München geboren, studierte Philosophie und Wirtschaftswissenschaften und lebt als Geschäftsführer eines mittelständischen Unternehmens in Regensburg. ›Stadt mit Häusern‹ war 1995 sein vielbeachtetes literarisches Debüt, dem die Romane ›Kongreß‹ (1996), ›Fall‹ (1997), ›Sturm‹ (1999) und ›Wenn wir sterben‹ (2002) folgten. 1999 erhielt Händler den Erik-Reger-Preis des Landes Rheinland-Pfalz.

Ernst-Wilhelm Händler

Stadt mit Häusern

Deutscher Taschenbuch Verlag

Von Ernst-Wilhelm Händler
sind im Deutschen Taschenbuch Verlag erschienen:
Kongreß (12586)
Fall (12731)
Sturm (13163)

Ungekürzte Ausgabe
September 2004
Deutscher Taschenbuch Verlag GmbH & Co. KG,
München
www.dtv.de

Umschlagkonzept: Balk & Brumshagen
Umschlagbild: ›Gehirn/Stadtplan‹ von Arnulf Rainer
Satz: Fotosatz Reinhard Amann, Aichstetten
Druck und Bindung: Druckerei C. H. Beck, Nördlingen
Gedruckt auf säurefreiem, chlorfrei gebleichtem Papier
Printed in Germany · ISBN 3-423-13238-8

Alle machen immer den Fehler, daß sie zuviel Kleider auf die Reise mitnehmen und sich beinahe zutode schleppen und am Ende immer nur das gleiche anziehen am Ort, wenn sie einigermaßen vernünftig sind.

Thomas Bernhard, Beton

Inhalt

Werden sie frech oder kriechen sie? Obwohl sonst Hunger derjenige ist, der vernünftig mit den Mandanten umgeht, während Lack sie behandelt, als wären sie die Kontrahenten: Ich kann mir vorstellen, daß Hunger brüllt und Lack winselt. Zu mir war Lack immer scheißfreundlich, mir gegenüber hat er den Professor und den Parteisekretär nie heraushängen lassen. Wenn Hunger ausfallend wird und Lack hoch und heilig schwört, er wird es nie wieder tun – dann bleibt mir womöglich nichts anderes übrig, als es noch einmal mit Lack zu versuchen. Ich tue, als glaube ich ihm, ich gebe ihm noch einmal eine Chance. Wenn er mir nicht so zuwider wäre. Hunger ist mir immer meilenweit sympathischer gewesen. Aber Lack hat die Verbindungen. Der einzig Anständige ist Hunger, der Bruder. Er hat mich vor seiner Schwägerin gewarnt, vor dem Miststück, ich habe es als Empfehlung genommen. Hunger, der Bruder, war wirklich dagegen. Er war Entwicklungsleiter eines Kombinats, eine Firma, die dort Kühlaggregate bezog, wollte ihn unbedingt bei ihren Tests dabeihaben, ich gab mir die größte Mühe, eine Ausreisegenehmigung für ihn zu bekommen, es ging nicht um alles in der Welt. Jetzt nehme ich nur noch Mandate an, die in Zusammenhang mit Immobilien stehen. Geld verdienen kann man nur mit Immobilien. Nicht mit der Beratung von Klitschen. Der Hungersche Bungalow war Amerika. Oder was sie dafür hielten. Er hatte sogar ein Schwimmbad geplant, das traute er sich dann doch nicht, weil allgemein bekannt war, daß er dagegen war. Alle hätten gedacht, er sei ein Spion. Von außen machte der Hungersche Bungalow was her. Aber innen. Im Bad an jeder Wand andere Kacheln. In jedem Raum ein anderer Bodenbelag. Plaste, Parkett, Teppichboden, Naturstein. Und die Vorhänge. Gelbe, braune, orangefarbene Vorhänge. Mir flimmern die Augen, wenn ich nur daran denke. An die Möbel erinnere ich mich überhaupt nicht mehr. Vielleicht war das der Zweck der Farbgebung. Ich will mich nicht beschweren, es war sehr lustig bei Hunger. Ich hatte Karin ein ständiges Visum besorgt. War damals etwas ungeheuer Exklusives. Die anderen flogen nach Paris und Mauritius, wir fuhren hinter den Eisernen Vorhang. Erst hörten wir uns die Hungerschen Stories an. Wie er mit einem Freund in eine Gaststätte gegangen und nicht bedient worden sei, und wie sie sich auf bayerisch beschwert hätten. Man habe ihnen die Bayern abgenommen. Das Bier sei kalt und der Salat frisch gewesen, die Kellner hätten sich überschlagen. Wir lachten sehr, ich bat ihn – so viel Feingefühl eignet mir nicht immer – nicht um eine Kostprobe seines Bayerischen. Ich kann mir vorstellen, wie es klingt, wenn er Bayerisch spricht. Ich kann mir beim besten Willen nicht vorstellen, daß irgend jemand darauf hereinfällt. Selbst wenn er noch nie in seinem Leben einen Bayern gehört hat. Das Ganze spielte allerdings im Tal der Ahnungslosen. Danach hüpfte ich mit Karin in die eiskalten Betten. Die Betten waren noch greller als die Vorhänge, es hatte seinen Reiz, Karin konnte sich nicht beschweren, ich mich auch nicht. Hunger war eigentlich Flugzeugingenieur. Nur gab es keine Flugzeugindustrie mehr. Hätte es eine Flugzeugindustrie gegeben, wären immer dann, wenn ein Flugzeug fertig geworden wäre, alle damit abgehauen, die es gebaut hatten. Es würde gedauert haben, bis die Zurückgebliebenen gelernt hätten, wie man ein Flugzeug baut, doch sie hätten es gelernt, wenn das nächste fertig geworden wäre, wären wieder alle damit abgehauen, und so fort. Hunger wäre für sein Leben gern zur Interflug gegangen, er durfte nicht einmal in die Nähe eines Flugfelds. Es gab einen Freund, der hatte ein altes Flugzeug in einem Schuppen, der Freund war in der Partei, aber nicht vom Fach, sie wollten raus, Hunger kümmerte sich um die Technik, es war noch nicht soweit, sie sind dann nicht ausgeflogen, sondern aufgeflogen, er bekam einen Vermerk, daß er unter keinen Umständen ausreisen durfte. Mit der Technik sind sie immer noch nicht soweit. So was wie eben habe ich noch nirgendwo erlebt. Die Gangway wird an den geöffneten Flugzeugausgang herangefahren. Das Bodenpersonal will die Gangway justieren, es lassen sich jedoch weder die Hebel mit den dicken schwarzen Kugeln betätigen, noch rührt sich die Gangway. Was macht das Bodenpersonal. Es nimmt einen Hammer und haut auf die Hebel drauf, daß ihm die Plastetrümmer um die Ohren spritzen. Diese geduckten, verletzten Menschen. Dazu mußte ich noch die Belehrung eines älteren Mitreisenden über mich ergehen lassen, weil ich am Flugzeugausgang gedrängelt hatte. Völlig umsonst, sie brauchten ewig, bis sie eine Gangway fanden, die funktionierte. Ich gab dem Opa, der mich zurechtgewiesen hatte, eine pampige Antwort. Darauf fragte er mich ganz freundlich, ob ich verheiratet sei. Und wie verheiratet ich bin, davon können viele ein Lied singen. Das hätte er nicht gedacht. Sein Vater habe ihn gelehrt, in der Ruhe liege die Kraft. Ich sagte, mein Vater habe mir andere Theorien beigebracht. Sich regen bringt Segen. Er sagte, er überlege immer sehr genau und sehr lange, bevor er sich rege. Er sei nämlich Beamter. Er hatte die Lacher auf seiner Seite und seinen Chauffeur dabei, der ihm Mantel und Aktentasche trug, der Chauffeur band sich die gleichen

Krawatten von C&A um wie sein Dienstherr und sah ihm ähnlich wie sein Bruder. Darauf bewegte ich mich ausnahmsweise gemessenen Schrittes zum Schalter der Autovermietung. Mit dem Ergebnis, es waren drei Mitpassagiere vor mir da, ich mußte fast zwanzig Minuten warten und sollte auch noch einen Wagen ohne Telefon bekommen. Ohne Telefon ist man hier verloren. Ich wurde schnell wieder pampig, sogar sehr pampig, und auf einmal war doch ein Wagen mit Telefon verfügbar. Ohne Drängeln und Meckern geht eben nichts. Wenn ich in Begleitung bin, drängle und meckere ich nicht. Es sei denn, die Begleitung ist meine Frau. Meine Frau genießt das Privileg, mich so zu erleben, wie ich wirklich bin. Was ich ihr auch immer sage. Den anderen sage ich, daß ich nur ihnen die Wahrheit sage und meiner Frau nicht. Jede hat ihre Privilegien. Ich stehe jetzt eine Stunde auf der Autobahn und bin keinen Meter vorangekommen. Die übliche Baustelle und der übliche Unfall. Wäre ich nur über die Landstraße gefahren. Das Telefon geht auch nicht, alle Kanäle sind belegt. Ich kann nicht einmal den Besichtigungstermin absagen. Ich habe Zeit im Überfluß, um mir zu überlegen, was ich mit Hunger und Lack mache. Ich muß etwas machen, ich bin im Wort. Als Lack mir erzählte, um die Ecke macht ein Anwalt neu auf, konnte er nicht wissen, es ist ein Studienfreund von mir. Übermäßig erfolgreich kann er nicht gewesen sein, sonst wäre er nicht hier um die Ecke gelandet. Ich brauche jemand, auf den ich mich verlassen kann. Ich komme immer weniger dazu, Anwalt zu spielen. Meine Verwaltungsfirma verwaltet über zehntausend Wohnungen. Leider nur Plattenbauten, die Altbauten lassen sie den örtlichen Verwaltungsfirmen, damit die auf die Beine kommen. Womit ich wieder bei Lack bin. Er war mir immer schon so zuwider.

Aber er hat erstklassige Beziehungen zum Amt für Vermögensansprüche. Er weiß, welches Haus wann an wen zurückgegeben wird, und ich verwalte beziehungsweise verkaufe es dann. Oder ich kaufe es selbst und verkaufe es mit Gewinn. Verwalten, makeln, handeln – eine von meinen Firmen schlägt immer zu. Am Anfang war es einfach, da hatten die recycelten Eigentümer Angst, daß jede Menge Häuser auf den Markt geworfen würden. Alle wollten schnell verkaufen, ehe der große Schwung kam. Doch der kam nicht. Es ist fast nichts auf dem Markt. Was angeboten wird, ist zu fünfundneunzig Prozent Schrott, katastrophaler Zustand, katastrophale Lagen. Man kann den Arm bis zum Ellbogen ins Mauerwerk stecken, und abends ist vor dem Haus Gebrauchtwagenmarkt. Dabei werden für den Schrott Preise verlangt – eine solche Geldgier wie hier habe ich überhaupt noch nie erlebt. Die Leute würden sich lieber ein Bein abhacken lassen, als ihre Immobilie zu billig zu verkaufen. Viele verkaufen nicht, obwohl sie am Hungertuch nagen, weil sie der Überzeugung sind, die Preise steigen weiter und sie kriegen noch viel mehr für ihre Bude. Mit welchem Einsatz um die letzte Mark gefeilscht wird, wie unverschämt die Leute werden, wenn der Kaufpreis nicht sofort überwiesen wird, sie rennen wegen drei Tagen Überziehung zum Rechtsanwalt und machen Überziehungszinsen geltend – vorbildlich. Wo sie das nur herhaben. In der Schule können sie es nicht gelernt haben. Lack oder Lack ab, das ist hier die Frage. Wenn er nicht buckelt. Eigentlich wäre es mir lieber, wenn er unverschämt wird. Dumm sind sie auch noch. Es war von vornherein klar, sie würden das eine oder andere Objekt an mir vorbeiziehen. Ist nie zu vermeiden. Sie sind so dreist, meine Post abzufangen – meine Frau hat mich gewarnt. Sie traut Lack alles zu. Ich höre grundsätzlich nicht auf meine Frau. Sehr geehrter Herr Doktor, ich habe von einer lieben Tante drei Millionen geerbt und möchte sie gern steuerbegünstigt in Immobilien anlegen. Das Einschreiben war von mir, Lack, und du hast mir zurückgeschrieben: Sehr geehrte Dame, im Auftrag des Herrn Doktor biete ich Ihnen folgende Objekte an. Beiliegend Exposés von Häusern, von denen ich noch nie etwas gesehen oder gehört habe. Dafür wirst du mir büßen, Lack. Wie lange geht das schon so. Eine Unverfrorenheit. Wenn sie meine Post kassieren, müssen sie damit rechnen, daß Bekannte dabei sind, die sich persönlich mit mir in Verbindung setzen. Er wird mir weismachen wollen, er habe in meinem Namen geschrieben, er sei nur noch nicht dazu gekommen, mir etwas zu sagen. Meine Maklerfirma bietet keine Häuser an, von denen ich noch nie etwas gesehen oder gehört habe. Wenn ich ihn rausschmeiße, ist natürlich Schluß mit den Tips vom Amt für Vermögensansprüche. Dafür kenne ich mittlerweile den Zweiten Bürgermeister. Der kann nicht nur Tips geben, der kann auch Anweisungen geben. Ich brauche Lack nicht unbedingt. Lack braucht mich. Was macht er ohne meinen Namen, ohne meine Mandanten. Ich kenne die Leute, die die Häuser wollen. Er kennt niemanden. Er kann nicht verkaufen. Ich weiß nicht, wie sie sich das vorstellen, ohne mich. Sie denken einfach, ich komme ihnen nicht auf die Schliche. Ich weiß allerdings nicht, wie konkret ich mit dem Zweiten Bürgermeister werden kann. Hunger war in der Liste aufgeführt. Hunger war bei der Firma, und Lack war nicht bei der Firma. Es ist nicht möglich. Lack muß auch bei der Firma gewesen sein. Er hat es irgendwie geschafft, seine Spuren zu verwischen. Wenn ich daran denke, wie er wohnt. Villa im Waldstraßenviertel. Es war nie aus ihm herauszubekommen, wem die Villa tatsächlich gehört. Wenn er schon drin wohnt, er wird dafür sorgen, daß sie ihm gehört. Außen im üblichen Zustand, innen ebenfalls, dabei alles sehr kunstsinnig. Eine Bibliothek und ein Musikzimmer mit Flügel. Er hat immer einen Kunst- oder Musikstudenten als Untermieter. Ansonsten die Zimmer zwanzig Jahre nicht gestrichen, unter jedem zweiten Heizkörper eine Schüssel für das tropfende Wasser – wenn ihm die Villa noch nicht gehört, was hat der arme Mann alles an Material und Arbeit hineingesteckt, um sie zu erhalten. Sonst ist er natürlich modernst ausgerüstet: Riesenfernseher, Videorecorder, Camcorder, Mikrowelle, BMW und ein Rasenmäher zum Draufsitzen. Die Frau hat jede Menge Diamanten. Ich hätte wirklich nicht gedacht, daß Hunger bei der Firma war. Er hat seinen Bruder hingehängt. Oder er hat seinem Bruder geholfen, nachdem sie ihn mit dem Flugzeug erwischt hatten. Man kann es nicht auseinanderhalten. Bis jetzt habe ich nur Lack in flagranti ertappt und Hunger nicht, beziehungsweise seine Frau nicht, die früher bei der Gebäudewirtschaft war. Vielleicht kommen die besseren Tips von Hungers Frau. Ich behalte Hunger und werfe Lack raus. Dann werde ich sehen. Ewig kann man sowieso nicht handeln. Noch zwei, drei Jahre, die Preise für die Häuser können schließlich nicht immer weiter steigen. Danach läuft nur noch das Aufteilungsgeschäft. Ich weiß, warum ich Lack loswerden will. Wegen der Sache mit Christine. Nein, es war Uschi. Ich hatte den ganzen Tag überhaupt nichts gegessen und abends ein Bier nach dem anderen getrunken. Lack war auch nicht mehr nüchtern. Jedenfalls habe ich dann mit Uschi rumgeknutscht, vor Lacks Augen. Ich habe ihr sogar unter den Rock gegriffen. Ich kann zu meiner Entschuldigung nur sagen, ich war vorher eine Woche mit Frau und Kindern auf den Kanarischen Inseln und hatte noch keine Gelegenheit gehabt, allein mit Uschi zu sprechen. Meine Frau kennt mich. Aber das tut man nicht, in aller Öffentlichkeit. Wäre mir äußerst peinlich, wenn ihr jemand was erzählen würde. Ich muß dafür büßen. Ich muß mit Birgit über Literatur diskutieren. Hätte nie gedacht, daß ich an eine Germanistikstudentin geraten würde, wo ich doch auf BWL- und Jura-Studentinnen abonniert bin. Zu was nimmt man sonst einen Lehrauftrag an der Universität an. Sie wollte ihrem Vater, er ist ein hohes Tier bei der Versicherungskammer, einen Gefallen tun und sich eine Jura-Vorlesung anhören. Da sie von ihm drei Eigentumswohnungen geschenkt bekam, suchte sie sich Mietrecht aus. Eine gute Wahl, gelobt sei der Vater. Es ist anstrengend, über Literatur zu diskutieren, doch es ist viel besser, als über meine Frau zu diskutieren. Birgit ist die erste, die nicht dauernd meckert, daß ich verheiratet bin. Ich bin richtig verliebt in Birgit. Den Vater habe ich noch nie gesehen, die Mutter sagt nichts, und die Schwester spielt Chopin für mich. Seit ich sie kenne, habe ich mit dem Abnehmen Ernst gemacht. Ich esse abends grundsätzlich nichts mehr, und ich trinke auch kein Bier mehr. Ich habe schon über sieben Kilo abgenommen, ich fühle mich viel wohler. Ich war durchaus verwundert, daß eine Germanistikstudentin etwas von mir will. Obwohl, ich bin auch Autor. Ich habe sogar Auflagen. An meinen Mietrechts- und Scheidungsratgebern kann es trotzdem nicht gelegen haben. Wahrscheinlich sind ihr die Germanistikstudenten zu hohlwangig. Sie hat echt was los im Bett. Sie legt nie die übliche Platte auf: Ich bin so verliebt in dich, ich will mit dir zusammenleben, ich will ein Kind von dir, ich will dich heiraten. Ich bin schon verheiratet. Ich ertrage es nicht, wenn du bei deiner Frau bist. Dann eben nicht. Sie meckert so wenig über meine Frau, es könnte einen fast mißtrauisch machen. Vielleicht hat sie doch noch einen ausgemergelten Germanistenfuzzi nebenbei. Ein Ansatz von Eifersucht. Bei mir. Man sieht, nichts ist unmöglich. Wer in diese Stadt gehe, habe entweder einmalige Transaktionen zu regeln, das heiße, er komme, zähle sein Geld und verschwinde wieder, oder er sei ein Voyeur, den es befriedige, durch Verkommenheitsstraßen mit Verkommenheitsbildern und Verfallsfiguren und Endzuständen und Verlorenheitsperspektiven und brüchigen Wänden und bröckelnden Fassaden etc. zu gehen. Verzweiflung und Poesie, Hauptpreis. Subvention und Abdruck im Spiegel. Vielleicht hat ihr der Germanistenfuzzi gesagt, sie soll mit mir über den Text diskutieren. Eine raffinierte Revanche. Der Preisträger hat noch nie ein Haus besessen, geschweige denn eins verkauft. Wenn das so schnell ginge, müßte ich nicht jede Woche herkommen. Gehen. Um mich mit Lack und Hunger herumzuärgern. Die mein Geld zählen, und es ist nicht meins. Hinter allem steckt die Frau von Hunger. Das dicke Miststück. Immer in Schwarz gekleidet, weil das am besten zu ihrem Oberlippenbart paßt – von Schatten kann man wirklich nicht mehr sprechen –, immer mit dicken Goldketten behängt. Sie weiß alles über Lack. Und nicht nur über ihn. Ich kann ihr nichts nachweisen, ich bin trotzdem überzeugt, sie hat ständig Häuser hinter meinem Rücken gedreht. Vielleicht wurde Lack unvorsichtig, weil er sah, wie viele es waren. Hunger, der Ingenieur, der dagegen war, wohnte im Komfort-Bungalow, Hunger, der Mitarbeiter, in einer Plattenwohnung. Es gibt nur zwei Möglichkeiten, wie man der Macht begegnet. Entweder man ist immer gegen alles und jeden, oder man ist meistens dafür und nur nach

Möglichkeit dagegen. Solange es nicht kracht, bewirken die ersten überhaupt nichts, während die zweiten das Leben erträglich machen. Wenn jemand eine Veränderung herbeiführt, dann nicht die, die gegen alles sind, schon deswegen nicht, weil sie nicht lange gegen alles sind, sie waren sehr schnell in Bautzen unter sich, und wenn sie nicht in Bautzen waren, dann waren sie nicht gegen alles. Wenn's kracht, sind auf einmal die, die immer gegen alles und jeden waren, die ganz großen Leute. Wie Hunger, der Bruder. Der ist jetzt Geschäftsführer bei einer Treuhandfirma. Die lediglich nach Möglichkeit dagegen waren, sind die Mitmacher gewesen. Die gegen alles und jeden waren, konnten vor dem großen Umschwung niemandem helfen. Wer den großen Umschwung nicht mehr erlebte, wer schon vorher abtrat, was hatte der von denen, die gegen alles und jeden waren. Hunger, der Ingenieur, und Hunger, der Mitarbeiter, zusammen ging das sehr gut. Es war die perfekte Arbeitsteilung für den Fall, daß es ein Danach geben würde, und es hat ein Danach gegeben. Seit ich Birgit kenne, werde ich noch zum Denker. Ich behalte Lack und werfe Hunger raus. Wenn schon in der Zeitung steht, daß Hunger bei der Firma war, dann kann ich ihn meinen Mandanten nicht mehr zumuten. Ich bin das eklige Miststück los und auch den Schnapsgeruch ab vier in der Kanzlei. Mit dem Bruder habe ich sowieso nichts mehr zu tun, und Lack und seine Beziehungen zum Amt für Vermögensansprüche bleiben mir erhalten. Hunger wird toben, das mit der Liste in der Zeitung war schon vor einem Vierteljahr und keiner hat was gesagt. Hat auch wirklich keiner was gesagt, erst letzte Woche. Wenn Hunger und Frau merken, es ist mir Ernst, sie rauszuschmeißen, werden sie Lack mit Dreck bewerfen. Sie werden mir das erzählen, was ich immer schon wissen wollte, mich aber nie zu fragen getraute. Ob ich danach Lack noch behalten kann. Am einfachsten wäre es, ich schmeiße die gesamte Bagage raus. Was ich eigentlich schon zugesagt habe. Da war ich allerdings in der ersten Erregung über Lacks Antwortbrief auf mein Einschreiben. Ich sollte mit Birgit darüber diskutieren, wen ich rauswerfe. Nicht über den Text. Ein Porträt der literarischen Art. Natürlich verfallen die Häuser, und die Wohnungen verfallen dann auch, aber nicht, bis die Menschen endgültig verschwunden sind, damit die je unsichtbar bleibenden Besitzer auf dem Boden des Eingeäscherten für andere etwas anderes errichten können – bin ich vielleicht unsichtbar. Wenn alle weg sind, gibt es nichts mehr zu verdienen. Für niemanden, auch nicht für jemanden aus dem Spessart. Geld wird mit der Masse Mensch gemacht. Wenn es immer weniger werden, werden alle immer ärmer. Das schlägt erst um, wenn man ganz allein auf der Welt ist. Dann ist man wirklich reich, und zwar viel reicher, als man es je mit anderen werden kann. Nur gibt es niemanden mehr, dem man seinen Bauernhof mit Konferenzsaal zeigen kann. Dann ist es ziemlich gleich, ob man reich oder arm ist. Wenn die Menschen entsorgt sind, kauft niemand mehr Coca-Cola und Levi's und Marlboro. Man kann die Leute nicht entsorgen, und wenn alle weg sind, fängt man völlig neu an. Man muß die Leute päppeln, auch wenn's noch so schwerfällt. Ich mache so weiter und belobige Hunger und Lack noch dafür, daß sie mich beschissen haben. Die Häuser verfallen seit fünfzig Jahren, seit zweieinhalb Jahren werden sie hergerichtet. Wenn du dich in deiner Wohnung schmutzig machst, und wenn sich das Ungeziefer dort in den Winkeln, Ritzen und Nischen festgesetzt hat: Du bist eben ein Saubär, mein Freund. Was kann denn der Hauseigentümer dafür, ganz gleich, wer das ist, wenn der Mieter nie saubermacht. Die Deutschen und die Reinlichkeit. Ich besichtige viele Wohnungen. Immer das gleiche. Die Schrankwand, der Fernseher, die Bierdose und die Beine hoch. Um zehn Uhr vormittags. Der Dreck. Die Wände schwarz, die Teppiche von Putzlappen nicht mehr zu unterscheiden, alles voller Schmutz. Aber die Beine hoch und vor dem Fernseher. In Italien sind die öffentlichen Plätze heruntergekommen und die Klos in den Bars und Restaurants schmutzig, zu Hause bei den Leuten, sie mögen noch so arm sein, kann man vom Fußboden essen. Der deutsche Denker dagegen sitzt in seinem Substanzdreckraum – Substanzdreckraum gesperrt gedruckt, man kann richtig hören, wie die grauen Zellen des Preisträgers süß klingeln, wenn ihnen ein so schönes Wort einfällt – und macht die draußen dafür verantwortlich, daß er drinnen so einen Dreck hat. Die Häuser verfallen, die Wohnungen in den Häusern verfallen, die Menschen in den Wohnungen verfallen, die Straßen zwischen den Häusern – verfallen nicht, sondern sind alle zu eng und zu zerstört geworden, wegen der Kolonnen dahinziehender Fahrzeuge. Woher der viele Verkehr. Wenn alle nur abhauen, kann es doch nur einen Einmal-Verkehr geben. Dabei wächst hier in den Nebenstraßen das Gras zwischen den Pflastersteinen. Es ist, als ob man aus einer Zeitmaschine steigen würde. Wo hat man das noch, man sieht sich um und man sieht nur alte Häuser. Die Straßen mögen holprig und löchrig sein, an den alten Häusern muß etwas gemacht werden, manche können wirklich nur abgerissen werden, dafür gibt es keine zu Tod sanierten Häuser mit Metallfenstern. Den Kommunisten müßte der Denkmalschutzpreis überreicht werden. Natürlich sind große Teile der Innenstadt platt. Weil die

Kommunisten kein Geld hatten, ließen sie stehen, was nicht von selbst in sich zusammenfiel. Hier sieht man erst, was bei uns alles nach dem Krieg niedergerissen wurde. Sogar die Stalinismusarchitektur hat ihren Reiz, es ist wenigstens alles einheitlich. Leider war das Material von so miserabler Qualität. Wenn man die Leute in ihren Trauerhäusern und Verfallswohnungen sitzen lassen und warten würde, bis sie nach vornhin umgekippt sind und tot auf den Dielen liegen, dann würde in der Zwischenzeit tatsächlich alles verfallen. Hier wartet niemand, es sei denn, er ist hundertprozentig davon überzeugt, das Warten bringt ihm viel Geld ein. Hier ist Boomtown. An jeder Autobahnausfahrt wird gebaut. Einkaufszentrum, Gewerbepark, Logistikzentrum und so weiter. Viele aus dem Spessart werden ihr Geld verlieren, als Strafe dafür, daß sie sich am Ort des Geschehens nur einmal haben blicken lassen. Das ist nicht mein Betätigungsfeld. Für Fondsanteile und Komfortwohnanlagen auf dem Dorf bin ich nicht zuständig. Gäbe es nicht Schöngeister wie mich, würde wirklich alles verfallen. Wenn ich nachzähle, wie viele Leute ich schon beschwatzt habe, hier Häuser zu kaufen, wie viele Investoren ich hierher gebracht habe, und ich kaufe auch selbst. Nur die allerbesten Objekte natürlich. Wo wohnen denn die Architekten, die die gräßlichen Neubauten planen. In alten Häusern. Wo haben sie ihre Büros. In alten Häusern. Wo übt der Freiberufler repräsentativ seinen Beruf aus. In einem alten Haus. Warum dann die alten Häuser abreißen. Die Neubauten werden spätestens nach fünfundzwanzig Jahren abgerissen. Die alten Häuser bleiben. Bei den Neubauten wird nur das Grundstück bezahlt werden. Die alten Häuser stellen einen bleibenden Wert dar. Leider haben das viele noch nicht begriffen. Oder wollen es nicht begreifen, weil ein geistloser

Neubau viel einfacher zu planen und durchzuführen ist als eine halbwegs vernünftige Sanierung. Man muß dem Text zugute halten, er läßt sich wenigstens nicht über die Mieten aus. Die Leute wollen ruhig, großzügig und modernst ausgestattet wohnen, aber sie wollen nichts dafür bezahlen. Wenn das Abflußrohr verstopft ist und wenn es der Hausherr nicht sofort repariert, beantragen sie Mietminderung, weil sie nicht richtig duschen können. Wenn der Hausherr das Abflußrohr sofort reparieren läßt und dazu möglicherweise den Boden vor dem Haus aufreißen muß, beantragen sie Mietminderung wegen der Belästigung durch die Bauarbeiten. Wenn der Hausherr das Abflußrohr erneuern läßt, bevor es verstopft ist, beantragen sie genauso Mietminderung. Und schimpfen auf die Spekulanten. Keiner will wahrhaben, auch die teuerste Miete ist nicht kostendeckend, auch mit der teuersten Miete wird keine Rendite erwirtschaftet. Man steckt Geld in ein Haus, weil man hofft, eines Tages ist jemand anderer bereit, noch mehr Geld auf den Tisch desselben zu blättern. Ohne Wertsteigerung ginge gar nichts. Ohne Wertsteigerung wären auch alle Steuervorteile wirkungslos. Wenn alte Mieter ausziehen, dann nicht deshalb, damit das Ungeziefer freie Bahn hat, sondern damit neue Mieter einziehen, die mit ihrer neuen Miete einen Beitrag zur Erhaltung des Hauses leisten. Gäbe es nicht Leute wie mich, die Stadt würde wirklich in einen solchen Zustand von Fäulnis geraten, daß sich ganze Parfümeriekonzerne zu Tode arbeiten würden – eine Parfümerie ist ein Geschäft, in dem Parfüm verkauft wird. Es gibt Ketten von Parfümeriegeschäften, die jedoch nicht so groß sind, daß man von Konzernen reden sollte. Vielleicht meint der Preisträger die Firmen, die Parfüms herstellen. Das sind dann Kosmetikkonzerne. Kosmetik ist die

Lehre vom Kosmos des Weibes. Karl Kraus. So was könnte sich heute kein Publizist mehr erlauben, würde hochkant bei Spiegel und Zeit rausfliegen. Heute kommt man nur noch mit dem Substanzdreckraum der Berlinerstraßewohnung in der Berlinerstraßegegend, die Berlinerstraßegegend jedenfalls ist die wohl grauenhafteste Gegend hier, zu Publikum. Ich muß aufpassen, ich werde zu polemisch. Birgit gehört nicht zu der Sorte von Frauen, die erst auf einen sauer sein müssen, um dann im Bett zu besonderer Form aufzulaufen. Wenn sie sich in der Diskussion über Literatur aufregt, fängt sie vielleicht doch mit meiner Frau an. Warum verteidigt sie den Text. Wenn ich sage, daß alles nicht stimmt, sagt sie, es kommt nicht darauf an, daß die Einzelheiten stimmen. Wahrheit ist kein Kriterium für gute Literatur. Auch wenn die Einzelheiten nicht stimmen, der Autor beschreibt, wie sich die Menschen fühlen. Die Menschen projizieren ihre innere Befindlichkeit nach außen. Ich würde sagen, der Urheber des Textes projiziert seine Unordnung und seinen Schmutz nach außen. Ich darf nicht so polemisch werden. Er müßte sich vielleicht eine andere Stadt suchen. Die Bronx zum Beispiel. Dort dringen aus offenliegenden Abflußrohren wirklich alle Fäulnisgerüche dieser Welt. Dort gibt es viel weniger Rechtsanwälte und Makler. Kein Hauseigentümer kann einem Mieter kündigen. Der Mieter wird von den Leuten auf die Straße gesetzt, die de facto die Macht über das Haus haben. Die Einzelheiten spielen keine Rolle. Unsere Stadt ist außerdem noch ein einziger Metastasenorganismus. Weil die Kommunisten so viel gebaut haben – ich darf nicht polemisch sein. Man sollte nur etwas nach außen projizieren, wenn es erstens schlüssig ist – unter irgendeinem Gesichtspunkt, nur nicht unter dem Gesichtspunkt der eigenen Ahnungslosigkeit –

und wenn es zweitens irgendeine Entsprechung außen hat. Birgit wird sagen, dann stimmen die Einzelheiten doch wieder und genau darauf kommt es eben nicht an. Irgendwelche Einzelheiten müssen stimmen. Es paßt nichts. Die Wörter nicht zueinander, der Text nicht zur Wirklichkeit, die Bilder nicht zueinander. Birgit wird sagen, wer bestimmt, was Passen ist. Ich sicherlich nicht. Birgit auch nicht. Diejenigen, die dem Autor den Preis gegeben haben, hoffentlich ebenfalls nicht. Wohl eine Art Wiedergutmachung am falschen Objekt. Ein Literaturpreis als Lastenausgleich. Wer bestimmt, was Passen ist und was nicht. Eigentlich ist es ganz einfach. Bestimmte Sachen kann man sich gut merken, ganz gleich, ob sie nun wahr oder wichtig sind oder nicht. Manche Sachen kann man sich schlecht oder gar nicht merken. Mögen sie noch so wichtig sein oder noch so wahr. Übrig bleibt, was gut ins Gedächtnis paßt. Was sich im allgemeinen Gedächtnis behauptet. Was wahr ist, ist oft so schwer zu behalten, insbesondere dann, wenn man selbst eine wesentlich bessere Figur macht, sobald man sich an die Dinge etwas anders erinnert. Warum soll das allgemeine Gedächtnis besser sein. Birgit wird sagen, nach deiner Theorie muß man Leute mit schlechtem Gedächtnis untersuchen, um Kriterien für gute Literatur zu finden. Was die sich merken können, wie die sich's merken können, und wenn man dann so und so schreibt, dann bleibt was übrig von einem im allgemeinen Gedächtnis. Ich darf nicht polemisch sein, Birgit darf. Ich bin eben verheiratet. Manchmal hätte ich durchaus Lust, die Diskussion zu beenden. A la Stumpfegle. Man spricht über eine Sado-Maso-Geschichte, die der Kollege mit einer Mandantin gehabt haben soll. Der schwachsinnige Bruder hätte sie deswegen umgebracht. Ich mag so was nicht, ich hätte nur manchmal ganz gern meine Ruhe. Ich mag auch keine Pornographie. Die nackten Frauen gehen noch. Aber die nackten Männer. Ich kann auf die Filme in den Hotels verzichten, ich bin mein eigener Programmdirektor. Danach amüsiert sie sich mit dem bleichen Germanistenfuzzi darüber, wie sie mich in der Diskussion in die Enge getrieben hat. Das Aufbauprogramm ist kein Entsorgungsunternehmen. Der Herr Preisträger war wohl nie im Saale-Park. Nichts mehr von Unentschlossenheit. Nichts mehr von Ziellosigkeit. Wie das Wasser von einem Edelstahlrost zum anderen spritzt, so schießen die Leute zwischen Bekleidungshaus und Möbelmarkt hin und her. Es spielt keine Rolle, was in den Geschäften angeboten wird. Wichtig ist, es sind so viele und alle sind neu. Die Gläubigen strömen zur Andacht. Die neuen Götter werden voll angewendet, ihre Gesetze strikt eingehalten. Wenn etwas entsorgt werden müßte, dann die Möbel, die der Möbelmarkt anbietet. Ehe sie aufgestellt werden. Die weißen Wohnarchitekturen mit den dreieckigen Glaseinbauten genauso wie die Stilschrankwände aus deutscher Eiche, die alten und die neuen Wohnmauern. Der Möbelmarkt ist der Hohn für die jahrzehntelange Unterdrückung. Mit dem Saale-Park bin ich allerdings auf dem Gelände von Bauer August. Neubauten sind zwar nicht mein Feld, mit Grundstücken beschäftige ich mich durchaus. Auf mich hört der ständig besoffene August nicht. Nur Hunger kann ihm weismachen, daß der Tunnel unter der Autobahn nicht genehmigt wird und daß das Grundstück keine Verbindung zum Saale-Park haben wird. Die Grünen sind zwar dagegen, der Zweite Bürgermeister hat mir jedoch versichert, die Unterführung wird gebaut. Dann kann sich der Saale-Park auch diesseits der Autobahn ausbreiten. Von mir kriegt er das Geld sofort, bar auf den Tisch seiner

Hütte. Die anderen wollen nur die Hand drauf haben. Wenn man aus dem Grundstück etwas machen will, müssen ein Nutzungskonzept und eine Bauplanung her, und zwar jetzt. Das Geld dafür hat er nicht. Später wird kein Gewerbegebiet mehr genehmigt, es gibt schon zu viele. Er muß jetzt an mich verkaufen, auch wenn ich nicht den Preis zahlen kann, von dem ursprünglich die Rede war. Hunger säuft mit ihm die Nacht durch und schleppt ihn dann am Morgen zum Notar. Der junge August will heiraten und eine Eigentumswohnung, die Frau was Neues zum Anziehen, der alte August hätte eine weniger gesundheitsgefährdende Schnapsmarke nötig, können sie alles haben. Aber ich muß Hunger behalten. Wenn ich Hunger rauswerfe, ist das Grundstück perdu. Sie werden beide frech, Hunger und Lack. Wenn ihnen etwas nicht paßt, werden sie grundsätzlich frech. Dabei müßten sie weiß werden vor Angst. Eine eigene Kanzlei, nur die beiden, daß ich nicht lache, was machen sie ohne meine Mandanten. Birgit wird nachfragen, wenn ich ihr von den Veränderungen erzähle. Nach der Diskussion über Literatur eine Diskussion über Ethik. Ich wäre kein Widerstandskämpfer gewesen. Vielleicht hätte ich versucht, die anderen umzupolen. Das haben nach heutigen eigenen Angaben alle versucht. Selbst wenn es mir gelungen wäre, in den Karteien stünde es nicht. Was für einen Decknamen ich wohl gehabt hätte. IM Wolfi wäre phantasielos. Auf meinen Flugzeugbauer-Nachnamen anspielend – ich bin gar nicht verwandt mit dem Flugzeugbauer, aber der Name rief Hungers Zuneigung hervor –, IM Gabelspitzer. Na ja. IM Kontrakt. Juristen wird es genug bei der Firma gegeben haben. IM Don Juan. Nicht sehr originell. Darf's auch ironisch sein. IM Immobilie. Klingt irgendwie läppisch. Was ich wohl unter den damaligen Umständen gemacht hätte. Eine Karriere wie Lack. Der Anwaltsberuf war wirklich nicht attraktiv. Das kommt davon, wenn man grübelt. Wenn ich Lack rauswerfe, werfe ich mich selbst raus. Das Herz sagt ja, doch der Verstand sagt nein. Birgit wird hocherfreut sein über so viel Selbsterkenntnis. Was würde ich machen, wenn ich an Lacks Stelle wäre. Würde ich frech werden oder würde ich kriechen? Ich hätte jedenfalls nicht so durchsichtig betrogen. Andererseits, fünfzig Jahre lang an der Leine, jetzt plötzlich losgelassen, wer soll da Geduld haben. Was ist, wenn beide kriechen. Hunger und Lack versichern beide hoch und heilig, es war alles ein Mißverständnis, es kommt nie wieder vor. Sie werden die Häuser an mir vorbeiziehen wie vorher. Nur vorsichtiger. Sie haben keine Wahl. Ich habe die Wahl. Wenn ich wirklich die Wahl hätte. Ich erinnere mich genau, wie ich das erste Mal mit Karin hier war. Auf dem Gang vor unserem Zimmer liefen so viele unauffällig gekleidete Herren mittleren Alters ohne Anhang und ohne Gepäck herum, die konnten keine Hotelgäste sein. Wir stellten uns vor, daß auf unserer Etage immer ein Zimmer mit Gästen belegt war, ein Zimmer von der Firma, wieder ein Zimmer mit Gästen und so weiter. Weil wir von unserer Geheimmission ablenken mußten, führten wir betont unverfängliche Dialoge. Wir haben uns so über die schönen Zahnbürsten gefreut, die im Bad für uns bereitlagen. Ich erinnere mich, wie wir am Morgen aufwachten und dieses leise summende Geräusch hörten, das von überall her zu kommen schien und das wir uns nicht erklären konnten. Karin machte schließlich ein Fenster auf. Da war keine frische Luft, sondern ein süßlicher Geruch – jetzt wußten wir, woher das Geräusch kam. Von der endlosen Trabbischlange, die sich von einem Ende des Horizonts zum anderen zur Arbeit quälte. Unendlich viele Fahrzeuge, jedes für sich viel zu leise, viel zu klein, viel zu weit unten, als daß man es von oben genau hätte ausmachen können, doch in der Menge das Summen und der süßliche Geruch. Ich weiß, bei der ganzen Veranstaltung ist nichts, aber auch gar nichts herausgekommen. Ich reiste mit der Vorstellung ein, hier gäbe es ein anderes Verhältnis zu den Dingen des Lebens. Während wir Geschäftemacher nur äußerlichen Werten nachjagten, hätte man hier den Anreiz und die Zeit, sich um Wichtigeres zu kümmern. Was machten sie. Sie bauten sich amerikanische Bungalows, wenn sie konnten, und sie verwendeten Ewigkeiten darauf, die Kacheln für die Bäder zu organisieren. Sie machten genau das, was wir auch machten, nur unter erschwerten Bedingungen, und die Gegenstände, hinter denen sie herwaren, waren schlechte Kopien von denen, nach denen wir trachteten. Ich habe die Wahl. Ich bin für die Häuser. Mit den Menschen kann man machen, was man will, es kommt nie das heraus, was man will. Häuser kann man so herrichten, wie man will. Das heißt nicht, Haus ohne Bewohner.

Ich will nicht zurück.
Der Junge war mit dem Mädchen vor einem halbhohen eisernen Gartentor angelangt. Er hielt sie am rechten Arm, den er ihr auf den Rücken gedreht hatte.
Du bist so gemein.
Das Mädchen hatte sich den ganzen Weg lang gewehrt, sie hatte gekratzt, geschlagen, gebissen. Der Junge und das Mädchen atmeten schwer. Das massive Tor war einmal weiß gestrichen gewesen, jetzt jedoch völlig verrostet und wies nur noch einzelne abblätternde Farbreste auf. Sie mußten es überklettern, um ins Innere des Grundstücks zu gelangen. Der Junge würde das Mädchen aus seinem Griff entlassen, er würde sie hochheben und über das Tor werfen, um selbst blitzschnell nachzuspringen. Er wußte nicht, ob es an einer anderen Stelle eine Möglichkeit gab, die Mauer um das Grundstück leicht zu überwinden, so daß sie wieder entkommen konnte.
Ich will nicht.
Der Junge ließ den Arm des Mädchens los und umfaßte sie an der Hüfte. Als er merkte, sie leistete keinen Widerstand mehr, hielt er sie etwas lockerer. Das Tor vor Augen, schien sie sich mit ihrem Schicksal abgefunden zu haben.
Du hast es doch gut bei ihr.
Sie erwiderte nichts.
Keine ist so angezogen wie du.
Sie trug eine Wollhose in einem roten Schottenmuster, eine saubere weiße Bluse und dunkelblaue halbhohe Lederschuhe. Ihre Kleidung war lediglich durch den Kampf etwas durcheinandergebracht. Die leicht gewellten halb-

langen brünetten Haare waren frisch gewaschen. Der Junge lief barfuß und hatte lange Haare, seine weite graue Hose und das ausgeblichene, früher dunkelblaue Hemd waren an zahlreichen Stellen geflickt.
Der Junge und das Mädchen waren etwa zehn Jahre alt.
Was bekommst du dafür, daß du mich zurückbringst.
Zu essen.
Ich geb dir auch zu essen, wenn du mich losläßt.
Ich glaub dir nicht.
Der Junge hielt das Mädchen wieder fester.
Ich hol dir was.
Ich glaub dir nicht. Du kommst nicht wieder.
Unter schwachem Protest des Mädchens bugsierte sie der Junge auf das Tor, so daß sie auf der anderen Seite herunterspringen mußte. Sie wartete, bis er das Tor überwunden hatte, und ging dann voraus.
Ich will nicht so angezogen sein. Ich will mit anderen Kindern zusammen sein. Nicht nur immer mit ihr. Ich will nicht lesen. Ich will nicht rechnen. Kannst du lesen. Kannst du rechnen.
Es war eine Gegend mit Einfamilienhäusern gewesen. Alle Häuser waren verbrannt und zerstört, die Zäune niedergerissen. Eine gleichmäßige Vegetation überwucherte die Straßen, die Fundamente und die Trümmer. Die Mauer um das Grundstück wurde von Büschen und Bäumen gesäumt, an mehreren Stellen fehlten Steine, sie schien jedoch nirgends so beschädigt, daß sie leicht zu überwinden gewesen wäre. Die Parterrewände des Hauses hinter der Mauer standen noch weitgehend, das Grundstück war als einziges in der Umgegend frei von herumliegenden Trümmern.
Der Junge strebte auf den Eingang zu, doch das Mädchen

führte ihn hinter das Haus. Dort lag auf einer verblichenen, von Drahtstützen gehaltenen Stoffliege eine etwa fünfzigjährige hagere Frau in der Sonne. Sie trug nur ihre graue Unterwäsche.
Die Frau hörte das Mädchen und den Jungen, sie blieb dennoch unbeweglich und mit geschlossenen Augen in der Sonne liegen.
Hier bin ich wieder. Carlo hat mich zurückgebracht. Gib ihm, was er sich verdient hat.
Die Frau öffnete erst die Augen, als das Mädchen auf die andere Seite der Liege trat und ihr Schatten auf das Gesicht der Frau fiel. Sie fragte den Jungen, wo er das Mädchen gefunden habe, er antwortete, am Bahnhof.
Am Bahnhof. Weißt du nicht, daß keine Züge mehr fahren.
Die Frau richtete sich auf und setzte sich auf den Rand der Liege. Der Junge erklärte, wer in die Stadt komme und sie verlasse, fahre zum Bahnhof, weil dort Leute warteten, die mitgenommen werden wollten und dafür bezahlten.
Die Frau gab dem Jungen aus einer Box am Kopfende der Liege zwei Konserven, die er sofort in die Taschen seiner Hose steckte.
Mit was wolltest du bezahlen.
Die Frau lachte, das Mädchen schwieg.
Du sollst mir antworten, wenn ich dich frage.
Das Mädchen hatte einen zweiten Jungen entdeckt, der gerade im Begriff war, die Mauer zu erklettern.
Koby, wo warst du?
Dem zweiten Jungen war es augenscheinlich nicht recht, daß das Mädchen die Aufmerksamkeit der Frau auf ihn gelenkt hatte. Er wäre am liebsten wieder auf die andere Seite der Mauer verschwunden. Das Mädchen rief ihm zu, er solle herkommen. Darauf sprang der zweite Junge, der ähn-

lich angezogen war wie der erste, von der Mauer herab und ging langsam auf die Gruppe zu.
Koby, warum warst du nicht am Bahnhof?
Die Frau erhob sich von ihrer Liege. Das Mädchen wandte sich trotzig der Frau zu.
Er kennt jemand, der mich mitgenommen hätte. Ich werde wieder hingehen, das nächste Mal wird er dort sein, und es wird jemand dort sein, der mich mitnimmt.
Du wirst nicht wieder zum Bahnhof gehen.
Die Frau gab dem Mädchen eine Ohrfeige.
Sag, daß du nicht wieder zum Bahnhof gehen wirst.
Die Frau gab dem Mädchen eine zweite Ohrfeige.
Das Mädchen weinte.
Wenn du wieder zum Bahnhof gehst, wird Carlo dich wieder zurückbringen.
Sie beugte sich zu der Box nieder und gab dem ersten Jungen noch zwei Konserven, die dieser zögernd und mit gesenktem Blick entgegennahm.
Aber du wirst nicht mehr zum Bahnhof gehen. Sag, daß du nicht mehr zum Bahnhof gehen wirst.
Das Mädchen schluchzte laut, sagte jedoch nichts. Die Frau schlug das Mädchen mit dem Griff eines alten Spatens.
Das Mädchen schrie, es werde sofort, bei der nächsten Gelegenheit, wieder zum Bahnhof gehen. Die Frau geriet immer mehr in Wut und schlug das Mädchen so, daß es zu Boden fiel. Die beiden Jungen sahen verlegen zu.
Das Mädchen war auf den Knien, die Frau hielt einen Augenblick inne.
Ich bringe dir bei, was alle anderen niemals wissen werden, und dein Dank ist, daß du wegläufst!
Ich will aber nicht lesen und nicht schreiben!
Die Frau wollte das Mädchen erneut schlagen, doch das

Mädchen faßte nach dem Spatenstiel. Damit hatte die Frau nicht gerechnet. Das Mädchen stand inzwischen wieder. Die Frau forderte den Spaten zurück. Das Mädchen kam dem Befehl nicht nach, die Frau gab ihm erneut eine Ohrfeige. Darauf schlug das Mädchen die Frau mit dem Spatenstiel. Die Frau versuchte ihrerseits, dem Mädchen den Spaten zu entreißen, fiel jedoch über die Liege. Dabei verletzte sie sich am Knie. Obwohl sie sich kaum erheben konnte, beschimpfte sie das Mädchen weiter. Das Mädchen weinte. Es hielt den Spaten jetzt andersherum. Als die Frau fortfuhr, es zu beschimpfen, holte das Mädchen mit beiden Händen aus und stieß der Frau den Spaten ins Genick.
Die Frau schrie gellend und fiel auf die Seite.
Der zweite Junge lief zur Mauer, kletterte an ihr hoch und sprang mit einem weiten Satz auf die Straße. Die Frau lag mit der blutenden Wunde im Gras. Sie hatte das Bewußtsein verloren, ihre Gliedmaßen zuckten. Das Mädchen hockte sich neben sie, jetzt nicht mehr weinend.
Der erste Junge meinte, man müsse sie verbinden, das Mädchen schüttelte den Kopf. Der Junge sagte, aber sie lebe noch. Das Mädchen sagte, nicht mehr lange. Was sie den Vätern erzählen sollten. Daß sie sie so gefunden hätten, als sie gekommen seien. Mit dem Spaten daneben. Daß sie niemand gesehen hätten.

Koby, wo warst du. Koby, warum warst du nicht am Bahnhof. Koby, du hattest versprochen, daß du mir hilfst. Wir hatten alles vorbereitet. Es war doch ausgemacht. Die Schläge, die ich bekam, weil immer wieder Sachen fehlten. Wie die Mutter schrie, als ich ohne Jacke zurückkehrte. Wo ist der Koffer geblieben. Koby, du wußtest, ich konnte es nicht mehr aushalten. Immer die Bücher. Nie etwas anderes. Ich mußte lesen, damit die Leute später die Bücher von mir wollten. Ich konnte nicht mehr. Immer mußte ich lesen. Nie durfte ich etwas anderes tun. Ich kenne die Bücher. Man braucht die Bücher nicht. Koby, erinnerst du dich nicht, wie wir es uns ausgemalt haben. Koby, warum hast du mich im Stich gelassen. Warum warst du nicht da, Koby. Warum war Carlo da. Und du nicht. Warum nicht.

Er saß im Bus in der Mitte der letzten Reihe. Er hatte sich den einzigen Platz, auf dem man die Beine ausstrecken konnte, hart erkämpft. So mußte er im Bus seinen Schlaf nie unterbrechen. Er war mittlerweile zwölf oder dreizehn Jahre alt, er wußte es nicht genau, doch er glaubte sich noch weit vom Stimmbruch entfernt.

Ihre Väter hatten ihnen den Namen der Stadt am Fluß, der sie sich jetzt näherten, nicht genannt. Sie fuhren auf einer gut erhaltenen, breiten Straße, rechts daneben auf den Hügeln die verkohlten, noch nicht endgültig in sich zusammengefallenen Skelette ehemals sehr hoher Häuser, vor ihnen die Senke mit den kaum mehr erkennbaren, weil von der Vegetation bedeckten Überresten der flachen Häuser, unter den Hügeln zum Fluß hin der erhaltene Dom inmitten der gleichfalls erhaltenen Straßenzüge, jenseits des Flusses nur Trümmer. Er kannte die Stadt und ihren Namen.

Es war ein warmer Abend, dennoch stiegen bereits leichte Herbstnebel vom Fluß auf. Der Bus mußte vor einer Sperre anhalten. Ihre Väter schienen an dieser Stelle nicht mit einem Hindernis gerechnet zu haben. Sie kletterten mit steifen Gliedern aus dem Bus, um mit den Hütern der Sperre zu verhandeln.

Koby stand auf und lief zwischen den Sitzen nach vorn. Vor ihnen führte die Straße unter zwei Brücken hindurch, die mittlerweile ganz eingestürzt waren, die Straße war zwar jeweils durch die Trümmer verengt, jedoch passierbar. Die ebenfalls noch benutzbare Ausfahrt vor der zweiten Brücke führte nach ein paar hundert Metern zu dem Haus, in dem Welka mit der Mutter gelebt hatte. Man betrat es durch eine Lücke in der Mauer, an einer Stelle, an der früher wohl eine Terrassentür gewesen war, und man ging zwischen Ziegelhaufen, Betonteilen und verrosteten Stahlträgern zu einer betonierten Kellertreppe. Der Keller lag tief und stand immer unter Wasser. Niemand wäre auf den Gedanken gekommen, dort unten einen Menschen zu vermuten. Alles war voller Bücher. Auf Paletten gestapelte, feuchte, aufgequollene Bücher, ein Papierbrei das Wasser. Man watete zum anderen Ende des Raums, man schob eine Palette beiseite, und man stand vor einer Metalltür, die sich fast einen halben Meter über dem Boden befand und die man über eine ebenfalls betonierte Treppe erreichte. Dahinter wohnten Welka und die Mutter. Er hatte nie vorher und nie nachher eine solche Wohnung gesehen. Ein Raum für Welka, ein Raum für die Mutter, ein großer Raum, an dessen beiden Seiten breite Lüftungsrohre nach oben führten, die in die Außenwand des Hauses mündeten, und ein Bad. Die Wände und der Boden waren mit weißen Kacheln belegt, aus Vorrichtungen über glänzenden weißen Becken kam frisches Wasser, so viel man wollte. Welka und die Mutter besaßen Schränke, Betten, Tische und Stühle und sogar Sofas. Der große Raum und der Raum, in dem Welkas Mutter schlief, enthielten ebenfalls Bücher. Die Bücher waren trocken und unversehrt, sie waren nicht am Boden gestapelt, sondern auf Regalen aneinandergereiht.

Er hatte in der Vorstellung gelebt, der Bus war immer nur fortgefahren, er hatte sich immer weiter entfernt von der Stadt, aus der Welka weggewollt hatte. Er hatte niemals gedacht, daß er in diese Stadt zurückkehren würde. Würde Welka noch dort sein. Oder war sie schon lange weggegangen, wie sie es immer vorgehabt hatte. Wo sie sangen, kamen alle. Wenn Welka noch dort war, würde sie ihn sehen, würde er sie sehen.
Die Verhandlungen zwischen ihren Vätern und den Hütern der Sperre zogen sich hin.
Ihm fiel auf, die Väter von der Straßensperre waren jünger als ihre Väter. Einige besaßen noch schwarze oder blonde Haare zwischen den grauen, einzelne hatten rasierte Gesichter, die nur wenig Falten aufwiesen. Sie waren nicht älter, als die Mutter gewesen war. Man feilschte um den Lohn für das Singen. Ihre Väter und die Väter von der Straßensperre konnten sich nicht einigen. Es gab viele Felder um die Stadt herum, die ersten begannen unweit des Hauses, in dem Welka gewohnt hatte. Eine so mächtige Stadt mit so vielen und großen Gebäuden konnte doch keinen Mangel an Gütern leiden.
Als es zu dunkeln begann, ging er wieder zu seinem Platz zurück. Er wachte erst auf, als der Bus anfuhr. Sie nahmen eine Straße, von der aus man bei Tag die Ruine des Hauses mit dem Keller sehen konnte. Sie bekamen in der Herberge neben dem Dom einen großen Raum zugewiesen, in dem sie auf ihren mitgebrachten Sachen schliefen. Vorher gab es Suppe und Brot. Ihre Väter erklärten ihnen, sie würden im Dom singen. Der Dom war viel größer, als er in Erinnerung gehabt hatte.
Es war verboten, sich von den anderen zu entfernen. Keiner sah ihn, als er durch ein Fenster ins Freie kletterte. Der

Dom war dunkel, seine riesigen Fenster waren mit schwarzen Tüchern verhängt. Er machte öfters Ausflüge. Zweimal war sein Fehlen aufgefallen. Die Väter hatten ihn nur gerügt und nicht bestraft. Sie wußten, er kam wieder. Wenn sie ihn nicht zu hart behandelten. Doch es bestand die Gefahr, andere Väter könnten ihn einsperren. Er war die Solostimme. Der Dom schien nicht bewacht, vor dem Eingang brannten allerdings einige Fackeln. Er überlegte, ob er zum Bahnhof oder zum Fluß gehen sollte, er entschied sich für den Fluß. Die Straßenzüge um den Dom und die Herberge sowie derjenige entlang der schmalen Straße zum Fluß hinunter waren völlig unversehrt. Von allen Städten, die er gesehen hatte, wies keine so viele unzerstörte Gebäude auf, darunter so viele Türme. An der Lände angekommen, blickte er auf die hell erleuchtete Steinerne Brücke, die in mächtigen Bögen den Fluß und seine Seitenarme überspannte. Er hielt sich von der Brücke entfernt, die Brücke war immer bewacht, man verlangte Wegzoll von allen, die den Fluß überqueren mußten.
Es war eine laue Nacht, er setzte sich auf den Rand des Kais. Als sich seine Augen an die Dunkelheit gewöhnt hatten, nahm er auf einer Stufe unterhalb des Kairands ein Bündel Kleider wahr, das sorgfältig zusammengefaltet auf zwei Schuhen lag. Es sah so aus, als ob jemand im Fluß badete. Dabei war die Strömung so stark, daß man unmöglich schwimmen konnte, ohne sofort abgetrieben zu werden, und um die Brücke bildeten sich gefährliche Strudel. Er suchte den Fluß ab und konnte auch niemanden ausmachen. Er erhob sich, um das Kleiderbündel in Augenschein zu nehmen. Als er näher kam, glaubte er, ein leichtes Plätschern zu hören, als ob sich ein Körper im Wasser wendete. Er hielt inne und stand eine Zeitlang unbeweglich. Viel-

leicht hatte er sich auch getäuscht, und es war nur das Schlagen der Flußwellen gegen die Mauer. Er ging weiter. Aus der Entfernung hatte er nicht sehen können, daß die Kaimauer an der Stelle eingefallen war, an der das Kleiderbündel lag. Dort schwamm, vor der Strömung geschützt, ein Mädchen. Als ihn das Mädchen sah, spielte es offensichtlich einen Augenblick mit dem Gedanken, in den Fluß hinauszuschwimmen. Er rief ihr zu, sie solle es nicht tun. Sie solle herauskommen. Sie zögerte zunächst, um schließlich doch seiner Aufforderung Folge zu leisten. Sie zitterte, sie hatte ihn schon seit einiger Zeit bemerkt und war deshalb länger im kalten Fluß geblieben, als sie vorgehabt hatte. Während sie aus dem Wasser stieg, bedeckte sie ihre Blößen mit den Händen. Sie streifte ihre Kleider über, ohne sich vorher abzutrocknen.

Er fragte sie, wie sie heiße, doch sie antwortete nicht. Ein zerrissenes Hemd klebte an einem schmalen Körper. Er nahm ihr die Schuhe weg, um eine Antwort zu erhalten.

Wie heißt du?

Patrizia.

Wie alt bist du?

Ich bin zwölf.

Du siehst älter aus.

Ich bin aber nicht älter.

Weißt du das so genau.

Ja.

Das Mädchen machte Anstalten, ohne die Schuhe zu gehen. Der Junge hielt ihr die Schuhe hin. Sie nahm die Schuhe, setzte sich auf den Boden, zog die Schuhe an und blieb vor ihm sitzen, die Arme um die Knie verschränkt.

Wie heißt du?

Koby.

Was ist das für ein Name.
Ihr Gesichtsausdruck war jetzt weniger angespannt.
Ich heiße so.
Ich finde den Namen lustig.
Er setzte sich neben sie.
Wie alt bist du?
Zwölf oder dreizehn. Ich weiß es nicht genau.
Du bist nicht von hier. Ich habe dich noch nie gesehen.
Er verschwieg ihr, daß er von hier war. Er erzählte ihr, er sei von weither gekommen, um zu singen. Sie blickten beide auf den Fluß hinaus. Er fragte sie, wo sie wohne, doch sie gab keine Antwort. Sie fragte ihn, wie das Singen sei. Er erzählte, sie seien nirgendwo zu Hause, sie würden jedoch immer freundlich empfangen und gut behandelt. Er singe morgen im Dom. Da sagte sie, ihr sei kalt, weil ihre Kleider so naß seien, ob er nicht an sie heranrücken und sie wärmen könne. Er tat es, obwohl er dabei naß wurde.
Wirst du sterben?
Er erschrak und rückte von ihr ab. Sie lehnte sich nicht wieder zu ihm hin.
Ich weiß nicht.
Sie fuhr sachlich fort: Hier sterben alle mit spätestens fünfzehn.
Wirklich alle?
Alle.
Ihr habt doch genug zu essen.
Sie zuckte mit den Schultern.
Was geschah mit denen, die den Stimmbruch bekamen. Er hatte sich die Frage oft gestellt, allerdings niemals mit einem anderen Jungen oder mit einem der Väter darüber gesprochen. Die Jungen, die den Stimmbruch bekamen, versuchten mitzusingen, sie taten, als ob sie sängen,

doch sie konnten die Väter immer nur kurz täuschen. Sie durften noch einige Zeit mitfahren, sie bekamen zu essen, sie sangen nicht mehr und waren mit einem Mal nicht mehr dabei. Er hatte nie einen toten Jungen gesehen. Er glaubte, daß einige von ihnen gestorben waren, jedoch nicht alle. Aus den anderen, so glaubte er, waren Väter geworden.

Wenn bei euch alle sterben, wo kommen die Väter und Mütter her.

Die Väter und Mütter kommen von woanders her.

Das Mädchen fragte ihn, wo er schlafe. Als er ihr die Herberge neben dem Dom nannte, wollte sie mit ihm den Dom aufsuchen, um zu sehen, wo er morgen singe. Sie solle morgen kommen, wenn er singe. Sie schüttelte traurig den Kopf, das dürfe sie nicht, sie müsse arbeiten. Er fragte, was sie arbeiten müsse. Anstelle einer Antwort bat sie ihn, sie dorthin zu begleiten, wo sie wohne.

Sie kamen an mehreren Türmen vorbei, in deren Erdgeschossen jeweils Feuer brannten. Außer ihnen war niemand auf der Straße. Während sie nebeneinander liefen, kam sie ihm dünn und groß vor. Ihre Arme und Beine schienen in der fahlen Beleuchtung immer länger zu werden. Sie war bestimmt älter als zwölf.

Sie führte ihn zu einem besonders großen Turm. Sie gingen zu dessen Rückseite, um dort durch einen Lüftungsschlitz in das Turminnere zu blicken. Mehrere Fackeln erleuchteten etwa ein Dutzend Weidenkörbe mit Büchern darin. Er wollte sie etwas fragen, doch sie legte ihm ihre Hand auf den Mund, denn in diesem Augenblick kam im Turm ein anderes Kind die hölzerne Stiege herunter. Sie faßte Koby an der Schulter und lief dann zum Eingang, den sie erreichte, bevor das andere Kind auf die Straße trat.

Koby konnte den Eingangsbereich nicht einsehen. Es gab einen kurzen Wortwechsel, dann hörte er das Geräusch von Ohrfeigen. Schließlich sah er, wie ein Junge das Mädchen an den Haaren zerrte und wie er dem Mädchen erneut eine Ohrfeige gab. Der Junge stieß das Mädchen unter die Stiege, wo sie ihr Lager hatte. Er selbst setzte sich auf die Stiege und wachte darüber, daß sich das Mädchen in ihre Decken einwickelte. Koby hatte das Gesicht des Jungen nicht sehen können und auch nicht verstanden, was dieser dem Mädchen gesagt hatte. Er hatte die Stimme des Jungen erkannt. Es war Carlos Stimme.

Möchtet ihr eine Tasse Tee.
Sie mußten ja sagen.
Der Vater verbeugte sich und rutschte mit den Knien über die Stohmatten, um das Getränk zuzubereiten. Die Jungen und ihre Väter knieten ebenfalls. Der sehr alte Vater entfaltete ein sauberes weißes Tuch, reinigte damit die Holzschalen und die Löffel, gab Pulver in die Schalen und schöpfte aus einem Kessel langsam heißes Wasser dazu. Mit einem aus Weidenholz geschnittenen feinen Besen schlug der Vater das Pulver, so daß ein sämiger Brei entstand, den Koby gerade noch trinken konnte.
Sie befanden sich im Vorraum des Rathauses und warteten darauf, von der Bürgermeisterin empfangen zu werden. Die Jungen waren aufgeregt. Man hatte ihnen erzählt, die Bürgermeisterin sei keine Mutter. Sie hatten noch nie jemanden gesehen, der kein Mädchen und keine Mutter war. Sie mußte eine glatte Haut haben, sie würde keine grauen Haare haben, sie würde größer und kräftiger sein als sie, und sie würde sich schnell und mühelos bewegen. Ihre Stimme mußte tiefer sein als eine Kinderstimme, aber sie

würde nicht brüchig sein. Die Jungen stellten sich vor, daß die Bürgermeisterin sehr schön wäre.
Als nach mehreren Tassen Tee die Bürgermeisterin, entgegen den Ankündigungen der Väter der Stadt, nicht ins Rathaus gekommen war, erhielten die Jungen den Vormittag frei. Sie besuchten den Markt vor dem Dom, auf dem die Nahrungsmittel der Umgegend feilgeboten wurden. Es gab auf dem Markt auch einen Stand, der Bücher in Körben anbot. Koby fragte einen Vater, ob er mit dem Mädchen sprechen dürfe, das die Bücher anbot. Der Vater erlaubte es.
Die Körbe standen auf einem großen Brett, das über zwei Holzböcke gelegt war. Die Bücher in den Körben waren nicht beschädigt, jedoch an den Rändern schmutzig. Patrizia hockte davor auf dem Boden, Koby setzte sich zu ihr.
Sie verbrachten längere Zeit stumm nebeneinander. Die Stände waren in Reihen aufgebaut, alles ging seinen geregelten Gang, alle hielten sich an die erlassenen Gesetze. Die Häuser um den Domplatz schienen bewohnt. In keiner anderen Stadt hatte es einen Ort gegeben, von dem aus man keine Ruinen sehen konnte. Wer sich auf dem Domplatz aufhielt, hatte den Eindruck, die Stadt gehe hinter den Häusern genauso weiter. So mußte es auch früher ausgesehen haben. So mußte es in allen Städten auf allen Plätzen ausgesehen haben.
Nimm mich mit.
Patrizia blickte ihn auch nicht an, als sie mit ihm sprach.
Ich will fort.
Ihr habt doch alles.
Ich will mit dir gehen.
Mußt du viel arbeiten.

Patrizia antwortete nicht.
Oder mußt du nur bei den Büchern sitzen.
Sie wandte sich ihm zu.
Kannst du lesen?
Nein.
Sie war enttäuscht.
Er erzählte ihr, daß er gesehen hatte, wie sie am Abend zuvor geschlagen worden war. Weil sie zu spät nach Hause gekommen war. Sie werde immer geschlagen. Sie wolle sauber sein. Sauberer, als es nötig sei. Um immer bereit zu sein. Sie wüßten, daß sie fortwolle. Jedesmal, wenn sie vom Baden komme, würden sie daran erinnert. Dann werde sie geschlagen. Wer sie schlage. Das werde er gleich sehen. Er komme jede Stunde, um sie zu kontrollieren. Dabei gebe es nichts zu kontrollieren. Sie verkaufe nie etwas, sie könne kein Geld veruntreuen, es stehle niemand Bücher, und sie bringe auch keine auf die Seite.
Koby!
Carlo!
Er war es tatsächlich. Koby sprang auf.
Ich hätte nie gedacht, daß ich dich wiedersehen würde.
Carlo trug eine Jeans, ein sauberes blau und weiß gestreiftes Hemd und blankgeputzte, elegante Lederschuhe. Er bemühte sich, herzlich zu wirken, doch er war es nicht. Er lachte, aber seine Augen lachten nicht mit. Er gab Koby eine Hand, die andere hielt er an die Hüfte gepreßt.
Was machst du hier? Bist du allein?
Ich singe.
Du singst.
Carlo deutete Koby, sie sollten sich auf den Boden setzen.
Und was hast du seither gemacht?
Ich habe gesungen.

Beiden stand die Szene vor Augen, in der sie sich zum letzten Mal gesehen hatten.
Patrizia war bei Carlos Nahen aufgesprungen und hatte sich hinter die Körbe zurückgezogen, in der Befürchtung, gescholten zu werden, weil sie sich mit einem Fremden unterhalten hatte. Als sie sah, wie Carlo sich beim Anblick Kobys verkrampfte und daß die beiden einander gut zu kennen schienen, war sie zunächst erleichtert. Sie spürte, es gab etwas, was Koby Macht über Carlo verlieh. Doch sie ahnte schnell, Kobys Anwesenheit bedeutete eine Bedrohung für Carlo, dieser mußte sich wehren, und demzufolge war auch Koby bedroht. Die voreilige Erleichterung wich einer tiefen Beunruhigung.
Koby und Carlo erinnerten sich, als ob es am Tag davor gewesen wäre, wie Welka ausholte und der Mutter den Spaten ins Genick stieß.
Willst du eine Tasse Tee.
Koby lehnte ab, er habe schon eine Tasse Tee getrunken. Er mußte trotzdem mit Carlo Tee trinken. Patrizia brachte zwei Schalen, zwei Löffel, einen Teebehälter, einen kleinen Wasserkessel mit Brennholz sowie eine Matte.
Das Teetrinken sei eine Zeremonie. Durch das Teetrinken werde man Freund, wenn man noch nicht Freund sei. Was sie nicht nötig hätten, denn sie seien schon Freunde.
Patrizia erhitzte das Wasser, Carlo und Koby knieten sich auf die Matte, und Carlo vollführte dieselben Handlungen wie der Vater am Morgen. Das Mädchen durfte nicht an der Zeremonie teilnehmen.
Früher haben wir nie Tee getrunken.
Früher war vieles anders.
Carlo bemühte sich um einen heiteren Ton.
Aber jetzt haben wir die neue Bürgermeisterin.

Koby bat Carlo, ihm von der Bürgermeisterin zu erzählen. Carlo sagte nur, er werde sie sehen. Sie werde kommen, wenn er singe.

Der Dom war mit so vielen Kerzen ausgeleuchtet, daß fast Tageshelle herrschte. Koby suchte Welka, doch er konnte sie nirgends entdecken.
Carlo hatte sich nach der Teezeremonie schnell verabschiedet. Koby war bis Mittag bei Patrizia auf dem Markt geblieben. Niemand kaufte Bücher. Koby hatte sich nie für das Lesen interessiert und wußte nicht, ob in den anderen Städten, die er besucht hatte, jemand lesen und schreiben konnte oder nicht, und wenn ja, wie viele es konnten und wie viele nicht. Koby fragte, warum keiner die Bücher auch nur ansehe, wo doch in einigen Bilder seien. Patrizia antwortete, die Leute trauten sich nicht. Er fragte, für wen sie die Bücher verkaufe. Für die Bürgermeisterin.
Das Mädchen begann zu erzählen, sie sprach zum ersten Mal flüssig, er unterbrach sie nicht durch Zwischenfragen, er war wie betäubt. Nach ihrer Beschreibung mußte Welka die Bürgermeisterin sein. Welka, die vor seinen Augen die Mutter mit dem Spaten getötet hatte. Unter den Vätern und Müttern der Stadt hatte es nur noch wenige gegeben, die lesen konnten, sie waren alt und sahen schlecht, sie starben, und es war niemand dabei, der sich mit Zahlen auskannte. Sie konnte schnell lesen und verstand etwas von Zahlen. Sie besaß viele Bücher, dort wo sie wohnte. Es hörte sich so an, als ob niemand Welka das Lesen und Schreiben gelehrt hätte, als ob sie es sich selbst beigebracht hätte, als ob sie immer allein gelebt hätte. Sie wußte auch, wo es noch andere Bücher gab: in den zerstörten Gebäuden auf den Hügeln. Die Kinder der Stadt hatten nach ihren Anweisungen

zahlreiche Bücher aus den Trümmern geholt. Sie, Patrizia, war dabeigewesen. Welka hatte die Bücher geordnet, und es kamen Väter und Mütter von weither in die Stadt, sie setzten sich in einen Saal und lasen unter Aufsicht der Väter und Mütter der Stadt in den Büchern. Sie durften die Bücher nicht mitnehmen. Die Väter und Mütter der Stadt hatten Welka zur Bürgermeisterin gemacht, weil sie wußte, was in den Büchern stand. Sie, Patrizia, verkaufte die Bücher, von denen Welka gesagt hatte, sie seien nicht so wichtig. Sie wohnte dafür im Haus der Bürgermeisterin, die mit Carlo zusammenlebte.

Koby fragte, ob Welka anderen Kindern das Lesen und Schreiben beibringe. Das sei nicht nötig. Die Kinder stürben ja alle spätestens mit fünfzehn. Einzelne Väter und Mütter lernten das Lesen von ihr, aber sie könnten es nur sehr stockend. Niemals so gut wie Welka, die in einer Stunde ein Dutzend Bücher lese. Welka sage, sie sei die einzige, die nicht sterben werde. Es stehe in den Büchern. Die Väter und die Mütter glaubten ihr. Wenn sie, Patrizia, Bürgermeisterin werden wollte, würde sie auch sagen, sie werde nicht sterben, selbst wenn es gar nicht wahr sei. Sonst würden sie die Väter und Mütter nicht zur Bürgermeisterin machen. Sie glaube nicht, daß es stimme. Welka werde genauso sterben wie alle anderen. Welka habe übrigens auch die Teezeremonie eingeführt. Früher habe niemand Tee getrunken. Welka habe aus den Büchern gelernt, wie man den Tee anpflanze und ernte. Sie habe schon immer Tee getrunken. Koby wußte, es war nicht wahr. Weil sie immer so viel Tee getrunken habe, werde sie nicht sterben. Wenn die Väter und Mütter Tee tränken, würden sie älter. Wenn die kleinen Kinder Tee tränken, dann brauchten sie – vielleicht – ebenfalls nicht zu sterben.

Als sie bereits eine Zeitlang gesungen hatten, öffnete sich noch einmal die Eingangstür beim Hauptportal. Auch aus der Entfernung erkannte er sie sofort. Er hatte so oft an sie gedacht. Er hatte mit niemandem über die Szene gesprochen, deren Zeugen er und Carlo gewesen waren. Nicht mit Vätern und Müttern und auch nicht mit anderen Kindern. Aus allem, was ihn die Väter gelehrt hatten, wußte er, es war nicht richtig gewesen, daß sie die Mutter getötet hatte, selbst wenn diese sie so beschimpft hatte. Sie ging, während er sang, durch den Mittelgang zum Hauptaltar, sie blickte ihn an, er blickte sie an. Er sang, doch er dachte nicht an das, was er sang, er dachte nicht mehr an die anderen, die um sie beide herum waren, er vergaß sogar Carlo, der hinter ihr ging. Sie kam auf ihn zu, zwischen den bis auf den letzten Platz gefüllten Bänken des hell erleuchteten Doms, überall waren Blumen, und es war, als wäre der Dom und alles, was er im Augenblick beherbergte, nur für sie beide erschaffen worden. Sie ging nicht mehr unwillig stolpernd, den Kopf nach der Seite wendend, sie machte keine unwirschen Bewegungen mehr, sie hielt sich gerade und ging mit gemessenen Schritten, sie trug ihre Hose in einem blaugrünen Schottenmuster und ihre Rüschenbluse und ihre Lackschuhe mit Stolz. Er wußte, sie gab sich nicht nur so, weil sie im hohen Dom, im Kerzenschein, unter den Blicken der ganzen Stadt auf ihn zuging. Jetzt konnte er ihr Gesicht besser erkennen. Mit dem gleichen Gesichtsausdruck war die Mutter auf sie zugekommen, als er und Welka unschlüssig auf der überwachsenen Straße vor dem Gartentor auf und ab schlenderten, mit dem gleichen Gesichtsausdruck hatte die Mutter Carlo befohlen, sie zurückzubringen, wenn sie weglief, Carlo hatte es getan, und Koby wußte, sie befahl Carlo und

Carlo tat, was ihm aufgegeben wurde. Sie war jetzt die Mutter. Er verstand auch die Väter und Mütter der Stadt, die sie zur Bürgermeisterin gemacht hatten und die ihr glaubten, daß sie nicht sterben würde. Man mußte ihr das glauben, wenn man sie so gehen sah, auch wenn man es ihr nicht glaubte.
Es dauerte eine Ewigkeit, bis sie in der großen Kirche bei der ersten Reihe vor dem Hauptaltar angelangt war. Er hatte es nie für möglich gehalten, daß die Tat Welkas einfach in der Welt blieb, daß die Welt danach unverändert ihren Gang gehen konnte. Er hatte immer geglaubt, es müsse etwas folgen, was entweder die überlebenden Beteiligten, Welka, Carlo, ihn oder die Welt um sie so veränderte, daß sie wieder in die Welt eingeordnet wären. Die Welt mußte sich doch erst mit Welka und mit Carlo und mit ihm, die sie nicht verhindert hatten, was Welka getan hatte, versöhnen, ehe sie weiterleben konnten. Welka wollte nicht mehr weggehen, weil es niemanden mehr gab, der ihr verbot wegzugehen. Sie durfte die Stadt nicht betreten. Die anderen Kinder durften nicht mit ihr spielen. Sie mußte weggehen, jetzt gegen ihren Willen. Carlo war der einzige in der Stadt, der wußte, es war Welka gewesen. Die Väter und Mütter der Stadt wußten nichts. Welka war mit sich und ihrer Tat allein, sie versuchte zu vergessen, aber es gelang ihr nicht zu vergessen. Sie ging zum Fluß, das Wetter war wie damals, klar, jedoch nicht zu warm, und sie mußte daran denken, sie blieb im Haus und mußte daran denken, sie ging in die Stadt, aber sie konnte auch dort nicht vergessen, sie würde weggehen, weil sie es jetzt tatsächlich nicht mehr aushielt, weil sie immer daran denken mußte, was sie getan hatte, und sie würde weggehen, obwohl sie überhaupt nicht mehr weggehen wollte, doch es würde nichts

helfen, sie würde nicht vergessen. Auch wenn es keine Strafe gab für das, was sie getan hatte, sich mit Carlo zu entzweien wäre mindestens unklug gewesen, dann hätten es alle gewußt. Sie konnte ihn nicht wegschicken. Solange Carlo sich in ihrer Nähe befand, wurde sie immer an alles erinnert. Carlo war die Strafe. Carlo war zu bequem, um eine Strafe zu sein. Er tat jetzt alles für sie, was er vorher für die Mutter getan hatte. Er würde niemals versuchen, sich die Macht anzueignen, die sie besaß. Wie er vorher nie versucht hatte, gegen die Mutter aufzubegehren. Er hatte nie mit ihr gemeinsame Sache gegen die Mutter gemacht. Carlo war keine Strafe.

Es war so einfach gewesen. So selbstverständlich. Es konnte nicht falsch gewesen sein. Wenn sie danach eine große Erleichterung gespürt hätte – aber da war keine Erleichterung gewesen. Und keine Reue. Es hatte ihr nicht leid getan. Sie hatte erwartet, daß Carlo ihr Vorwürfe machen würde. Carlo machte ihr keine Vorwürfe. Sie war zusammen mit ihm in die Stadt gegangen, und sie hatten gesagt, sie hätten die Mutter so gefunden, sie hätten nichts mehr angerührt, es mußten Fremde gewesen sein. Sie glaubte, daß Carlo viel öfter daran dachte als sie selbst. Sie fragte ihn nicht. Sie ließ ihn bei sich wohnen, sie gab ihm zu essen, und er tat nicht nur, was sie ihm sagte, er tat es schon, bevor sie es sagte. Als die Mutter tot vor ihr dalag, wußte sie, sie wollte nicht mehr weg. Als die Mutter tot vor ihr dalag, war sie stolz darauf, daß sie etwas konnte, was die anderen nicht konnten: lesen und schreiben. Die Väter und Mütter der Stadt sahen, sie verstand, was in den Büchern aufgezeichnet war, sie staunten darüber, daß sie wußte, wo noch andere Bücher zu finden waren und wie viele es waren, sie bewunderten, wie sie die Fragen derjenigen beantworten konnte, die wissen wollten, in welchem Buch sie welche Gegenstände finden würden, die Väter und Mütter der Stadt sahen, sie konnte auch befehlen, sie glaubten ihr, daß sie nicht sterben würde, und alle folgten ihren Befehlen. An Koby dachte sie überhaupt nicht mehr. Koby war weggelaufen, sie wollte nicht mehr weglaufen, hatte sie je weglaufen wollen? Carlo war dageblieben, wie sie dageblieben war. Warum sollte sie nicht dableiben, wo sie doch jederzeit wegkonnte. Sie hatte alles erreicht, was es zu erreichen gab, niemand konnte mehr erreichen als sie, und sie dachte doch wieder daran, wie es wäre wegzugehen. Wie es wäre, wenn sie nicht mehr Bürgermeisterin wäre. Da kam ihr Koby in den Sinn. Sie las viel schneller, seit die Mutter tot war, sie las viel mehr, seit die Mutter tot war, zunächst hatte sie, in Beantwortung der Fragen der Reisenden, fast ausschließlich wissenschaftliche Bücher gelesen, jetzt las sie immer mehr Romane. Über die Zeit, als die Stadt noch größer gewesen war, über andere Länder und andere Menschen. Sah die nächste Stadt aus wie diese. Oder war sie ganz anders. Gab es dort mehr oder weniger Menschen. Gab es dort auch Bücher. Gab es dort viele oder wenige, die lesen konnten. Sie wollte die Reisenden nicht fragen. Sie fragte nie etwas, denn sie wußte ja alles. Sie hatte deshalb Carlo unterwiesen, bei solcher Gelegenheit die Art von Fragen zu stellen, die sie selbst gern gestellt hätte. Aber es funktionierte nicht. Es war das einzige, was Carlo nur widerwillig tat. Er stellte die Fragen auf eine Art und Weise, daß die Reisenden nie Veranlassung sahen, sie ausführlicher zu beantworten. Sie wollte Carlo jedoch nicht dafür rügen. Carlo hatte begriffen, warum diese Fragen so wichtig für sie waren. Carlo wußte, er würde niemals mit ihr gehen, wenn sie doch der Stadt den Rücken kehren würde. Er wäre der erste, den sie zurücklassen würde. Trotz aller Lektüre versagte ihre Vorstellungskraft, wenn sie sich auszumalen versuchte, wie es wäre, wenn sie wegginge. Natürlich war die Welt, die sie jetzt umgab, nicht mehr dieselbe wie die in den Büchern beschriebene. Es kränkte sie in nicht sagbarem Ausmaß, daß sie so hilflos war, wenn es um das ging, was jenseits der Bücher war, was jenseits der Stadt war, die sie kannte. Koby hatte nicht lesen können. Dennoch hatte er gewußt, was jenseits der Stadt auf ihn wartete. Sie wußte nur von Buchstaben und von Sätzen. Sie hatte Beschreibungen in sich, Koby hatte lebendige Bilder in sich gehabt. Wenn sie selbst schon so hilflos war, dann war Carlo – es gab kein Wort dafür. Patrizia hatte ihr Rede und Antwort stehen müssen, warum sie so spät zurückgekommen war. Sie haßte es, daß Patrizia immer badete. Sogar im Winter. Sie kannte den Grund, er war ihr viel zu vertraut. Patrizia wollte weg, wie sie selbst früher, sie wartete auf die Gelegenheit, und sie bereitete sich gut vor, besser als sie früher, sie war gar nicht auf den Gedanken gekommen, daß Koby nicht dort sein könnte, Patrizia fing es klüger an, sie würde jemanden finden, der mit ihr ging, und vielleicht war der Jemand jetzt da. Sie hatte sofort an Koby denken müssen, als Patrizia von dem Jungen erzählte, den sie getroffen hatte. Es war unwahrscheinlich, daß es Koby war, doch sie stellte sich vor, es wäre Koby. Ihr erster Gedanke war, Patrizia nicht mehr aus dem Haus zu lassen. Vielleicht hatte Patrizia auch gar keinen Eindruck auf ihn gemacht. Sie konnte Patrizia immer noch wegsperren. Würde es wieder sein wie damals, das Gefühl, weggehen zu müssen, das Gefühl, nur mit ihm weggehen zu wollen – dann war er nicht dort gewesen. Carlo hatte sie zurückgebracht, Koby war nicht dort gewesen, später war Koby doch dort gewesen, als Zuschauer, dann war Koby davongelaufen, sie war dageblieben, mit Carlo – es war eine Mischung aus Sehnsucht und Wut, Sehnsucht, weil sie sich erinnerte, wie sie sich zusammen ausgemalt hatten, wohin sie gehen würden, wie sie nie wieder zurückkehren würden, Wut, als wäre es gestern gewesen, daß sie sich am Bahnhof verabredet hatten und Koby war nicht gekommen, wenn er gekommen wäre und wenn sie, wie es ausgemacht war, zusammen weggegangen wären, dann wäre der Mutter nichts geschehen, auch wenn es ihr recht und wenn es überhaupt richtig war, was der Mutter geschehen war. Sie erwog, ob sie nicht Koby beschuldigen sollte, er habe die Mutter getötet. Sie habe es damals nicht sagen wollen, weil er nicht mehr da war und man ihr nicht geglaubt hätte. Er würde nicht bestraft werden. Niemand wurde mehr bestraft. Im Gegensatz zu früher, in den Büchern würde er bestraft werden. Was in den Büchern stand, war so lange her und so weit weg. Sie wunderte sich, daß trotzdem so viele Reisende kamen, um in den Büchern zu lesen. Sie mußten doch auch wissen, wie lange vorbei und wie unerreichbar das war, was in den Büchern stand. Sie würde Koby zwingen hierzubleiben. Sie würde ihn halten, wie sie Carlo und Patrizia hielt. Sie brauchte Carlo nicht mehr. Sie würde Koby bestrafen. Sie würde ihn anstelle von Patrizia zum Markt schicken. Sie würde ihn schlagen und beschimpfen, wenn er keine Bücher verkauft hatte. Er hatte es verdient. Er hatte sie getäuscht. Er hatte die Mutter getötet. Es war gar nicht falsch, wenn sie behauptete, er habe sie getötet. Wenn der Junge, den Patrizia getroffen hatte, Koby wäre. Als Carlo nur die Stiege hinaufkam, noch ohne ein Wort gesagt zu haben, wußte sie, der Junge war Koby. Carlo berichtete ihr von seiner Begegnung mit ihm, sie fragte ihn darauf, wie viele Bücher Patrizia verkauft habe, keins, warum keins, seien keine Leute dagewesen, es seien viele Leute dagewesen, warum habe sie dann kein Buch verkauft, sie verkaufe doch nie ein Buch, das sei nicht wahr, letzte Woche habe sie ein Buch verkauft, sie erinnere sich nicht richtig, sie habe letzte Woche kein Buch verkauft, wie könne er es wagen zu behaupten, sie erinnere sich nicht richtig, sie erinnere sich an alles, sie denke an alle und an alles, was wäre er ohne sie, es sei seine Schuld, daß Patrizia nicht genug Bücher verkaufe, vielleicht stimme es gar nicht, vielleicht verkaufe Patrizia jede Menge Bücher, vielleicht betrüge er sie. Vielleicht wüßten er und Patrizia, wo noch Bücher seien, er und Patrizia gingen mit ihren, Welkas, Bücherkörben nur aus dem Haus, sie hätten noch andere Bücherkörbe, und sie böten die anderen Bücher am Markt an, und er und Patrizia legten das Geld auf die Seite, und Patrizia, die so dreckig gewesen sei, daß man nicht einmal habe erkennen können, ob sie ein Junge oder ein Mädchen sei, bade jeden Abend und warte nur darauf, mit ihm, Carlo, wegzugehen und sie, Welka, allein zurückzulassen – er und Patrizia betrögen sie dafür, daß sie ihm und Patrizia das Leben ermögliche, das sie führten. Sie war noch mehr in Wut darüber geraten, daß Carlo nicht einmal widersprochen hatte, obwohl sie wußte, es war nichts von dem wahr, dessen sie ihn beschuldigt hatte. Sie war drauf und dran gewesen, ihn zu schlagen, weil er alles tat, was sie wollte, weil er alles tat, was irgend jemand ihm aufgab, der stark war. Sie würde Koby nicht beschimpfen wie Carlo. Sie würde Koby nicht schlagen, wie manchmal Carlo. Koby würde sich nicht halten lassen wie Carlo und Patrizia. Koby konnte nicht gegen den Willen der Väter den ganzen Vormittag auf dem Markt unterwegs gewesen sein. Koby hatte Sonderrechte. Wie sie. Er hatte sich äußerlich genauso wenig verändert wie sie. Er sang rein und kräftig. Patrizia hatte die Unverschämtheit gehabt, sich unter die Väter und Mütter der Stadt zu mischen, sie saß unmittelbar hinter ihrem angestammten Platz, wie hatte Carlo das zulassen können. Obwohl sie vorgehabt hatte, weder Patrizia noch Koby zu beachten, warf sie Patrizia einen vernichtenden Blick zu. Ihre Wut wurde noch größer darüber, daß sie vor der ganzen Stadt nicht das gemacht hatte, was sie sich vorgenommen hatte, und wieder war Koby daran schuld. Koby war an allem schuld.

Ich werde am Bahnhof sein.
Wirst du wirklich dort sein?
Ich verspreche es.
Wirst du bestimmt dort sein? Damals –
Damals habe ich es nicht versprochen gehabt.
Du hast aber gesagt, du würdest dort sein.
Ich habe es nur so gesagt.
Sie saßen zusammen beim Essen in der Herberge. Der Gesang war mit großem Beifall bedacht worden. Alle Wut war verflogen, alle Spannung gewichen. Koby berichtete Welka von den Städten und Flecken, in denen er gesungen hatte, und er dachte wieder nicht an Patrizia, obwohl er sich fest vorgenommen hatte zu fragen, warum Patrizia nicht mit ihnen essen durfte.
Meinst du es ernst.
Ich meine es immer ernst.
Alle konnten mithören.
Warum bist du damals nicht dort gewesen.
Wir haben uns oft am Bahnhof verabredet. Wir haben oft gesagt, wir laufen weg. Dann sind wir doch nicht weggelaufen.

Ich wollte immer weg.
Er hatte aus Verlegenheit gefragt, nicht weil er Zweifel hatte, daß sie es nicht ernst meinte. Sie hatte zuerst nur gescherzt. Oder zumindest hatte sie geglaubt, nur zu scherzen. Jetzt meinte sie es ernst.
Ich will weg. Weg. Weg.
Als sie die Väter und Mütter der Stadt dazu gebracht hatte, den Sängern eine ganze Woche freien Aufenthalt zu bieten, hatte sie selbst nicht gewußt, warum sie es getan hatte. Jetzt konnte sie es sich erklären.
Soll ich dir ein Geheimnis erzählen.
Er kannte ihr Geheimnis. Sie wußte, er kannte es. Sie war ernsthaft, aber auf eine Art und Weise, die jeden Gedanken an ein Schuldeingeständnis ausschloß.
Warum wir so viele Bücher hatten.
Wer wir.
Die Mutter und ich.
Viele hatten früher Bücher.
Nicht so viele Bücher. Warum wir im Keller wohnten.
Andere wohnten auch im Keller.
Nicht in einem Keller wie unserem. – Es war ein Betrug.
Sie gingen zu zweit durch die von Fackeln beleuchtete Stadt.
Sie schrieb ein Buch. Dann ließ sie von dem Buch hunderttausend Exemplare drucken. Es war ein Roman.
Was ist ein Roman.
Ein Roman ist ein Buch, das eine Geschichte erzählt.
Sind nicht alle Bücher Romane.
Es gibt auch wissenschaftliche Bücher. In einem Roman kommen Menschen vor. Sie leben, sie tun etwas, sie sagen etwas, sie sterben. Oder sie sterben nicht. In den wissenschaftlichen Büchern werden keine Geschichten erzählt, da geht es zum Beispiel um die Sonne und um den Mond. Wor-

aus die Sonne und der Mond bestehen. Wie die Erde mit der Sonne und dem Mond zusammenhängt.
Aber wenn es um Menschen geht und darum, wie alles zusammenhängt, muß man doch auch Geschichten erzählen.
Sie ließ das Buch auf eigene Kosten drucken.
Was heißt auf eigene Kosten.
Sie bezahlte es selbst.
Bezahlt nicht jeder, der ein Buch schreibt, das Drucken selbst.
Die, die Bücher schrieben, hatten kein Geld. Andere, die Geld hatten, bezahlten das Drucken und verkauften dann die Bücher mit Gewinn. Wenn sie sie verkaufen konnten. Wenn nicht, verloren sie ihr Geld.
Warum kauften die Leute die Bücher nicht, wenn sie für sie gedruckt wurden.
Die schlechten Bücher wurden immer verkauft, die guten oft nicht.
Wieso wurden nicht die guten Bücher verkauft?
Weil die Leute die guten Bücher nicht verstanden.
Wenn die Leute die guten Bücher nicht verstanden, warum wurden sie dann gedruckt.
Manchmal verstanden die Leute sie später.
Du weißt immer gleich, was ein gutes und was ein schlechtes Buch ist.
Die Mutter ließ jedenfalls hunderttausend Exemplare drucken.
War es ein gutes oder ein schlechtes Buch?
Es war kein gutes Buch.
Dann war es doch richtig, so viele Bücher zu drucken.
Es war nicht die richtige Sorte von schlechtem Buch. Aber das verstehst du nicht. Sie ließ es drucken, und sie lagerte die Exemplare in der Garage. Dann ließ sie eine neue Was-

serleitung durch die Garage in den Garten legen. Die so heftig leckte, daß alle Bücher unter Wasser gesetzt wurden. Die Versicherung bezahlte für den Schaden.
Was ist eine Versicherung.
Das sind Leute, die einem einen Schaden ersetzen. Man muß sie immer bezahlen. Alle zahlen, aber nur wenige haben einen Schaden, den sie ersetzt bekommen. – Sie hatte den Schaden selbst verursacht. Die Versicherung merkte es nicht. Die Bücher waren wertlos, niemand hätte sie gekauft. Die Versicherung merkte auch das nicht. Mit dem, was sie für die Bücher bekam, baute sie sich den sicheren Keller.
Sie hätte doch gleich den Keller bauen können, ohne das Buch zu schreiben.
Sie hat viel mehr für die Bücher bekommen, als sie sie gekostet haben. Sie hat das bekommen, was sie bekommen hätte, wenn sie die Bücher verkauft hätte, nur daß sie sie niemals hätte verkaufen können, verstehst du.
Welka sprach nie mit anderen Kindern und nur selten mit Vätern oder Müttern, die nicht lesen konnten. Sie war gewohnt, daß man sich ihr mit Ehrerbietung näherte. Vielleicht würden diejenigenen, die keine Bücher lasen, genauso fragen und genauso widersprechen wie Koby, aber sie wagten es nicht, wie Carlo. Sie hatte versucht, Carlo das Lesen beizubringen. Damit er ihr ein besserer Gesprächspartner wäre. Er hatte lesen gelernt, wie er alles tat, was sie ihm befahl. Sie gab ihm ein Buch, er las es, sie kontrollierte und erkannte, er hatte es verstanden. Doch er las nichts von sich aus. Sie hatte es aufgegeben, ihn zum Lesen anzuhalten.
Koby verstand nicht, warum die Vergangenheit, von der Welka erzählte, wichtig sein sollte. Welka wollte die Welt

der Bücher beherrschen, um zu sein wie die Mutter, bei der sie aufgewachsen war. Sie versuchte, diese Welt mit ihm zu teilen. Er konnte nicht lesen, er konnte sich aus der anderen Welt nicht nehmen, was er sah, wie er es mit der wirklichen Welt machte, wie konnte er die andere Welt mit ihr teilen, wenn für ihn immer nur genau das zugänglich war, was Welka für ihn auswählte. Welka war das Mädchen, das mit ihm am Bahnhof stand, und zugleich die Mutter, die verbot, daß sie dorthin ging. Wie konnte er den Graben zwischen sich und der Mutter in Welka überwinden. Er mußte lesen lernen. Er mußte sein gesamtes Leben ändern. Er mußte mit ihr hierbleiben. Oder mit ihr weggehen. Er würde in jedem Fall nicht mehr singen. Selbst wenn er noch so schnelle Fortschritte machen würde, sie würde ihm immer voraus sein. Er würde in spätestens zwei oder drei Jahren sterben. Koby begriff nicht, daß die Symmetrie, die darin lag, daß Welka sich in der Welt der Bücher und er sich in der wirklichen Welt zurechtfand wie niemand sonst, ihn in ihren Augen mehr als gleichwertig machte und sie völlig vergessen ließ, daß er nicht las, sie niemals erwarten ließ, daß er einmal lesen würde.

Sing uns was.
Sie waren zu dritt.
Hörst du nicht. Du sollst uns was singen.
Der erste Junge holte aus, um ihm ins Gesicht zu schlagen. Koby hob die Fäuste zur Deckung, sein Gegner bremste jedoch den Schlag vorher ab. Koby ließ seine Fäuste wieder sinken. Da trat ihn der zweite Junge von hinten um.
Hast du nicht gehört.
Was wollt ihr von mir.
Koby versuchte, sich zu erheben, aber der dritte Junge trat

ihn erneut von hinten um. Diesmal konnte er sich nicht abstützen, er schlug mit dem Kopf auf das Pflaster und war für einen Augenblick bewußtlos.
Ihr wollt doch auch, daß er singt.
Der vor Koby Stehende wandte sich an die beiden, die ihn von hinten niedergetreten hatten. Sie nickten.
Jetzt mußt du aber wirklich singen. Sonst werden wir noch ungeduldig.
Der Wortführer trat ihm in den Bauch, daß er sich vor Schmerzen krümmte. Aus der Kopfwunde, die Koby sich beim zweiten Tritt zugezogen hatte, begann Blut auf das Pflaster zu tropfen.
Vielleicht muß er sich erst konzentrieren.
Derjenige, der die Kopfwunde verursacht hatte, hinderte die beiden anderen daran, erneut zuzutreten.
Er soll aufstehen. Im Liegen kann man nicht singen.
Und zu Koby: Es wäre besser, wenn du aufstehst.
Koby hockte sich auf die Fersen, stützte sich mit den Armen auf dem Boden ab und blickte um sich. Die drei waren kein Zufall gewesen. Als sie sich ihm und Patrizia entgegengestellt hatten, war sein erster Gedanke gewesen, daß Patrizia ihn in eine Falle gelockt hatte. Sie hatte sich nachts zu ihm in die Herberge geschlichen, sie war mit ihm in einer dunklen Straße am Fluß spazierengegangen, um ihn in die Fänge der drei zu treiben.
Patrizia stand in einiger Entfernung unbeweglich in einem Hauseingang.
Warum hast du das getan?
Sie gab keine Antwort.
Der Wortführer herrschte sie an, sie solle verschwinden, sie gehorchte nicht, er kümmerte sich nicht weiter um sie.
Sing jetzt!

Koby erhob sich.
Sing!
Koby schwankte.
Du bist hier, um zu singen. Deswegen bekommst du Unterkunft und Essen. Wenn du nicht singen willst – wir haben was gegen Leute, die uns alles wegessen.
Der Wortführer schlug ihm mit der Faust ins Gesicht, ein anderer trat ihm das Bein weg, er fiel wieder mit dem Kopf auf das Pflaster und verlor erneut das Bewußtsein.
Als er aufwachte, fand er seinen Kopf in Patrizias Schoß. Er konnte kaum sprechen, dennoch fragte er sie sofort wieder, warum sie das getan habe. Sie antwortete, sie habe es tun müssen. Carlo wolle nicht, daß er in der Stadt bleibe. Wenn sie es nicht getan hätte, dann hätten sie ihn bei anderer Gelegenheit in den Fluß geworfen. Sie, Patrizia, wisse nicht, ob er schwimmen könne. Er konnte schwimmen, die Stromschnellen bedeuteten jedoch auch für einen guten Schwimmer höchste Gefahr. Sie hätten ihr versprochen, sie würden ihn nur ganz leicht boxen.
Sie stützte ihn auf dem Weg in die Herberge, sie trug ihn fast. Im Halbdunkel der Kerzen sah niemand seine Verletzung. Sie riß ihr Hemd in Streifen, legte die Haare nahe der Wunde sorgfältig zur Seite, reinigte mit den in sauberes Wasser getauchten Stoffstreifen die Wundränder und versuchte dann, die Blutung zu stillen. Anschließend begleitete sie ihn zu seinem Lager und ließ sich wie selbstverständlich neben ihm nieder.
Er lag mit offenen Augen da und sah sie an, sie lag mit offenen Augen da und sah ihn an. Er war erstaunt über sich selbst, wie er, eben noch so wütend, jetzt so sanftmütig war. Carlo sah, Welka hatte sich in den Kopf gesetzt, aus ihm, Koby, ein Werkzeug zu machen, das ihn überflüssig

machte. Carlo hatte Patrizia angestiftet, ihn zu verraten, damit er die Stadt verließ. So schnell wie möglich. Damit alles wieder so wäre wie früher. Aber er konnte auf Carlo nicht zornig sein. Carlo hatte seine Schwäche so deutlich gezeigt, er bemitleidete Carlo eher. Er mußte auf Welka zornig sein. Natürlich hätte Welka alles unternommen, um ihm dieses Erlebnis zu ersparen. Trotzdem war es Welka, die Carlo zu dem zwang, was er tat. Wie sollte er, Koby, sofort die Stadt verlassen, wenn Welka mit den Vätern ausgemacht hatte, sie blieben eine ganze Woche. Er würde die Stadt nicht ohne die anderen verlassen. In einer Woche konnte er sich erholen, Welka würde eine Woche lang zeigen, wie leid ihr alles tat, und eine Woche lang würde Carlo ihren schlimmsten Zorn aushalten müssen. Oder wollte Carlo lediglich erreichen, daß er niemals wiederkam. Er würde nicht wiederkommen, denn sie würden den Fluß entlang weiterziehen. Keiner von den Jungen im Bus war zweimal am gleichen Ort aufgetreten. Nur er war in eine Stadt zurückgekehrt, die er kannte, weil er dort herkam. Er würde in zwei, drei Jahren sterben und vorher nicht zurückkehren. Wenn Carlo fürchtete, er würde endgültig bleiben und seinen Platz bei Welka einnehmen, wie kam er dann auf den Gedanken, er, Koby, würde sich von ihm, Carlo, durch solche Streiche abschrecken lassen. Es waren nicht die ersten Schläge gewesen, die er hatte einstecken müssen. Wenn er vorhätte, Carlos Platz bei Welka einzunehmen, mußte er sich durch Carlos Hinterlist nicht geradezu ermutigt fühlen, sie zeigte, sein Plan würde aufgehen, hätte Carlo sonst zu solchem Mittel gegriffen. Wollte er tatsächlich bleiben und Carlos Platz bei Welka einnehmen. Er blickte Patrizia an, und sie blickte ihn an. Wie konnte Carlo auf den Gedanken kommen, er, Koby, würde sich einschüchtern lassen. Vielleicht hatte Welka niemals mit Carlo über ihn gesprochen, und er war für Carlo nur der Koby, der untätig zugesehen hatte und schließlich davongelaufen war. Carlo fürchtete, Welka würde tatsächlich mit ihm, Koby, weggehen, wie sie es ihm vorgeschlagen hatte. Carlo bliebe allein zurück, er wäre ein Niemand, denn er verdankte alles, was er war, Welka, er war nichts ohne sie. Welka hatte gesagt, sie wolle weggehen, weil sie früher immer gemeinsam davon geträumt hatten wegzugehen. Sie wollte ihn, Koby, nur an sich binden, dazu war ihr jedes Mittel recht. Er mußte doch auf jemanden zornig sein. Der einzige Mensch, von dem er sicher wußte, was er dachte, war Patrizia. Sie wurde ausgenutzt und mißhandelt, sie sah keine Möglichkeit, aus ihrer erniedrigenden Stellung herauszukommen, sie wollte mit ihm fortgehen, selbst wenn sie ihn verraten hatte, letztlich hatte sie ihn beschützt, sie würde überallhin gehen, wohin er ging, wenn es nur fort von hier war, er durfte auf sie nicht zornig sein, wenn er auf jemanden zornig sein wollte, dann auf sich selbst, weil er mit einem Anschlag hätte rechnen müssen und weil er sich nicht sofort gegen die drei gewehrt hatte, er hätte eine Chance gehabt, wenn er als erster zugeschlagen hätte, sie wären überrascht gewesen, er hätte sich Zeit verschafft, um ihnen zu entkommen.

Koby, es tut mir so unendlich leid. Koby, Carlo wird dafür büßen. Koby, Carlo versteht nichts. Er ist undankbar. Du bist nicht undankbar. Ich mache dir nichts vor, ich meine es ehrlich. Koby, nimm mich mit. Koby, ich will alles für dich tun. Koby, geh mit mir von hier weg, und ich zeige dir ein anderes Land. Koby, es gibt ganz andere Länder. Koby, in den Büchern sind ganz andere Länder. Ich habe Carlo das

Lesen beigebracht, er will die anderen Länder nicht. Koby, die Welt in den Büchern gibt es noch. Carlo ist zu dumm. Carlo ist zufrieden mit dem, was er hier hat. Ich habe sofort gewußt, daß etwas nicht stimmt. Er hatte Angst, es würde herauskommen, es mußte herauskommen. Wer sonst sollte dir etwas tun. Patrizia hat mir alles erzählt. Ich bin sofort zu dir gekommen, Koby. Koby, es tut mir so leid. Carlo ist so dumm. Ich weiß, daß es die Welt aus den Büchern gibt. Er sagt, es gibt sie nicht. Carlo will nur, daß alles so weitergeht wie bisher. Du bist anders, Koby. Wir können in ein anderes Land gehen. Ein Land, das in den Büchern beschrieben wird, das Land, in dem die Bücher gemacht wurden, das Land, in dem die Bücher immer noch gemacht werden. Koby, es ist ein ganz anderes Land. Die Bücher werden nicht in Körben feilgeboten. Die Leute, die die Bücher machen, arbeiten in Türmen, die höher sind als der Dom. Die Türme sind nicht unten dick und oben dünn wie hier, sie gehen ganz gerade hoch. Sie sind nicht aus Stein und unregelmäßig, sondern aus Eisen und Glas, ganz glatt. Wenn schlechtes Wetter ist und die Wolken tief hängen, sieht man von unten nicht einmal die oberen Stockwerke. Aus den oberen Stockwerken sieht man nicht die unteren und die Straße. In den Türmen gibt es Kabinen, in die stellen sich die Leute hinein, die Kabinen werden dann mit ungeheurer Geschwindigkeit in das oberste Stockwerk hinaufgezogen. Man muß nicht in das oberste Stockwerk fahren, man kann wählen, man kann mit der Kabine auch nur bis zur halben Höhe fahren. Wenn der Vorgesetzte von allen, die in einem Turm Bücher machen, einsteigt, dann wird die Kabine immer in das oberste Stockwerk hochgezogen, ganz gleich, wohin die anderen wollen, sie müssen auch erst hochgezogen werden, danach werden sie wieder dorthin heruntergelassen, wo sie hinwollen. Die Leute, die Bücher machen, sind sehr mächtig, weil sie Bücher machen, sie sind jedoch auch sehr ohnmächtig, denn sie gehören anderen Leuten. Diese anderen Leute besitzen Fabriken, in denen stellen sie etwas her, zum Beispiel die Türme und das, was darin ist, oder sie besitzen Märkte. Es gibt Hallen aus Glas, man kann überall hineinsehen, und überall werden Waren angeboten, Essen, Kleider und auch Bücher, nicht so wie hier im Freien, alles ist geschützt, die Bücher stehen in Regalen, ganz frische Bücher, nicht geöffnet, nicht gelesen, wenn man sie aufmacht, kleben die Seiten noch aneinander, alles ist hell beleuchtet, man kann in jedem Winkel lesen, von den Büchern, die am meisten verkauft werden, gibt es ganze Stapel, und alle sind ungelesen. Die Leute, die Bücher machen, müssen Tag und Nacht lesen. Sie müssen entscheiden, welche Bücher gedruckt werden und wie sie gedruckt werden, ob es kleine oder große Bücher werden. Die Leute, die die Bücher schreiben, sind ganz arm. Sie können sehr reich werden, wenn aus ihrer Niederschrift ein schweres Buch wird und wenn das Buch in Stapeln in den Märkten liegt und alle kaufen das Buch. Einmal im Jahr gibt es einen Markt nur für die Leute, die Märkte besitzen. Da dürfen diejenigen, die die Bücher eigentlich kaufen, gar nicht hinein. Die Leute, die Bücher machen, zeigen ihre neuen Bücher, und sie tun alles, damit die Leute, die Märkte besitzen, ihre Bücher in die Märkte legen, so daß sie gekauft werden können. Denn wenn ein Buch nicht im Markt liegt, kann es nicht gekauft werden. Die, die sonst die Bücher schreiben, machen Musik, Schauspieler werden angestellt, um diejenigen, die Märkte besitzen, zu überreden, das Buch zu nehmen, überall sind Frauen, keine Kinder, aber auch keine Mütter, und sie sind besonders schön angezogen. Die Leute, die Bücher machen, müssen auch das Jahr über danach streben, ihre Bücher in die Märkte zu bekommen. Deswegen versuchen sie, die wichtigen Leute der Stadt zu treffen. Die wichtigen Leute wollen alles immer zuerst wissen, und sie möchten nicht von etwas lesen, sondern sie wollen es selbst kennenlernen. Die unwichtigen Leute machen dann, was die wichtigen Leute befehlen, oder sie machen nach, was die wichtigen Leute machen, weil sie denken, so werden sie selbst wichtig. Koby, ich habe von einem Mann gelesen, der war Vorgesetzter von vielen, die Bücher machten. Er hatte eine dunkle Haut, nur an den Innenflächen der Hände und unter den Füßen war sie hell, und er schob sich immer die Brille ins Haar. Er war oft nächtelang unterwegs, in Gaststätten und auf Festen, trotzdem war er jeden Morgen im obersten Stockwerk vor seinem Schreibtisch. Wenn er ein neues Buch vorstellte, richtete er ein Fest in seiner Wohnung aus. Es gab zu essen und zu trinken, eigentlich war die Wohnung viel zu klein für die vielen Gäste, wenn er jedoch für das Fest einen Saal gemietet hätte, dann wäre es gewesen wie alle anderen Feste, so hatte er alle eingeladen, als wären sie seine Freunde, sie konnten sehen, wie er wohnte, welche Bücher er in seinen Regalen hatte, welche Bücher auf seinem Schreibtisch lagen, woran er zu Hause arbeitete. Diejenigen, die Bücher schreiben, sind die ohnmächtigsten Leute. Sie müssen warten, bis ihr Buch gemacht wird, und wie es gemacht wird, darauf haben sie nicht den geringsten Einfluß. Wenn es nicht gemacht wird, haben sie umsonst geschrieben, wenn es nicht gemacht wird, bringen sich viele um. Auch wenn jemand viele Bücher geschrieben hat, die alle gekauft worden sind, es kommt immer wieder vor, daß er keine solchen Bücher mehr schreiben kann, und alle wissen es vorher, wenn er das nächste Buch noch gar nicht angefangen hat, es wird kein Buch mehr von ihm gemacht, oder er schreibt ein Buch, das ist wie die bisherigen, trotzdem sind alle der Meinung, daß das Buch nicht mehr gekauft wird, dann wird das Buch ebenfalls nicht mehr gemacht, selbst wenn es ganz genauso ist wie die bisherigen. Es gibt nur ganz wenige, die immer Bücher schreiben können, die alle machen wollen. Sie werden jedoch oft sehr schnell vergessen, ihre Bücher werden nur verkauft, solange sie leben, während andere, deren Bücher nie gemacht wurden oder die nur kleine Bücher hatten, sterben, und wenn sie tot sind, dann werden auf einmal viele große Bücher über ihre kleinen Bücher gemacht. Die mächtigsten Leute sind jedoch nicht diejenigen, die Bücher machen, oder diejenigen, denen die Türme, die Fabriken und die Märkte gehören. Die allermächtigsten sind die Agenten. Sie sind diejenigen, die ganz genau wissen, welche Leute welches Buch machen werden, sie sind diejenigen, die ganz genau wissen, welche Leute aus welcher Niederschrift ein schweres Buch und aus welcher Niederschrift ein leichtes Buch machen. Sie sind diejenigen, die wissen, welche Märkte wann welche und wie viele Bücher nehmen. Wenn jemand, der Bücher schreibt, reich werden will, dann geht er zu einem Agenten. Meint der Agent, man kann aus der Niederschrift ein Buch machen, sagt er, auch wenn es schon geschrieben ist, das Buch ist noch nicht geschrieben, aber er weiß ganz sicher, es wird ein nie dagewesenes Buch sein, die Leute, die Bücher machen, werden besonders neugierig darauf, sie bezahlen im voraus dafür, daß sie das Buch machen dürfen, der Agent sagt dem einen, der andere habe ihnen soundso viel für das Buch geboten, es ist gar nicht wahr, aber weil der eine das Buch unbedingt machen will, glaubt er es und bietet mehr, damit geht der Agent zu dem anderen, der bietet wieder mehr, weil er das Buch auch unbedingt machen will, der Agent geht zu dem ersten zurück und, wenn der nicht mehr bietet als der zweite, zu einem dritten, so lange, bis er keinen mehr findet, der mehr bietet. Die Agenten wissen auch, welche Bücher nie gemacht werden und welche von denen, deren Bücher nie gemacht werden, sich umbringen. Koby, in dem Land, in dem die Bücher gemacht werden, gibt es nicht nur Kinder und Mütter und Väter. Dort sterben die Kinder nicht. Die Leute, die Bücher machen, die Leute, die Bücher schreiben, die Leute, denen die Türme, die Fabriken und die Märkte gehören, sie sind oft weder Kinder noch Mütter oder Väter. Koby, wir gehen zusammen von hier weg. Koby, wir werden das Land finden. Koby, dort gibt es Straßen, die sind so breit wie der Fluß, und sie machen überhaupt keine Kurven. Es gibt keine Risse und keine Sperren, auf den Straßen kann man überallhin. Koby, dort gibt es nicht nur Menschen mit dunkler Haut, ich habe von einem Agenten gelesen, der eine ganz helle Haut hatte und ganz helle Haare, obwohl er kein Vater war, nur die Augen waren rot, und er war der mächtigste aller Agenten. Koby, nimm mich mit, geh mit mir fort. Koby, wir lassen alles zurück, die Stadt und Carlo, er wird nichts sein ohne mich, sie werden ihren Zorn an ihm auslassen, wenn ich weg bin, aber er hat es nicht besser verdient, nach dem, was er dir angetan hat. Koby, du mußt mich mitnehmen, Koby, es wäre alles nicht passiert, wenn du damals am Bahnhof gewesen wärst, dann wären wir schon damals weggegangen, aber du warst nicht da, deswegen mußte ich wieder zurück, du bist mir nachgegangen, aber dann bist du ohne mich weggegangen, du hast mich allein gelassen, nur Carlo war da, ich wäre so viel lieber mit dir gegangen, Koby, aber du warst weg, ich war da, mit Carlo, mit der toten Mutter, wir können noch einmal von vorn anfangen, Koby, wenn wir jetzt zusammen weggehen, es gibt die Welt aus den Büchern, wir gehen in das Land, in dem die Bücher gemacht werden, Koby, mit den Türmen, die manchmal ganz aus Glas sind, so daß sich die anderen Türme darin spiegeln und auch der Himmel und die Menschen.

Da die Wunden und noch mehr die Prellungen erheblich schmerzten, wenn er sich bewegte, verbrachte er die erste Wochenhälfte in der Herberge. Als er sie zu ersten Spaziergängen wieder verließ, wich der strahlend blaue Himmel hinter den spitzen Türmen des Doms einer dichten grauen Wolkendecke. Es war feucht und dunstig geworden, doch es regnete nicht. Der Fluß, ausladend und immer von der gleichen undurchsichtigen Farbe, schien gar nicht zu fließen, nur die Strudel zeigten langsame, dafür um so unerbittlichere Bewegung. Der Fluß gebar Wolken, die tief über der Stadt hingen und die vorgelegenen Hügel mit den Ruinen der Sicht der Einwohner der Stadt entzogen, der Fluß schlich sich in Nebelschleiern zwischen die alten Häuser und unternahm den Versuch, die Türme des Doms ihren Betrachtern zu entziehen. Unter dem in die Herberge einfallenden Sonnenschein war es Koby so vorgekommen, als sei das Haus, in dem Welka mit der Mutter gewohnt hatte, in ein paar Minuten zu erreichen. Nachdem der Fluß die Sonne erstickt hatte, war das Haus auf einmal viel weiter entfernt. Er wollte den Ort nicht mehr aufsuchen. Um das Eingeständnis zu vermeiden, er war bereit, das Vorgefallene gänzlich in den Hintergrund zu drängen, weil er mit Welka weggehen wollte. Dorthin, wo die Straßen nie endeten und wo die Häuser wie große Spiegel waren und sich gegenseitig widerspiegelten. Wo sie nichts mehr an ihre und seine Vergangenheit erinnern würde. Zu den Festen in den hohen Türmen, bei denen die neuen Bücher vorgestellt wurden. Er war weit herumgekommen. Die Väter und Mütter reisten nicht oft. Die Kinder reisten gar nicht. Nur die, die sangen, wie er. Die Stadt war von allen, die Koby gesehen hatte, die größte, die mächtigste, die wohlhabendste gewesen. Die Stadt, in der er aufgewachsen war, aus der er weggegangen war und in die er jetzt zurückgekehrt war. Er hatte keine dunkelhäutigen Menschen getroffen, die neue Bücher machten, und keine hellhäutigen Menschen mit roten Augen, die wußten, welche Bücher gemacht würden und welche nicht. Nur Welka, die alte Bücher sammelte und ordnete. Und Patrizia, die ganz alte Bücher am Markt in Körben verkaufte, zwischen Früchten und Tieren. Konnten sie das Land erreichen, in dem die spiegelnden Häuser standen. Welka hatte Zeit, sie würde nicht sterben. Oder war alles Erfindung. War das nur die Welt aus den Büchern, die es nicht wirklich gab. Wenn es dieses Land nicht gab und wenn Welka wußte, daß es dieses Land nicht gab. Es konnte dieses Land nicht geben. Sonst hätte er, Koby, davon gewußt, auch ohne Bücher. Sonst hätte er jemand getroffen, der dieses Land kannte. Sonst wäre er, Koby, von sich aus in dieses Land gelangt. Er hatte auch damals gewußt, daß es ihr ernst war. Obwohl sie schon damals nichts entbehrte, obwohl sie schon seinerzeit keinen Grund gehabt hatte fortzugehen. Er war nicht am Bahnhof gewesen, weil er mit der Möglichkeit rechnen mußte, sie würde tatsächlich die nächstbeste Gelegenheit ergreifen, um wegzulaufen. Damals hatte sie ihm etwas befohlen, er hatte nicht gehorcht. Jetzt befahl sie ihm nichts mehr. Sie bat ihn, weil sie wußte, sie konnte ihm nichts mehr befehlen. Sie wußte jetzt, sie hatte ihm nie etwas befehlen können. Er war der einzige, dem sie nichts befehlen konnte. Wenn Carlo wirklich alles machte, was sie wollte, warum hatte er sich dann getraut, den Anschlag gegen ihn anzuzetteln. Er mußte wissen, sie würde ihn dafür bestrafen. Oder wußte Carlo, sie würde sowieso mit ihm, Koby, fortgehen, er würde allemal seine Stellung verlieren, und es war gleich, hatte er deshalb den Hinterhalt gelegt. Es spielte keine Rolle mehr. Er, Koby, wollte mit ihr weggehen. Er entdeckte, daß ihm der Gedanke gar nicht schlimm war, sie würden möglicherweise nie dorthin gelangen, wo die Häuser Spiegel waren und die Straßen so breit wie der Fluß. Es war nicht so wichtig, ob sie wirklich dorthin gelangen würden. Ob es dieses Land gab. Noch gab. Sie bat ihn nicht nur, sie nahm seine Hand in die ihre. Das hatte sie noch nie getan. Er hatte immer geglaubt, sie würde ihn nie berühren. Die Berührung war anders gewesen als alle anderen Berührungen. Ganz anders, als wenn sich die immer frisch gewaschene Patrizia an ihn geschmiegt hatte, bevor ihn die drei geschlagen hatten, nachdem sie ihn geschlagen hatten. Als Welka ihn berührte, brauchte er die Augen nicht zuzumachen. Alles war wie früher. Die Hosen mit dem Schottenmuster, die weiße Bluse, die dunklen Schuhe, die weißen Strümpfe.

Hinter der Fassade seiner ergebenen Haltung war Carlo nicht weniger als verzweifelt. Welka hatte nie mit ihm über Koby gesprochen. So war Koby für Carlo tatsächlich nur der Koby, der nicht am Bahnhof gewesen war, obwohl er versprochen hatte, dort zu sein, und der davongelaufen war, als es galt einzugreifen. Warum hatte Welka die Väter und Mütter der Stadt beeinflußt, den Sängern einen längeren Aufenthalt zu bieten, als diese gefordert hatten. Auch jetzt, als er wieder aufgetaucht war, erwähnte sie Koby ihm gegenüber mit keinem Wort. Er glaubte, wie Koby, nicht an die Städte mit den Häusern, in denen sich andere Häuser spiegelten. Welka hatte alles, was jemand sich nur wünschen konnte, trotzdem wollte sie fort. Wie damals. Mit Koby. Wie damals. Wenn Welka fortgehen würde, dann müßte er aus dem Turm ausziehen, dann würde er wieder das Straßenkind werden, das er gewesen war, bevor er im Auftrag der Mutter auf Welka aufpaßte. Er mußte verhindern, er durfte nicht zulassen, daß Welka mit Koby fortging. Er hatte Patrizia eingeweiht. Sie brauche ihm gar nicht zu erzählen, sie wolle mit Koby fortgehen. Sie habe nur auf Koby gewartet. Deswegen habe sie jeden Abend im Fluß gebadet, auch im Winter, sie habe sogar eine Lungenentzündung riskiert, und sie habe dann tatsächlich Koby getroffen, beim Baden, er habe sehen können, wie sauber sie sei, alle wollten mit Koby fortgehen, nicht nur sie, jedes Mädchen in der Stadt, natürlich auch Welka, Welka immer schon, Koby sei davongelaufen, er, Carlo, sei dageblieben, um ihr zu helfen, er habe ihr immer geholfen, und jetzt wolle sie fortgehen und ihn zurücklassen, sie, Patrizia, habe keine Chance, auch wenn Koby gesagt habe, er wolle mit ihr, Patrizia, fortgehen, vielleicht habe er es im Augenblick tatsächlich gemeint, dann nur ein Blick in Welkas Augen, und Koby mache, was Welka wolle, das sei alles, was sie, Patrizia, von ihm erwarten könne, es werde so kommen, Koby und Welka würden zusammen fortgehen und ihn, Carlo, und sie, Patrizia, hier zurücklassen, aber er werde es verhindern, er werde sich wehren, er werde es nicht zulassen, er werde etwas machen, was keiner von ihm erwarte, darauf Patrizia, Welka könne doch ruhig gehen, sie hasse Welka, wie Welka die Mutter gehaßt habe, sie wisse alles, Welka habe es ihr erzählt, sie, Patrizia, könne auch lesen, sie könne wie Welka die Bücher ordnen und sie wisse, wie Welka, was in den Büchern stehe, es war nicht wahr, und Carlo wußte, daß es nicht wahr war, Patrizia hatte nur wenige Bücher gelesen, aber Welka werde nicht fortgehen, Welka werde niemals allein fortgehen, Koby werde davonlaufen, Koby schaue immer zu und dann laufe er davon, ohne Welka, ohne sie, Patrizia, vielleicht gehe er, Carlo, fort wie Koby, den alle bewunderten, weil er immer davonlaufe, und alle wollten mit ihm sein, vielleicht bewunderten ihn, Carlo, dann auch alle, wenn er davonliefe, wie Koby.

Wir gehen weg.
Wer geht weg.
Wir beide.
Die Möglichkeit, daß Welka mit ihm fortgehen würde, hatte Carlo niemals auch nur gedacht.
Wir nehmen nur die allerwichtigsten Bücher mit. Es sind nicht viele. Die eine Hälfte des Geldes gehört mir, die andere Hälfte gehört dir. Du kannst damit machen, was du willst.
Es war unmöglich.
Laß mich durch.
Carlo stand mit verschränkten Armen vor der niedrigen Holztür, hinter der sich die Bücher und das Geld befanden.
Welka versuchte, ihn zur Seite zu schieben.
Laß mich hinein.
Er wich nicht von der Tür.
Du gehst nicht fort.
Bist du verrückt geworden.
Sie gab ihm eine Ohrfeige.

Es war nur ein Vorwand gewesen. Welka würde niemals mit ihm fortgehen. Das Angebot, das Geld zu teilen, war dennoch ernst gemeint. Sie gab sich jedoch keine Mühe, Carlo davon zu überzeugen. Beide wußten, er war verloren ohne sie, die ihm sagte, was er tun sollte, das Geld nützte ihm nichts.

Koby, tu doch was.

Diesmal war alles besser vorbereitet. Sie hatte Koby gesagt, sie würde auf jeden Fall weggehen. Sie hatte ihn nicht mehr bedrängt, mit ihr zu gehen. Er müsse ihr nur helfen, aus der Stadt zu kommen. Dann werde sie allein weiterziehen. Koby hatte es nicht ablehnen können, sie aus der Stadt zu begleiten. Koby war gekommen, diesmal.

Koby, er läßt mich nicht.

Welka ging zu Koby und hakte sich bei ihm unter.

Koby, du bist stärker als er.

Koby konnte nicht mehr davonlaufen. Nicht diesmal.

Koby, er muß mich weglassen.

Carlo stand weiter reglos.

Sie befanden sich hoch über dem Boden, unmittelbar unterhalb der Turmplattform. Das Stockwerk konnte gegenüber der Stiege durch ein große Klapptür aus Eisen abgesichert werden, die jetzt, auf eine Eisenstange gestützt, offen stand. Welka löste sich von Koby, ging zur Stiege und zerrte die Eisenstange aus ihrer Verankerung, so daß die Klapptür krachend zufiel.

Koby, ich kann nicht weg, ganz ohne Bücher und ganz ohne Geld. Es gehört alles mir. Koby, Carlo kann die Hälfte haben. Koby, wir brauchen die Bücher und das Geld.

Sie drückte Koby die Eisenstange in die Hände. Koby wurde wachsbleich.

Koby, tu es!

Du mußt wahnsinnig sein!
Es war der erste Satz, den Koby geäußert hatte.
Carlo lachte: Er läuft wieder davon! Er läuft immer davon!
Koby hielt die Eisenstange in der Hand.
Koby, tu es! Tu es, tu es, tu es!
Welka schrie Carlo an und weinte zugleich. Carlo lachte laut.
Da ergriff Welka die Eisenstange, ging auf Carlo zu und holte aus. Carlo lachte immer noch und wich nicht aus. Der Schlag streifte ihn seitlich am Kopf, riß ihm fast das Ohr ab und zerschmetterte seine linke Schulter. Carlo taumelte auf den kleinen Balkon unterhalb der Turmplattform hinaus. Aus seiner Verletzung am Kopf floß sofort Blut in Strömen. Koby versuchte, Welka zurückzuhalten, die Carlo auf den Balkon folgen wollte.
Feigling! Feigling! Feigling!
Welka schrie Koby an, sie entwand sich ihm, sie schleifte die Eisenstange auf den Balkon, wo Carlo an der Brüstung lehnte, blutend, in sich zusammensinkend, sie holte noch einmal aus, Koby hinderte sie nicht mehr, sie traf Carlo am Kopf, sie ließ die Eisenstange nicht los, ihr Schwung trug sie über die eingefallene Brüstung, sie fiel mit der Eisenstange, erst die Eisenstange, dann sie, hinunter auf das Pflaster der Straße.

Es war alles wie damals, nachdem Welka die Mutter getötet hatte. Es spielte im Grund keine Rolle, daß Welka selbst dabei ums Leben gekommen war. Es war dieselbe Wut gewesen, der niemand etwas entgegensetzen konnte. Sie hatte Carlo gesagt, er solle aus dem Weg gehen, und er war nicht aus dem Weg gegangen. Wäre sie noch am Leben gewesen, sie wäre derselben Überzeugung gewesen, es war richtig, was Carlo geschehen war. Koby machte sich dieselben Vorwürfe wie damals. Er hatte sie festgehalten, bevor sie Carlo erneut angegriffen hatte. Er war stärker als sie. Warum hatte er sie losgelassen. Weil sie ihn Feigling genannt hatte. Damit sie über Carlos Leiche frei waren wegzugehen, so wie sie über die Leiche der Mutter frei gewesen war dazubleiben. Sie hätte doch wissen müssen, was Carlo auf ihre Ankündigung wegzugehen tun würde. Sie hätte doch wissen müssen, daß sich der untertänige Carlo nur einem entgegenstellen würde: dem Ende seiner Untertanenschaft. Hatte am Ende Welka Carlo auf den Gedanken gebracht, den Überfall auf ihn zu inszenieren, damit er sie im entscheidenden Augenblick nicht zurückhalten würde – und er, Koby, war ein Werkzeug gewesen, um ein anderes Werkzeug loszuwerden. Wenn es doch kein Plan gewesen war, wenn sie einfach mit ihm wegwollte, er hatte natürlich gewußt, es ging nicht nur darum, sie aus der Stadt zu bringen, wenn sie nicht damit gerechnet hatte, daß Carlo sich ihr, ihnen so entschlossen entgegenstellen würde, wenn sie ihn aus plötzlichem Zorn heraus angegriffen hatte, wenn sie aus der Wut des Augenblicks heraus ihn, Koby, aufgefordert hatte, Carlo zu erschlagen – er wußte doch, sie war böse, er und Carlo, sie hatten es immer gewußt, niemand hatte es besser gewußt als er und Carlo. Wie hatte er es vergessen können. Wie hatte er Patrizia vergessen können, die ohne Geld und ohne Bücher, nur mit ihm, Koby, fortwollte, die seine Wunden versorgt hatte und die hatte ansehen müssen, wie Welka ihn verzauberte. Er wurde schamrot, wenn er daran dachte, wie Welka ihn berührt hatte und welches Unrecht er Patrizia zugefügt hatte. Aber es war noch nicht alles verloren. Nicht für ihn und nicht für Patrizia. Sie würden jetzt zusammen fortgehen. Er würde nicht mehr sin-

gen. Sie würden ohne das Geld Welkas und ohne die Bücher fortgehen. Sie würden endgültig frei sein. Patrizia von ihrer Unterdrückung, er von seiner Vergangenheit. In dem Augenblick, in dem er Welka losließ, hatte er da vielleicht die Hoffnung gehabt, es würde das geschehen, was schließlich geschehen war, beide, Welka und Carlo, würden ihren Untergang finden oder sie würden zumindest durch das, was sie sich gegenseitig antaten, ihre Hölle so ausfüllen, daß kein dritter mehr in irgendeine Beziehung zu einem von ihnen verstrickt werden könnte. Vielleicht war es nicht falsch gewesen, daß er Welka losgelassen hatte. Vielleicht war es auch nicht falsch gewesen, daß er nicht eingegriffen hatte, als Welka die Mutter tötete. Es würde alles richtig sein, wenn er jetzt mit Patrizia fortginge.
Er lief zum Markt, aber Patrizia war nicht da, der Stand war leer, er lief zurück zu Welkas Turm, wo er schon von weitem die Menschentraube wahrnahm, die sich um Welkas Leiche gebildet hatte. Völlig außer acht lassend, daß niemand von seiner Zeugenschaft wußte, befürchtete er, eindringlich über das Geschehen befragt und für seine Unterlassung zur Verantwortung gezogen zu werden. Jetzt wollte er wirklich fort, so schnell als möglich. Man würde ihn niemals fortlassen. Man würde auch Patrizia nicht fortlassen, die in der engsten Beziehung zu den beiden Toten gestanden hatte. Er irrte den ganzen Tag durch die Stadt, und er dachte an die breiten Straßen, die Welka ihm beschrieben hatte, er blickte auf zu den Türmen der Stadt, die höher waren als alle anderen Häuser in allen anderen Städten, die er kannte, sie waren aus unförmigen rohen Steinen gemauert, sie waren nicht aus Eisen und Glas, er sah die Einwohner der Stadt, sie waren nicht dunkel, jedoch auch nicht ganz hell, er kehrte wieder auf den Markt zurück, in

der Hoffnung, Patrizia doch noch an ihrem Stand anzutreffen, aber der Markt hatte sich fast völlig geleert, die Einwohner der Stadt waren zu dem Turm gegangen, vor dem Welka tot auf dem Pflaster lag, und die Waren wurden auf Brettern angeboten, die auf Holzböcken lagen, und der Markt war unter freiem Himmel, und es waren nicht die gläsernen Hallen, die Welka ihm beschrieben hatte.

Es war inzwischen Nacht geworden, die Väter und die Jungen in der Herberge mußten längst erfahren haben, was mit Welka und Carlo geschehen war. Sie wußten, welches Gewicht die Bürgermeisterin seiner Anwesenheit in der Stadt beigemessen hatte, jetzt war die Bürgermeisterin tot, Carlo war tot, und er, Koby, war nicht in die Herberge zurückgekehrt. Er hatte Patrizia noch immer nicht gefunden.
Am Fluß. Wenn sie nirgends war, dann war sie am Fluß.
Sie schwamm auf dem Rücken. Das Wasser war kalt, doch sie bewegte sich, als ob sie in einem warmen See badete.
Er setzte sich auf den Rand der Kaimauer.
Es ist vorbei.
Ihr konnte nicht verborgen geblieben sein, was Welka plante und daß Carlo mit allen Mitteln versuchen würde, ebendas zu verhindern.
Was haben die Väter gesagt.
Oh, es muß wohl einen Streit gegeben haben.
Streit warum.
Das weiß man nicht. Aber es ist nicht wichtig.
Sie mußte gewußt haben, daß sich die Dinge zuspitzen würden und daß er, Koby, nach Welkas Plänen eine wichtige Rolle dabei spielen sollte. Warum fragte sie ihn nicht aus, wie alles genau gekommen war.
Wir sind frei.

Patrizia drehte sich auf den Bauch, hielt sich mit den Händen am Mauerwerk fest und machte weiter Schwimmbewegungen mit den Beinen.
Hat Welka noch gelebt, als sie auf dem Pflaster lag?
Nein. – Aber Carlo hat noch lange gelebt. Doch er konnte nichts mehr sagen.
Patrizia hatte alle Zeit der Welt. Dort, wo sie herkam, würde sie von niemandem mehr geschlagen werden, selbst wenn sie noch so spät zurückkehrte.
Es waren ein paar Väter und Mütter auf der Straße, die sahen, wie Welka mit der Eisenstange auf Carlo losging und wie sie über die Brüstung fiel.
Wir können jetzt fortgehen.
Alles an Patrizia sagte ihm, sie würde nicht mit ihm fortgehen. Nichts von dem war richtig, was er sich vorgestellt hatte. Wenn sie mit ihm fortgehen wollte, hätte sie am Nachmittag bei ihrem Marktstand auf ihn gewartet, wenn sie mit ihm fortgehen wollte, hätte sie ihn am Abend in der Herberge gesucht, wenn sie mit ihm fortgehen wollte, würde sie jetzt nicht das Gesicht zur Steinernen Brücke drehen, wenn sie mit ihm fortgehen wollte, dann würde sie jetzt etwas sagen, aber sie sagte ja nichts.
Was hält uns zurück.
Sie blieb stumm.
Willst du nicht mehr mit mir weggehen?
Warte, ich komme aus dem Wasser.
Sie hatte ihn nicht darum gebeten, er drehte sich dennoch um, bis sie sich abgetrocknet und angezogen hatte.
Warum willst du nicht mehr? Jetzt, wo uns niemand mehr daran hindern kann?
Sie knöpfte sich das Hemd zu.
Wenn du willst, gehe ich mit dir weg.

Sie zog sich die Schuhe an.
Du wolltest doch weg! Du!
Er schrie sie an.
Ich kann immer weg.
Sie blieb vollkommen ruhig.
Ich kann auch lesen. Welka hat es mir beigebracht.
Die Väter und Mütter haben dir angeboten –
Koby sprach nicht zu Ende.
Ich weiß nicht soviel über die Bücher wie Welka. Aber das merken sie nicht. Wenn sie es merken, es ist ihnen gleich.
Du willst hierbleiben.
Du kannst auch hierbleiben.
Wie Carlo.
Nicht wie Carlo.
Ihre Gegenrede eine Pflichtübung.
Sie hatte sich jetzt fertig angezogen.
Die Städte mit den spiegelnden Häusern und den Straßen, die so breit sind wie der Fluß, die gibt es doch nicht.
Das – sie wies auf die Steinerne Brücke und die Silhouette des Doms – ist die größte Stadt weit und breit. Alle die kommen, sagen das. Keiner hat eine größere Kirche gesehen, keiner hat eine mächtigere Brücke gesehen.
Es war doch nicht wegen der Türme und der Straßen.
Weswegen sonst?
Wir wollten zusammen weggehen.
Wohin?

DIE NEUEN HERREN

Er fährt einen einfachen schwarzen Golf. Was für ein Auto er zu Hause hat, weiß ich nicht. Er kommt immer mit dem Flugzeug, der Golf steht am Flughafen, er fährt damit in die Firma und zurück. Er soll schon älter sein? Er muß zwischen fünfundsechzig und siebzig sein, und er hört schwer, das hat allerdings nichts mit dem Alter zu tun, er war im Krieg Flakhelfer. Er ist sehr robust. Er kommt von der Beratungsfirma, die den Vorsitzenden der Geschäftsführung sucht. Wie oft ist er da? Nicht die ganze Woche. Er wird nach Tagessätzen bezahlt. Sie haben den Kunden geschrieben, er unterstütze interimistisch die derzeitigen Geschäftsführer bis zur Berufung des Leiters der Geschäftsführung. In Wirklichkeit hat er Weisungsbefugnis gegenüber den anderen Geschäftsführern. Der Beirat will, daß er den Streitereien ein Ende setzt. Ich hätte den Streitereien auch ein Ende gesetzt. Wenn sie mich nur gelassen hätten. Es ist ganz einfach, den Streitereien ein Ende zu setzen. Man muß nur die Familie rausschmeißen. Heini nach Lugano, sein Sohn Fritz nach St. Moritz und Georg hinter seine Bücher, dann läuft alles von allein! Morgen ist Betriebsversammlung, ich schreibe gerade seine Rede. Sie dürfen niemandem – Er verfügt über langjährige umfassende Firmenerfahrung in kritischen Situationen von Industrieunternehmen … seine Aufgabe ist, die existierenden technischen, vertriebs- und verwaltungsorganisatorischen Strukturen der Gesellschaft zu sanieren … Er kennt doch die Firma nicht. Ich hatte nicht einmal einen Stuhl, als ich als Lehrling in der Firma anfing, ich saß auf einer Wellpapprolle, ich habe alle Stationen durchgemacht bis zum Geschäftsführer, ich könnte die Firma sanieren, wenn man mich ließe, dabei gibt es gar nichts zu sanieren, man muß nur die Familie rausschmeißen und man muß sich um die Kunden kümmern, alles andere organisiert sich selbst. Erforderliche grundsätzliche Maßnahmen und Entscheidungen wird er vorher mit dem Beirat abstimmen ... Mit den Flaschen, die mich rausgeworfen haben. Ein buckliger Rechtsanwalt, ein internationaler Berater, der nicht einmal weiß, wie man ein gebrauchtes Auto verkauft und der seinen besten Freund verrät, der einzig Vernünftige ist der dicke Steuerberater. Sie werden die Firma endgültig ruinieren. Die Gesellschafter verzichten im voraus auf die Einhaltung von Form- und Fristvorschriften – er wird erleben, wie ihm der Vater mit Formen und Fristen kommt, wenn er dem Sohn in die Zügel greift. Jeder denkt, er gibt ihm jetzt die Macht und dann kann er ihn auf seine Seite ziehen. Während Heini in Lugano war und Fritz in St. Moritz, bin ich mit dem alten Georg zu den Kunden gefahren, und wir haben die Aufträge geholt. Als der alte Georg nicht mehr konnte und sein Sohn, der Doktor, hinter seinen Büchern saß, bin ich allein zu den Kunden gefahren und habe allein die Aufträge geholt. Wenn es die Firma nach dem Tod des alten Georg noch gibt, dann deswegen, weil ich sie mit Aufträgen gefüttert habe. Dafür haben sie mich rausgeworfen. Weil sie Fritz geglaubt haben. Alle in der Firma wissen, daß er lügt wie gedruckt, nur der Beirat weiß es nicht. Dieser Armleuchter, dieser Nichtskönner, der sich in alles einmischt und nichts zu Ende bringt! Das sind die Wunschzettel an den Neuen. Senkung der unproduktiven Kosten durch Auflösung der Regie und Fremdvergabe der Wartungen – das Schloß auf dem Berg ist gebaut, da brauchen sie keine Regie mehr. Quantitative Verminderung der Arbeitsvorbereitung, qualitative Vergrößerung der Konstruktion. Alles Idioten. Diplom-Ingenieure und Diplom-Kaufleute müssen her! Der Neue ist auch Ingenieur, der liest das mit der Konstruktion bestimmt gern. Klärung der Umweltrisiken – dafür ist er doch selber verantwortlich. Bessere Vertriebsplanung, da im ersten Quartal regelmäßig Unterbeschäftigung herrscht, während im zweiten Quartal Aufträge verlorengehen, weil die Lieferzeiten zu lang werden. Das war immer so. Das war nie anders. Deswegen hat der alte Georg im letzten und im ersten Quartal immer Hallen gebaut, im zweiten und im dritten Quartal haben wir Überstunden gemacht, und wir haben dabei jahrelang bestens verdient. Die Kunden müssen umerzogen werden. Die Kunden sollen sich gefälligst an seine Produktionsplanung halten. Und was wünschen der Herr Doktor? In Bereich I eine Aktion zur Wiedergewinnung des Vertrauens derjenigen Kunden, bei denen nach meinem Abschied Umsatzeinbußen zu verzeichnen sind – da hat er recht. In Bereich II soll der Vertrieb ausgegliedert und regionale Vertriebsstützpunkte gegründet werden. Das ist doch gar nicht sein Bereich! Er schreibt über alle Bereiche. Bereich III: Sicherung der Fertigungskapazitäten für die bauüblichen Liefertermine ... Bereich IV: Regelung der Kompetenzverteilung zwischen Konstruktion und Werkstatt, es soll methodischer entwickelt werden – warum hat er nicht selbst dafür gesorgt? Bereich VI: Setzen eines eindeutigen strategischen Schwerpunktes, Zurverfügungstellung der notwendigen Konstruktionskapazität. Was ist das hier? So was kriegen wir jetzt öfters. Die Erfahrungen, die wir in jüngster Zeit gemacht haben, sind leider nicht deckungsgleich mit den Erwartungen, die wir uns aufgrund Ihrer Zusagen gebildet haben. Dies spiegelt sich wider in unbefriedigender Termintreue, in nicht marktüblichen Lieferzeiten, in mangelnder Flexibilität beim Projektgeschäft sowie in unangepaßten Preisforderungen, die keiner Art am Markt durchzusetzen sind ... wir müssen deshalb davon ausgehen, daß die mit Ihnen getätigten Umsätze Ihre Möglichkeiten überschreiten. Solche Briefe haben wir in dreißig Jahren nicht bekommen. Wenn wir früher eine Reklamation hatten, dann sind wir nicht einmal die Treppe hinunter, sondern direkt aus dem Fenster ins Auto, und wir waren beim Kunden, vor allen Aktennotizen, vor allen Briefen. Den Bereich hat der Wahnsinnige von mir geerbt, und das ist das Ergebnis. Der Neue muß ihn rausschmeißen! Er gibt sich alle Mühe, ihn kaltzustellen. Das genügt nicht. Dabei wäre es nicht einmal eine Strafe, wenn er ihn rausschmeißt. Auch wenn überhaupt kein Geld mehr da ist, er wird immer versorgt. Das Nichtstun muß belohnt werden. Es muß doch eine Gerechtigkeit geben. Ich habe fünfunddreißig Jahre für die Firma gearbeitet, und sie haben mich rausgeworfen. Ich erinnere mich genau, als ich Geschäftsführer wurde, wie mir Heini auf die Schulter geklopft und gesagt hat, Peter, ich bin froh, daß du da bist, du mußt aufpassen, was die jungen Leute machen, mein Sohn und der Doktor. Der Heuchler, der Halunke. Dabei wäre es mit ihm noch gegangen. Heini hat am Schluß immer gemacht, was Georg gesagt hat. Er ist rot geworden, hat sich aufgeblasen und alle zusammengeschrien, dann kam sein Bruder, der hob nicht einmal die Stimme, und er ist rückstandslos in sich zusammengefallen. Auch der junge Georg konnte mit Heini. Wenn ich daran denke, als der Wahnsinnige sein Haus gebaut hat. Peter, paß auf, daß mein Sohn nicht soviel Geld ausgibt. Ich hätte die goldenen Wasserhähne verhindern sollen und die Rutsche in den Pool, man stelle sich vor, er macht plumps aus dem Bett in die Röhre, er rutscht, und dann macht er wieder plumps in den Pool, und den Speiseaufzug, damit man in allen Stockwerken servieren kann, ohne sich über die Treppe quälen zu müssen. Ich weiß eine Strafe für ihn. Ich baue ein Haus am Hang, mit Blick auf den Fluß. Auf dem Grundstück vor seinem. Mein Haus ist nicht hoch. Aber es hat einen Turm. Sein ganzes Geld hat er in sein Haus gesteckt, alles Geld, das er hat, und alles Geld, das er nicht hat, fünfunddreißigtausend Stunden aus der Firma, und dann hat er einen Turm vor sich. Immer wenn er auf der Terrasse sitzt, muß er sich entscheiden, ob er rechts oder links an dem Turm vorbeisieht. Mein Grundstück ist genauso groß wie seins, ich hätte das Haus mit dem Turm auch ganz woanders hinsetzen können, warum mußte ich den Turm genau dorthin bauen. Er hat alles versucht, um den Turm zu verhindern, er hat als Nachbar nicht unterschrieben, aber ich kenne die Ämter, er hat gegen die Baugenehmigung prozessiert, aber er hat verloren, auch wenn es ein moderner Turm ist, es gibt schließlich historische Vorbilder in der Stadt. Er ist nachts auf die Baustelle geschlichen, um Sabotage zu versuchen, aber er hat sich nicht getraut. Jetzt ist der Turm da. Er bereut, daß er nicht während des Baus Sabotage versucht hat, daß er nicht eine Packung Dynamit in die Hand genommen und den Turm in die Luft gesprengt hat, er weiß natürlich, ich hätte den Turm sofort wieder aufgebaut, es hätte nichts genützt, er stellt sich eben vor, es hätte doch etwas genützt. Alle bedauern ihn wegen des Turms und fragen, warum er den Turm nicht verhindert hat, er hat versucht, sich zu revanchieren, er hat eine häßliche Betonmauer an der Grenze errichtet, ich schaue nie nach oben, ich schaue nur nach unten, auf den Fluß und auf die Stadt, ich habe eine herrliche Aussicht, er hat sich seine Aussicht mit der Mauer noch zusätzlich verbaut, mich stört die Mauer nicht, ich sehe sie nur, wenn ich auf dem Klo sitze, ich habe nicht einmal eine Hecke davor gepflanzt, wenn ich auf dem Klo sitze, lese ich sowieso immer Zeitung. Er stellt sich vor, es kommt zu einem Zwischenfall, ich rufe ihm etwas hinüber oder ich beschädige seine Mauer, er will sich nicht mehr beherrschen, er besorgt sich ein paar Handgranaten und sprengt den Turm doch noch in die Luft. Er malt sich aus, die Polizei, die Nachbarn, das Gericht, die Zeitungen, alle verstehen, er konnte es nicht ertragen, auf den Turm zu sehen, der ihm die Aussicht zweiteilte, und wenn ihn der Turmbauer dann noch beleidigt – alle gratulieren ihm, wie der Turm in Schutt und Asche liegt, und er kann auch verhindern, daß der Turm wieder aufgebaut wird. Vielleicht geht er so weit, daß er tatsächlich Dynamit und Handgranaten einlagert. Ich werde ihn nicht beleidigen. Die Firma wird Pleite machen oder für einen Apfel und ein Ei verscherbelt werden, sein Haus ist alles, was er jemals besaß und jemals besitzen wird, er kann nicht weggehen, und er wird nicht weggehen. Er wird alt werden, ich werde noch älter werden, er wird mich immer mehr hassen, ich werde ihn immer weniger hassen, sein Haß wird meinen aufsaugen, ich weiß, er haßt mich, da brauche ich ihn nicht zu hassen, es genügt, wenn einer so haßt. Wenn er nicht mehr Ski laufen kann, wenn er nicht mehr Tennis spielen kann, wenn er kaum mehr spazierengehen kann, wenn er nur noch aus seinem Fenster sehen kann, wird er immer daran erinnert werden, daß ich in seiner – dabei war es niemals seine, es war immer nur die Firma seines Onkels und seines Vaters – Firma fünfunddreißig Jahre für ihn gearbeitet habe, fünfunddreißig Jahre Geld für ihn verdient habe, daß ich mit dem alten Georg die Firma aufgebaut habe, daß er mir dann den Fußtritt gegeben hat und daß er selbst schuld ist, wenn ihm nur sein Haus geblieben ist und nichts sonst. Ich werde ihn anrufen. Er wird meine Stimme nicht erkennen, weil er meine Stimme jahrelang nicht gehört hat und weil er natürlich schwerhörig geworden ist, er wird sagen, er glaubt nicht, daß ich es bin, er wird trotzdem nicht auflegen, er wird nicht zugeben, er glaubt, ich bin es doch, er wird so aufgeregt sein, daß er Angst hat, einen Herzanfall zu bekommen. Ich werde sagen, ich möchte ihn sprechen, er soll zu mir herüberkommen, keine Falle, er wird sagen, ich bin wohl übergeschnappt, und er wird sich wünschen, ich hätte ihn beschimpft, ich hätte ihn beleidigt, alles, nur nicht, daß ich ihn zu mir gebeten habe. Er wird an das Dynamit und an die Handgranaten in seinem Keller denken, er wird sich mit seiner Familie beraten, und er wird kommen. Er wird von der Straße aus nach mir rufen, ich werde zurückrufen, er soll durch die offene Eingangstür und dann immer geradeaus gehen, er wird, gegen die Vereinbarung, eine Pistole dabeihaben und seinen Sohn mitbringen, auch mit Pistole, sie werden sehen, ich sitze allein im Wohnzimmer, vor der Glaswand, vor der unverstellten Aussicht auf den Fluß und die Stadt. Ich werde ihm sagen, ich denke nicht mehr an die Vergangenheit. Das mit dem Turm tut mir leid. Ich kann schon seit Jahren nicht mehr gehen und ich will deswegen nicht mehr leben. Er kann mir helfen. Er hat mich doch immer gehaßt. Mich und den Turm. Ich zeige auf die offene Tür, er soll sein Dynamit und seine Handgranaten holen. Um alles in die Luft zu sprengen. Den Turm und mich. Ich werde es so sagen, daß er weiß, ich meine es ernst. Er wird ohne ein Wort von dannen gehen. Seine Frau, die auf ihn gewartet hat, wird ihn fragen, was ich von ihm wollte. Er wird sie anbrüllen, ich will ihn doch nur hereinlegen. Ich werde den ganzen Tag alle Türen offenstehen lassen. Er wird nichts machen. Er wird mich noch mehr hassen. Er wird sich sagen, er tut es nicht, weil ich ein alter Mann bin. Oder weil man das nicht machen kann, ein Haus und einen alten Mann, auch wenn der das will, in die Luft sprengen. Oder weil ich es will, deshalb tut er es extra nicht. Er wird sich vielleicht sogar einzureden versuchen, er haßt mich gar nicht mehr und der Turm stört ihn gar nicht mehr so sehr. Er weiß, warum er es nicht tut. Er hat es die ganzen Jahre vorgehabt, er hatte die Möglichkeit nicht, jetzt hat er die Möglichkeit, er ist zu feige. Er weiß, daß er es nicht tut, weil er zu feige ist. Er war immer zu feige! Er bekommt Projekte. Er soll einen Plan für Werk III machen. Er will die Bereiche II, V und VI ganz nach Werk III verlagern. In der ersten Stufe Lackiererei erneuern, in der zweiten Stufe Umzug aller Maschinen, in der dritten Stufe prüfen, welche Verwaltungsfunktionen ins Werk III verlagert werden können: Arbeitsvorbereitung, Einkauf, Kostenrechnung... Er will natürlich alle Funktionen für diese Bereiche ins Werk III verlagern. Dann bleibt doch hier nichts mehr übrig! Der Neue läßt gerade das Umsatzvolumen ausrechnen, das fehlen würde. Das Projekt hat keine Chance, er soll trotzdem die drei Stufen quantifizieren. Der Neue wird alles hier konzentrieren und Werk III eher schließen als ausbauen. Es ist nur eine Beschäftigungstherapie. Er will übrigens mit seiner Frau auf die Seychellen fahren, drei Wochen. Wenn Sie mich fragen, ist nach den drei Wochen, während er weg ist, nichts mehr wie vorher. Heute haben auch die beiden angefangen, die die Analyse erstellt haben. Der Neue hat das ausdrückliche Recht, weitere Zeitmanager anzustellen. Wie sind die? Der Kaufmann hat ein Holzbein und der Techniker hohen Blutdruck. Es gibt noch kein Organigramm, die Leute sind jedoch alle mündlich angewiesen worden, nur noch zu den beiden zu kommen. Die beiden werden den Laden schmeißen. Fritz hat es noch gar nicht gemerkt, weil er so sehr mit seinem Projekt beschäftigt ist. Und der junge Georg? Er kommt mit dem Neuen gut aus. Er läßt ihn machen.

Er ritt im Galopp durch den Mischwald, seine Frau kam im Trab hinterher. Da seine Frau immer weiter zurückfiel, hielt er auf einer großen sonnenbeschienenen Lichtung an und wartete auf sie.
Als sie endlich anlangte, war sie völlig außer Atem.
Du hast dich sonst nie getraut, im Wald Galopp zu reiten.
Das Pferd weiß, wann es auszuweichen hat.
Sie gaben ihren Pferden die Zügel frei.
Was für ein herrlicher Tag! Warum reiten wir so weit?
Ich wollte mit dir allein sein. Um dir etwas zu sagen.
Sie hatte keine Vorstellung, worum es sich handeln könnte.
Ich habe die Bereiche III und IV dazubekommen.
Nach all den Schwierigkeiten? Wie ist das möglich? – Du hast gar nichts erzählt. – Ich hatte solche Angst, ich dachte, sie werfen dich raus, Fritz und Heini.
Der Doktor widmet sich seiner wissenschaftlichen Arbeit. Er sagte, es sei im Sinn seines Vaters, wenn ich seine Bereiche weiterführe.
Fritz und Heini haben zugestimmt?
Sie haben eingesehen, ich bin der einzige, der verkaufen kann. Sie haben es nicht zugegeben, aber sie haben zugestimmt.
Seine Frau blickte in die Sonne, sie tat so, als ob der Blick in die Sonne ihr die Tränen in die Augen trieb, sie wollte nicht, daß ihr Mann bemerkte, wie sie weinte.

Er führte sein Pferd an sie heran, um ihre Hand in seine zu nehmen.
Wenn der junge Georg aus dem aktiven Geschäft ausscheidet, sieht es so aus, als hätte Fritz gewonnen. Heinis Anwalt hat angedeutet, daß sich Fritz nach einer Anstandsfrist ebenfalls zurückziehen wird. Dann werde ich alleiniger Geschäftsführer sein.
Der ganzen Firma?
Sie konnte es kaum glauben. Nach allem, was gewesen war.
Du wirst sehen.
Ich bin stolz auf dich.
Sie ritten in gemächlichem Trab zurück.

Ich habe auch etwas, was Sie betrifft. Mich? Ihr Zeugnis. Mein Rechtsanwalt hat es schon x-mal angemahnt. Wer schreibt es denn? Der Neue. Der kennt mich doch gar nicht. Qualifiziertes Zeugnis. Herr Peter Simon, geboren am, war in der Zeit von bis als Mitgeschäftsführer in unserem Hause tätig. Er war zuständig für den Vertrieb von. Mit der Leistung von Herrn Simon waren wir stets uneingeschränkt zufrieden. Den ihm übertragenen Aufgaben hat sich Herr Simon stets mit großem Eifer und Interesse gewidmet. Seine umfassende Marktkenntnis und sein großer Einsatz beim Kunden machten Herrn Simon zu einem wertvollen Mitarbeiter. Das Dienstverhältnis wurde in beiderseitigem Einverständnis zum gelöst. Das soll ein Zeugnis für jemanden sein, der fünfunddreißig Jahre in der Firma war? Der die Firma aufgebaut hat! Die Formulierung kam vom Beirat. Ich habe Tag und Nacht gearbeitet. Ich bin rausgefahren und habe Aufträge reingeholt. Ich bin nicht nach Tagessätzen bezahlt worden. Die neuen Herren bekommen in drei Tagen das, was ich im ganzen Monat bekommen habe.

Das weiß ich, und nicht von Ihnen. Was machen sie für ihr Geld. Die Maschinen verkaufen und zurückleasen, weil sie sonst den Kreditrahmen nicht einhalten können. Wir haben keine Kredite gebraucht. Die Banken haben zum alten Georg gesagt: Sie bekommen jeden Kredit, den Sie wollen. Jeden. Wir haben keinen Pfennig gebraucht! Der Kreditrahmen wurde auch erhöht. Der junge Georg und der Beirat waren dafür, Heini war dagegen, aber sie haben ihn rumgekriegt. Die Galvanik wird geschlossen, weil die Teile fünfzig Prozent mehr kosten, als wenn sie sie fremdbeziehen würden. Sie sollen nicht nur die Galvanik rechnen. Sie sollen die ganze Firma rechnen. Wenn wir nur fünfzig Prozent teurer wären als der Wettbewerb, wären wir gut. Der innerbetriebliche Transport wird organisatorisch überarbeitet. Die Nachtpförtner werden abgeschafft. Die Kantinenkosten sollen genau erfaßt werden, der Zuschuß soll erhöht werden. Man muß sich mit den Kunden beschäftigen! Nicht mit der Kantine. Wissen Sie, wie die mir vorkommen. Der neue Geschäftsführer, der mit dem Holzbein und der mit dem hohen Blutdruck tragen Gewänder wie Nachthemden, und sie kommen barfuß ins Büro, der Neue rezitiert, mit tiefer Stimme, Sie schreiben auf, was er rezitiert, er holt den mit dem Holzbein und den mit dem hohen Blutdruck, sie rezitieren zusammen, Sie schreiben wieder auf, was rezitiert wird, dann gehen sie zu dritt in die Fertigung, barfuß, der neue Geschäftsführer hat das bunteste Gewand, die beiden anderen gehen hinter ihm, der neue Geschäftsführer rezitiert die ganze Zeit, ab und zu rezitieren auch die beiden anderen, sie gehen zu allen Maschinen und zu allen Montagearbeitsplätzen, manchmal rezitieren auch alle drei gleichzeitig ganz laut, daß man sie in der ganzen Halle hört, und alles wird gut. Die Maschinen laufen schneller. Die Arbeiter arbeiten mehr. Die Konstruktionen werden einfacher. Die Entwicklungen werden billiger. Die Produkte werden besser und billiger zugleich. Die Kunden bestellen immer. Keiner braucht sich mehr mit dem kleinen Einkäufer der großen Firma in einem billigen Café mit dreckigen Gardinen zu treffen, der erzählt, er habe gerade vier Kampfhubschrauber in den Nahen Osten verkauft, tolles Geschäft, riesige Provision, auf eigene Rechnung, seine Firma weiß nichts davon, traumhaft reiche Araber und Juden, und es war nur der Einstieg, aber er hat nicht das Geld, um die Inspektion für sein Auto zu bezahlen, das gerade in der Werkstatt ist. Die Firma ist nicht mehr auf den kleinen Einkäufer der großen Firma angewiesen, der überhaupt nicht klein ist, sondern drei Zentner wiegt und nur noch eine Lunge hat, der immer noch zwischen fünf und zehn Liter Bier am Tag trinkt und der meiner Frau sagt, sie soll gefälligst ein Dirndl anziehen, daß man auch das Holz vor der Hütte sieht. Man muß nicht mehr mit dem Fräulein S. flirten, das schon fünfundvierzig ist, das einen immer am Wochenende zu einer Bergtour einladen möchte, auf den Juifen oder die Denkalm, aber man kann leider nicht, man müßte seine Frau mitbringen, die nicht so eine sportliche Figur hat wie das Fräulein S., dabei paßt sie zweimal in das Fräulein S. hinein. Die Firma braucht auch niemanden mehr, der sich vor jedem Besuch von Herrn O. in der Altstadt erkundigt, ob neue Damen da sind, wenn es noch die alten sind, ist der Auftragseingang null, wenn es neue sind, gibt es ein Eilprojekt, und wenn es eine Negerin ist, steht ein Großprojekt ins Haus!

Es kam alles so, wie er es seiner Frau seinerzeit bei ihrem Ausritt beschrieben hatte. Schon kurze Zeit, nachdem er die Bereiche III und IV übernommen hatte, konnte er in Bereich IV ein enormes Umsatzwachstum verzeichnen. Da er nicht mehr den Großteil seiner Zeit mit unnützen Streitereien zubringen mußte, schnellten auch in seinen angestammten Bereichen die Umsätze in die Höhe. Endlich besaß er den Durchgriff auf die Produktion. Der Produktionsleiter war ihm unterstellt, er gab der Produktion die Prioritäten vor, er mußte keine langdauernden Gänge durch den Betrieb mehr unternehmen und nicht mehr die Arbeit der Meister und der Arbeitsvorbereitung zusätzlich erledigen. Er machte deshalb viel schnellere Liefertermine als der Wettbewerb, was ihm ein zusätzliches Umsatzwachstum eintrug. Die Firma warf wieder hohe Gewinne ab, so daß die Familiengesellschafter schließlich das taten, was sie schon lange hätten tun sollen: Sie hielten sich aus dem Geschäft heraus. Der junge Georg wurde Professor an einer Universität in der Schweiz, sein Vetter Friedrich schied, wie er es seiner Frau vorhergesagt hatte, ein Jahr nach dem jungen Georg ebenfalls aus der Geschäftsleitung aus. Die Familie legte unter dem Beifall des Beirats die Geschäftsführung allein in seine Hände. Um diese Zeit machte auch als letzter der Bereich III endlich Fortschritte. Hier hatte es länger gedauert, weil das Produktprogramm, das er vorgefunden hatte, erst völlig neu überarbeitet werden mußte. Da er nun nicht mehr zu fürchten brauchte, daß wichtiges Wissen gegen ihn benutzt werden würde, förderte er in allen Bereichen junge Leute, die sowohl technische Kenntnisse besaßen als auch mit den Kunden gut umgehen konnten und die ihm Direktkontakte abnahmen. Die Firma wurde so profitabel, daß Gesellschafterversammlungen und Beiratssitzungen nur noch Formsache waren. Die Gesellschafter konnten hohe Entnahmen tätigen, trotzdem wurden alle Investitionen aus Eigenmitteln vorgenommen. Die Beiräte erhielten entsprechend großzügige Aufwandsentschädigungen. Man ließ ihm völlig freie Hand. Die er unter anderem dazu nutzte, einen neuen Bereich aufzubauen. Bereich VIII hatte keinerlei Beziehung zu den herkömmlichen Bereichen der Firma und sollte auch keine dazubekommen. Er würde nicht ewig in der Firma bleiben. In der Firma, in der er vierzig Jahre gearbeitet hatte, die ihm jedoch nicht gehörte. Ohne ihn gäbe es die Firma nicht mehr, niemand konnte ihm verübeln, wenn er nun auch an sich dachte, wenn er seine eigene Firma gründete. Er würde die Firma in einem Zustand verlassen, der es seinem Nachfolger leichtmachen würde, die Geschäfte erfolgreich weiterzuführen. Vielleicht würde man ihm das Produkt aus Bereich VIII, der Umsatz war noch nicht groß, und die Betriebsstätten, sie waren ebenfalls nicht groß, als Abfindung für seine Verdienste mitgeben. Wenn nicht, es war eine Kleinigkeit für ihn, das Produkt neu zu entwickeln und neue Betriebsstätten zu bauen.

Organisationsanweisung Nr. 5. Neue Postverteilung, gültig ab. Erstens: Jeglicher Posteingang wird im Sekretariat vorsortiert nach Rechnungseingang, Buchhaltungspost, Einkaufspost, Finanzpost, Personalpost, Vertriebspost, Geschäftsleitungspost, allgemeiner Post, persönlicher Post. Zweitens: Die Eingangsrechnungen werden auf direktem Weg zur Telefonzentrale gegeben. Diese werden registriert, geordnet und an die Buchhaltung weitergeleitet. Personalpost und Geschäftsleitungspost werden sofort verteilt. Alle anderen Posteingänge werden zur Postbesprechung im Konferenzzimmer der Geschäftsleitung deponiert. Bei der Postbesprechung werden sie vielleicht auch merken, daß die Aufträge immer weniger werden. Der mit dem Holzbein kümmert sich übrigens auch um den Vertrieb. Die Kaufmännische Leitung erstellt alle Pläne, somit auch die Absatzpläne. Wie lange dauert Ihr Wettbewerbsverbot? Zwei Jahre. Sie können es nicht umgehen? Wenn das so einfach wäre, mit meiner Frau oder im Ausland, aber das ist es nicht. Wenn ich dagegen verstoße, riskiere ich meine Abfindung. Der Neue hört auf den jungen Georg, was die Kundenkontakte betrifft. Nachdem Sie weg sind, ist er der einzige, der noch Kunden kennt. Vielleicht behält er doch die Oberhand. Wenn Heini und Fritz zuviel Geld für ihre Anwälte brauchen und an Georg verkaufen müssen, sehen wir Sie vielleicht wieder. Sie wollen einen neuen Produktionsleiter und einen neuen Konstruktionsleiter unter dem technischen Leiter. Weil sie keine festen finden, sollen weitere Zeitmanager anfangen. Einen Leiter Qualitätssicherung suchen sie auch noch. Wir werden hier noch sehr viele Beratungsrechnungen sehen. Fünfunddreißig Jahre habe ich in der Firma gearbeitet, ich habe ihnen Millionen verdient, und sie haben mich rausgeworfen. Weil ich das gesagt habe, was der neue Geschäftsführer auch sagt, daß der Wahnsinnige weggehört. Daß er nichts in einer Firma zu suchen hat. Daß er von Technik nicht die geringste Ahnung hat. Daß er von überhaupt nichts eine Ahnung hat. Sie gehören alle zusammen. Der einzige, der nicht dazugehört, war der alte Georg. Heini, der nur deswegen an der Firma zur Hälfte beteiligt war, weil er seine Kinder ernähren mußte, verwandelt sich in den Wahnsinnigen, der das Geld ausgibt, das auszugeben Heini sich auch nach dem Tod seines Bruders nicht traut, und der immer dort weiterschreit, wo Heini nicht weitergeschrien hat, sie verwandeln sich in den Sohn vom alten Georg, der nie schreit, damit Heini in Gestalt des

Wahnsinnigen um so besser schreien kann, der junge Georg ist der größte Idiot von allen, es ist nur die Frage, ob er nicht will oder nicht kann. Der Beirat, das ist auch Heini oder der Wahnsinnige oder der junge Georg als buckliger Rechtsverdreher, der alles macht, was Heini sagt, weil Heini ein alter überforderter Mann ist, und der auf jede Lüge von ihm und seinem Sohn hereinfällt, als Superberater, der junge Georg hat gemeint, er tut, was er will, aber er tut immer das Gegenteil von dem, was er will, weil er selbst keine Firma hat, als Krapp, der einzige, der gegen meine Entlassung war, aber auch Krapp ist der junge Georg ist der Wahnsinnige ist Heini, er läßt sich immer überstimmen – es muß ein böser Traum sein, oder meine Phantasie macht Überstunden, seit sie mich rausgeworfen haben –, es ist nur einer, und er will die Firma in den Abgrund stoßen, alles kaputtmachen, bis nichts mehr übrigbleibt, warum?

Der Ausstieg aus der alten Firma gestaltet sich schwieriger, als er annahm. Man will ihm Bereich VIII nicht geben. Er hat die Familie und den Beirat derart mit Erfolgen verwöhnt, daß sie diese für selbstverständlich erachten und ihn nicht gehen lassen. Ihm vielmehr Undankbarkeit vorwerfen. Ihm. Nur der junge Georg plädiert dafür, er solle Bereich VIII bekommen, doch er setzt sich nicht durch. Er fährt nicht einmal in den Urlaub, nachdem er in der alten Firma aufgehört hat. Er erwirbt ein Grundstück und beginnt unverzüglich mit dem Bau der Halle. Ein Jahr, nachdem er die alte Firma verlassen hat, beschäftigt er bereits fünfzig Leute und kann die Nachfrage kaum bedienen. Die Schreibtische, auch sein eigener, stehen unmittelbar neben den Maschinen, denn er beginnt erst mit dem Bau des Bürogebäudes, nachdem die Produktionshalle fertigge-

stellt ist. Der Bereich VIII der alten Firma ist bereits zur Bedeutungslosigkeit geschrumpft, er stellt alle Mitarbeiter aus diesem Bereich ein, die sich bei ihm bewerben. Sein Nachfolger in der alten Firma entschließt sich bald, den Bereich VIII ganz zu schließen. Er kauft alle Patente und Maschinen sowie die Betriebsstätte und übernimmt die restlichen Mitarbeiter. Obwohl er mit einem Schlag seine Kapazitäten verdoppelt hat, kann er der Auftragsflut immer noch nicht Herr werden. Drei Jahre, nachdem er die alte Firma verlassen hat, beschäftigt er bereits fünfhundert Mitarbeiter, und er wächst mit zweistelligen Raten weiter. Die alte Firma stagniert mittlerweile. Der Nachfolger tut sein Bestes, aber die alten Familienfehden sind wieder aufgeflammt. Heini ist inzwischen gestorben, sein Sohn hat die Schwestern ausgebootet und alle Firmenanteile in seinen Besitz gebracht, er drängt in die Geschäftsführung zurück, was seinen Cousin veranlaßt, seine Professur ruhen zu lassen und ebenfalls wieder ein Büro in der Firma zu beziehen. Er besitzt immer noch Kontakte zum Beirat, er beschwört diesen völlig uneigennützig, zu verhindern, daß die beiden Familiengesellschafter wieder in das Tagesgeschäft eingreifen. Der Beirat läßt es trotzdem zu. Der Beirat rechnet, den beiden werde über der Arbeit die Lust vergehen und sie würden sich wieder zurückziehen. Aber die Rechnung geht nicht auf. Beide halten sich nicht an die ihnen übertragenen Aufgabenstellungen, sondern mischen sich in alles ein. Was dazu führt, daß viele gute Mitarbeiter kündigen und zu ihm kommen. Fünf Jahre, nachdem er die alte Firma verlassen hat, beschäftigt er über tausend Mitarbeiter und wächst immer noch. Die alte Firma schrumpft in allen Bereichen und macht in fast allen Bereichen Verluste. Während er auf eine Umsatzrendite von zwanzig Prozent kommt. Die bei-

den Familiengesellschafter sind nicht mehr aus der Firma hinauszubringen, da sie die Mittel zur Verlustfinanzierung genehmigen müssen. Der Geschäftsführer geht, mit ihm der Großteil der verbliebenen Führungsschicht. Der Beirat löst sich ebenfalls auf. In der alten Firma herrscht das absolute Chaos. Da wendet sich in höchster Not der langjährige Steuerberater der alten Firma, Krapp, an ihn, ob er nicht die Firma kaufen will. Er kann und er will. Der junge Georg ist sofort für den Verkauf, sein Vetter muß in schier endlosen Sitzungen überredet werden. Zum Zeitpunkt des Verkaufs sind seine eigene neue Firma und die alte Firma etwa gleich groß. Er bezahlt nur einen geringen Kaufpreis. Dank seiner alten Kontakte gelingt es ihm in kürzester Zeit, seine alte Firma, die jetzt wirklich seine ist, auf einen Wachstums- und Gewinnpfad zurückzubringen.

Hier ist Ihre Personalakte. Irgend jemand hat sie einmal ins Sekretariat mitgebracht und dann liegengelassen. Keiner weiß, daß ich Ihre Personalakte habe. Es ist besser, Sie nehmen sie mit. Wer weiß, was man Ihnen sonst noch anhängt. Sie müssen mir versprechen, daß Sie mit niemandem darüber reden. Versprochen?

Er wird die Betriebsstätten der alten Firma dazu benutzen, sein Produkt noch kostengünstiger herzustellen. Er wird dadurch erstmals in der Lage sein zu exportieren. Er wird im Inland Marktführer werden. Er wird den europäischen Markt beherrschen. Er wird Weltmarktführer werden.

AM SENGSENGEBIRGE, AM TOTEN GEBIRGE

Es ist, als würden alle Regentropfen unmittelbar vor dem Haus herunterfallen, als würde es auf den Stall mit dem Misthaufen und auf den Weg, der zu dem Häuschen führt, in dem der Idiot mit seiner Mutter wohnt, gar nicht regnen. Wie auch nicht auf die unsichtbare Schlucht dahinter mit dem Teichlfluß und auf die ebenso unsichtbare Bundesstraße jenseits der Schlucht.
Sie strengt sich an, die Geräusche der Bundesstraße wahrzunehmen. Der fallende Regen ist kaum hörbar vor dem Prasseln, mit dem sich das Wasser aus der Dachrinne in die Schottermulde neben der Aufgangstreppe ergießt. Jetzt ein Lastwagen. Lastwagen sind lauter bei Regen, Autos nicht. Vielleicht sind Autos auch lauter bei Regen. Das Prasseln ist noch lauter. Dann der Zug. Der Zug ist immer gleich laut, er übertönt alles. Er wird auch die Autobahn übertönen, die neben der Bundesstraße sein wird.
Sie paßt genau auf. Sie vergleicht die Regentropfen vor den Bergen auf der anderen Seite des Tals und vor der schwarzen Windjacke der Mutter, die früher der Vater getragen hat. Gleich viele Regentropfen. Nicht dichter vor dem Berg als vor der Windjacke der Mutter. Vielleicht liegt es daran, daß der Bergwald heller ist als die Windjacke.
Die Diele im ersten Stock ist sauber. Nur sie benutzt das Kinderzimmer im ersten Stock noch. Als ihre drei Schwestern und ihre zwei Brüder im Haus wohnten, war das Kinderzimmer immer zu klein. Eine Schwester nächtigte in der Stube. Die Zimmer der Gnädigen durften sie natürlich nicht benutzen. Die Mutter macht in den Zimmern der Gnädigen jede Woche einmal sauber. Die Tochter muß die Diele putzen.

Sie hört jetzt einen Lastwagen und mehrere Autos von der Bundesstraße. Nacheinander beschleunigende Motoren, die Autos überholen den Lastwagen. Wenn die Autobahn kommt, wird man viel mehr hören. Dann können alle Autos so schnell fahren wie diejenigen, die gerade überholen. Der Vater, der alle zwei Wochen am Wochenende da ist, sagt, vom Haus aus sieht man nichts. Sie fragt sich, wo die Autobahn sein wird. Das Tal ist eng, auf ihrer Seite, vor der Schlucht mit dem Teichlfluß ist kein Platz für eine Autobahn, nach der Teichl kommt zuerst die Eisenbahnlinie, dann das Dorf und dann die Bundesstraße. Nach der Bundesstraße geht es bereits bergan. Entweder die Autobahn läuft über der Bundesstraße auf Brücken am Hang, oder sie geht in den Berg hinein. Der Vater sagt, es fehlt nur noch das Stück von Kirchdorf bis Windischgarsten. Sonst ist die Autobahn fertig, von Salzburg bis Graz, von Hamburg bis Graz. Zur Zeit ist weniger Verkehr. Der Vater sagt, wegen des Kriegs. Wenn der Krieg vorbei sein wird, dann wird wieder viel Verkehr sein, viel zuviel Verkehr für die Bundesstraße. Der Vater muß die Autobahn verteidigen, er baut sie. Wenn man vor der Einserhütte sitzt, auf dem Berg, hört man den Verkehr viel mehr, als wenn man vor der Tür des Bauernhauses steht. Von der Einserhütte aus sehen die Autos auf der Bundesstraße wie Spielzeuge aus, dabei sind sie so laut, als ob man unmittelbar an der Straße stehen würde. Der Vater sagt, man hört die Autobahn nicht mehr als die Bundesstraße. Sie fragt, warum hast du dann das Haus in Spital am Pyhrn. Der Vater sagt, sei still. Der Vater redet nicht gern über das Haus. Der Vater sagt, und daß die Gnädige nichts davon erfährt. Die Mutter ist nur einmal mitgefahren und hat sich das Haus angesehen. Sie würde es verstehen, wenn der Vater das Haus gekauft und so schnell wie

möglich umgebaut hätte und wenn sie gleich hingezogen wären. Doch der Vater gibt sich gar keine Mühe, es schnell umzubauen. Der Vater geht gern in den Wald, vor allem im Sommer, wenn das Wetter schön ist. Das Haus in Spital ist mitten im Ort, und dahinter ist kein Wald.
Moch den Bodn.
Die Mutter steigt schwerfällig die Treppe herauf.
Host vergessen, heit kimmt dr Jo.
Die Mutter macht ein großes Geheimnis daraus, wo sie die Schlüssel zu den Zimmern der Gnädigen aufbewahrt. Sie weiß es trotzdem: neben dem Kamin, in der ehemaligen Räucherkammer. Man braucht eine Leiter, um an die Schlüssel zu kommen. Sie ist schon oft in den Zimmern der Gnädigen gewesen. Wenn die Eltern zum Einkaufen oder in die Kirche fahren. Sie setzt sich dann auf das Sofa und betrachtet den heiligen Wendelin und den prächtigen bemalten Bauernschrank, in dem die Gnädige den Wein und den Schnaps aufbewahrt, den sie ihren Gästen anbietet. Sie rührt nichts an. Nicht die Bücher der Gnädigen, nicht ihr Porzellan und nicht ihre Silbersachen. Früher war die Gnädige oft da. Meist war der italienische Priester ihr Gast. Der Priester bezog das Zimmer neben dem Kinderzimmer, die Gnädige nächtigte in ihrem Aufenthaltszimmer. Der jüngere ihrer beiden Brüder brachte der Gnädigen und dem Priester immer die Jause auf die Einserhütte. Der Bruder, der so klug war, daß ihn der Priester in das Stiftsinternat nach Kremsmünster schickte, der jetzt in Deutschland lebt und der nicht mehr kommt, wie die Gnädige und der Priester. Es heißt, der Priester ist Bischof im Vatikan geworden. Oder sogar Kardinal. Er kann wohl nicht mehr so einfach die Gnädige besuchen, obwohl es jetzt die Autobahn gibt.
Der Idiot aus dem kleinen Häuschen vor der Schlucht geht

in den Wald, um Holz zu sammeln. Seine Kleidung ist aus schwarzen Lumpen zusammengeflickt. Das Gewand des Priesters war nie ganz schwarz, sondern immer dunkelblau, aber derart, daß man nur bei hellem Tageslicht sah, es war dunkelblau, sonst hielt man es für schwarz, und bei elektrischer Beleuchtung oder wenn es nicht so hell war, wollte man wetten, es war schwarz. Unter dem Gewand trug der Priester spitze schwarze Schuhe mit einfacher Sohle, wenn er ankam, mit doppelter Sohle, wenn er die Gnädige auf ihrem Gang durch das Revier begleitete. Der Idiot trägt keine Schuhe, sondern Sandalen, in die Lumpen gestopft sind, seine Hände und Unterarme sind mit Lumpen umwickelt, um seinen Kopf ist ein Lumpen gewickelt. Sie weiß, er ist ein Idiot, weil er im Suff gezeugt wurde. Er kann nicht sprechen, er stößt nur Grunzlaute aus. Aber er ist nie unfreundlich. Er wird jeden Monat einmal rasiert. Wenn er frisch rasiert ist, hat er einen besonders freundlichen Ausdruck. Als er auf dem Hof angelangt ist und abbiegen muß, der Weg in den Wald geht hinter dem Haus weiter, macht er mit der linken Hand eine Bewegung, die sie als Gruß deutet.
Sie sieht, wie dem Idioten überall das Wasser herunterläuft. Er muß bald völlig durchnäßt sein. Er geht in den Wald, er starrt zum Fenster heraus oder in den Fernseher, es ist das gleiche. Das einzige, was ihn erregt, ist Schokolade. Wenn er Schokolade bekommt, ist er kein Idiot mehr. Sie schenkt ihm manchmal eine Tafel Schokolade. Wegen des Schauspiels. Zuerst faßt er sie nur an den Rändern an. Dann wendet er sie hin und her. Dabei sieht er zur Spenderin hinüber, mit einem Blick von solcher Dankbarkeit, daß ihr die Tränen in die Augen steigen, wenn sie daran denkt. Kann ein Mensch so glücklich sein. Kann ein Mensch noch

unglücklich sein, wenn er einmal so glücklich war. Kann noch irgend etwas eine Rolle spielen, wenn sich der Mensch nur den Hauch einer Erinnerung bewahrt hat, daß er einmal so glücklich war. Er reißt das Papier nicht etwa auf, um gierig die Schokolade hervorzuziehen und herunterzuschlingen. Er sucht mit den Fingern, wo das Papier geklebt ist. Um es ganz vorsichtig hochzuziehen, er will es nicht zerreißen. Als ob er ein wertvolles Geschenk auswickelt, wobei er streng darauf achtet, das gleichfalls wertvolle Geschenkpapier nicht zu beschädigen. Mit dem Stanniol verfährt er genauso, wobei er noch behutsamer wird, er weiß, das Stanniol ist gerissen, noch ehe er denken kann. Auf diese Weise legt er die Schokoladentafel frei, bis er schließlich imstand ist, eine Reihe abzubrechen. Unter dieser Betätigung sieht er immer wieder die Spenderin der Schokoladentafel an. Sein Ausdruck ist jetzt eine Mischung zwischen Glück und Heimlichkeit. Es muß alles zwischen ihm und der Spenderin bleiben. Sie glaubt nicht, daß er Angst hat, jemand anderes könnte ihm die Schokolade wegessen. Sie weiß auch gar nicht, was wäre, wenn jemand anderes auf die Schokolade, die ihm geschenkt wurde, Anspruch erheben würde. Sie hat ihm immer nur Schokolade gegeben, wenn niemand zusah. Ob er sich wehren würde, wenn man ihm die Schokolade wegnehmen würde. Sie hat ihn nie aufbrausend oder wütend gesehen. Es scheint, das gehört für ihn zusammen, das Glück und die Heimlichkeit. Vielleicht ist überhaupt kein Glück möglich ohne Heimlichkeit.

Der Mann der Nachbarin kam bei einem Wetter wie diesem ums Leben. Er geriet betrunken mit seinem Motorrad an der steilen Abfahrt vor der Teichlbrücke ins Schleudern, er stürzte den Abhang hinunter, er lag eine ganze Nacht

unten am Fluß. Es hieß, er habe noch lange gelebt und man hätte ihn retten können, wenn man ihn nach dem Unfall gefunden hätte, doch man wußte nicht, wo er war.
Auch wenn er nicht aufsah, sie ist sicher, der Idiot grüßte sie mit der Handbewegung. Vielleicht wollte er damit, daß er nicht aufsah, eine Art stummen Protests ausdrücken dagegen, daß man ihn auch bei diesem Wetter in den Wald schickt. Oder der Regen lief ihm ins Gesicht und er konnte nicht aufsehen. Oder schämte er sich, weil er vor ihren Augen auch bei diesem Wetter in den Wald muß.
Du gehst sofort aufi!
Die Mutter ruft wütend aus dem Inneren des Hauses.
Sofort!
In ihr steigt Zorn auf. Sie wird tun, was die Mutter will. Aber die Mutter soll sie nicht behandeln, wie die Nachbarin den Idioten behandelt.
Sie steigt die Treppe hinunter, sie geht vor das Haus und bleibt eine Weile im Regen stehen. Sie wird im Schutz des Dachs nicht sehr naß. Die Fläche vor der Aufgangstreppe ist geschottert, der Regen hat allen Schmutz weggewaschen. Dann steigt sie langsam wieder die Treppe hinauf und geht, ohne die Schuhe abzustreichen, ins Haus hinein, die Holztreppe hoch und zu ihrem Zimmer. Sie bleibt auf der Schwelle stehen und dreht sich um. Die Fußspuren, die sie hinterlassen hat, sind deutlich zu sehen. Die Abdrücke der nassen Schuhe laufen die Treppe herauf, wenden dann, laufen am Geländer entlang und biegen zu ihrem Zimmer ein. Sie überlegt, ob sie ihr Zimmer betreten oder zurückgehen soll. Wenn sie zurückgeht, werden die einzelnen Fußabdrücke nicht mehr sichtbar sein. Dann wird es wohl wie eine Art Trampelpfad aussehen.
Bist verruckt wordn!

Sie ist noch ein Kind, und sie wird noch lange eins bleiben. In diesem Landstrich erlaubt sich die Natur einen Scherz zu ihrem eigenen Gewinn, indem sie die Mädchen ganz plötzlich wie erwachsene Frauen aussehen läßt, während sie den Burschen in einem Alter, in dem sie eigentlich schon Männer sein müßten, lediglich einen Flaum auf der Oberlippe mitgibt. Der nächste Ort, an dem es junge Frauen gibt, ist nur über den – er heißt tatsächlich so – Hühnersteig erreichbar. Ein durchaus nicht ungefährlicher Pfad auf halber Höhe des Teichltals, der insbesondere bei Regen sehr glitschig ist. Die beiden jungen Frauen auf dem Gutshof dort sind Bäuerinnen, keine Pächterskinder. Die anderen Nachbarn, es gibt drei Häuser auf dem Weg zur Teichlbrücke, sind alle im Rentenalter. Es kann nicht die Schuld des Mädchens sein, daß es sich in der Enge des Tals zwischen dem Sengsengebirge und dem Toten Gebirge nicht zu bewegen weiß wie der Gast der Gnädigen, dem die Berge nur bis an die Knie gingen, die Wolken unwesentlich höher, indes waren es nie so viele, daß man von dem Gottesmann etwa nur die Schuhe und den Saum seines Gewands gesehen hätte. Die Kunst des Priesters, Bischofs oder vielleicht sogar Kardinals bestand darin zu wandeln, ohne Spuren zu hinterlassen. Dabei schwebte er nicht etwa über dem Tal und seinen Bewohnern. Das wäre ein Mickey-Mouse-Film gewesen. Nur ein leichter Luftzug – das hätte ihn entwürdigt. Er trat auf, aber er zertrat nichts. Die Natur entmaterialisierte und rematerialisierte unter seinen Schritten.
Die Tochter schließt die Augen und empfängt von der Mutter die vorausgesehenen Maulschellen.
Die Mutter trägt nicht nur allein die Last der Bewirtschaftung des Hofs, sie muß sich auch schützend vor ihren Mann stellen, der als Pächter im Ort nicht das Ansehen genießt,

das er als selbständiger Unternehmer verdient gehabt hätte. Er vertritt vehement die Interessen der Gnädigen, insbesondere als er den Bau einer großen Bringstraße über den Grund der Gnädigen verhindert, die wie ein riesengroßes spiegelverkehrtes Z den Wald oberhalb des Bauernhauses zerschneiden soll, um die unzugänglichen Wälder der Gnädigen, vor allem aber die noch viel unzugänglicheren Wälder aller Anrainer der Gnädigen zu erschließen. Doch er wehrt sich nicht nur gegen diese Straße, sondern er hat seine eigene, fast unsichtbare Straße gebaut, die die Jagd nicht stört. Gott sei Dank nicht die ganze Straße, sondern nur deren unteren Teil. Bei Ortsterminen versucht er immer wieder, die Vertreter der Bezirkshauptmannschaft zu überzeugen, seine Straße weise nicht mehr als zwölf Prozent Gefälle auf und ein Lastwagen könne sehr wohl seine Kurve passieren. Offensichtlich kann kein Lastwagen die zu enge Kurve passieren, und das Gefälle der Straße beträgt mehr als zwölf Prozent. Allen Beteiligten ist völlig unverständlich, wie er, der wohlbeleumdete selbständige Sprengmeister, gegen allen Augenschein darauf besteht, seine Straße erfülle die Kriterien, und sie erfüllt sie nicht.

Es ist kein Irrtum wie diejenigen, auf denen die Geistesgeschichte ganzer Jahrhunderte beruht, wie etwa der von Cartesius, der die Essays von Montaigne studierte und sich fragte, was an dieser Sammlung von Anekdoten, Zitaten und Gemeinplätzen den Ruf ihres Erzählers wohl begründet haben mag, wäre der Verfasser so geschäftig, wie er vorgibt, er hätte niemals die Zeit finden können, alles das aufzuschreiben, was ihn so beschäftigt, und dann die freche Bemerkung: Solange nicht etwas gefunden wird, dessen wir vollständig gewiß sind, sind wir keiner Sache gewiß. Zorn verengt das Gesichtsfeld ganz ungeheuer. Descartes wäre besser beraten gewesen, mit einer Anekdote zu antworten. Oder ebenfalls mit einem Ovid-Zitat. Indessen der Zorn. Er beschränkte sein Denkvermögen auf das, was er täglich übte und predigte, auf das, was er unter der axiomatischen Methode verstand, verkörpert in der Euklidischen Geometrie. Der Rest ist bekannt. Descartes' Zorn führte unmittelbar zur Architektur von Mies van der Rohe und zur Carnapschen induktiven Logik. Die europäische Zivilisation ist angeblich noch heute damit beschäftigt, sich von beidem zu erholen.

Was kann der Sprengmeister und Gutspächter dafür, daß sein Irrtum nicht dieses Format hat. Weiß er es und vertritt er deshalb seinen Irrtum mit so unglaublicher Zähigkeit. Der Einsatz soll den Mangel an Substanz wettmachen. Es sind nur elf Prozent. Wo zwölf möglich wären. Aber es sind nur elf Prozent. Weniger sogar. Weniger als maximal zulässig. Das ist es, was der als Sprengmeister nicht einmal verkleidete Dekonstruktivist hochhalten will: den Irrtum an sich. Nicht den geplanten, nicht den systematischen, nicht die Figur im Tanz, wie die besonders eitlen Philosophen es gern hätten. Den Irrtum an sich. Keiner hat das Gefälle des Wegs wirklich gemessen. Nicht der Erbauer, doch auch nicht seine Kritiker. Wenn man beim Bergaufgehen immer mit den Zehen zuerst auftritt, noch vor den Ballen, dann sind das mit Sicherheit mehr als zwölf Prozent. Weil der Weg nicht zu Ende gebaut wurde bis dorthin, wo das Holz geschlagen wird, weil es also kein Holz zu bringen gibt, deshalb versucht auch kein Lastwagen, um die Kurve zu kommen. Vielleicht ist das Gefälle tatsächlich zu hoch, aber der Lastwagen könnte dennoch um die Kurve kommen. Es wird von Straßen in der Umgegend berichtet, bei denen sich alle einig waren, daß die Steigung mehr als zwölf Prozent betrug, bei denen sich auch alle einig waren, daß das in keinem Schriftstück erwähnt werden sollte, weil die Topographie des Geländes oder die Besitzverhältnisse oder ein Jagdpachtvertrag oder ähnliches keine andere Trasse zuließen. Vielleicht gibt es ein Straßenstück, das weniger als zwölf Prozent Gefälle aufweist. Warum einem Lastwagenfahrer eine Flasche Schnaps geben, damit er es doch einmal probiert, ob er mit seinem Lastwagen nicht um die Kurve kommt. Warum das Gefälle wirklich messen. Warum sofort entscheiden und festhalten, wer wann im Irrtum ist. Warum den Irrtum besiegeln. Solange man die Möglichkeiten nicht ausschöpft, solange hat man ein Gegengewicht zu den Descartes' unserer Zeit, zu ihren Irrtümern.

Schau dir den Dreck on.

Es is Wossr.

Putz de Stiagn. Sofort.

Warum sie. Wenn ihre älteste und ihre drittälteste Schwester so viele Maulschellen bekommen hätten wie sie, dann hätten sie nicht in dem Alter, in dem sie sich jetzt befand, schon jeweils ein uneheliches Kind in die Welt gesetzt gehabt. Zu dem unehelichen Kind der ältesten Schwester gesellte sich im Lauf der Zeit noch eins dazu, aber kein Ehemann, zu dem der drittältesten Schwester der Mann als Ehemann und noch ein zweites Kind vom selben Mann. Die zweitälteste Schwester bekommt keine Kinder, obwohl sie einen Deutschen geheiratet hat, und die nach ihr selbst jüngste kann auch keine Maulschellen bekommen haben, denn sie betreibt zusammen mit ihrem Mann, beide wollen keine Kinder, einen Nachtklub in Liezen. Warum sie. Sie wird sich rächen. Dafür, daß sie die Dielen und die Stiegen putzen muß. Dafür, daß sie auf kein Tanzfest darf. Sie wird

sich rächen, indem sie Jos Sohn heiraten wird. Sie kennt ihn noch nicht, und er kennt sie noch nicht, aber das wird ihrer beider unsterblichen Liebe keinen Abbruch tun.
Nachdem der italienische Priester nicht mehr kam, nahm Jo dessen Platz ein. Er nächtigte allerdings nie, wie der Priester, im Haus, das wäre angesichts der geographischen Verhältnisse nicht schicklich gewesen. Denn er kommt nicht aus Rom, sondern aus Linz. Er besitzt eine große Zimmerei, und es geht heute um den Dachstuhl. Das Dach muß vollständig erneuert werden, ein Vorhaben, das die Gnädige schon Jahre vor sich herschiebt. Jo entstammt einer Fabrikantendynastie, ein Bruder besitzt ein Baugeschäft, ein anderer eine Brotfabrik und wieder ein anderer eine Möbelerzeugung. Die hier Grundbesitz haben, sitzen an den besseren Tischen im Wirtshaus, ihre Töchter sind jedoch keinen Deut besser angezogen als sie, sie laufen auch nur den ganzen Tag in Arbeitsschürzen und Gummistiefeln herum, sie waschen sich die Haare auch nicht öfter als sie. Sie weiß, wie wenig Geld hereinkommt, wenn man Milchkühe hält oder Stiere aufzieht. Grundbesitz, das ist vor allem, man kann immer da bleiben, wo man bleiben will. Oder auch nicht bleiben will. Dagegen ein richtiges Geschäft. Das nicht nur aus dem Inhaber und einem Helfer besteht, wie das ihres Vaters. Das heißt, es kommt immer Geld herein. Dann eine Familie mit lauter Geschäften. Eine Familie, die Macht hat in der Stadt.
Sie hat einmal ein Foto von Jos Sohn gesehen, das Jo ihrer Mutter zeigte. Es war ein Foto von der Seite gewesen, in Uniform, als Präsenzdiener. Er hatte kurze dunkle Haare, dunkle Augen, kleine Ohren, jedoch einen dicken, um die Mundwinkel herumgezogenen Schnurrbart, die Haare fielen ihm ungescheitelt in die Stirn. Er trug eine schwarze

Brille, die ihm Entschlossenheit gab. Auch von ihr wird es so ein Foto geben. Anläßlich der Hochzeit. Sie wird von der anderen Seite aufgenommen werden, ihn ansehend. Sie wird goldene Ohrringe tragen und Perlenketten und ein Diadem mit Edelsteinen. Aber das heißt, dem Gang der Dinge vorzugreifen. Die Winter sind hier, obwohl der Ort keineswegs hoch gelegen ist, hart und schneereich, nach jedem Winter werden die Wasserflecken an den Dachgauben größer. Das Dach wird im Sommer gerichtet werden. Der Sohn besucht die Ingenieurschule, in den Ferien arbeitet er im Geschäft des Vaters. Alle Söhne der Brüder arbeiten in den Geschäften ihrer Väter. Die Söhne des Brotfabrikanten haben Bäckerlehren gemacht, sie müssen schon um zwei Uhr früh in der Brotfabrik sein, der Sohn des Baumeisters arbeitet als Polier, die beiden Töchter Jos als Buchhalterinnen. Er wird sich beim ersten Anblick in sie verlieben. Wenn das Dach fertig ist, wird er seinem Vater sagen, er will sie heiraten. Er wird auch sofort bei ihren Eltern um ihre Hand anhalten, doch das ist nur eine Formsache, ihre Eltern werden selbstverständlich die Zustimmung geben. Jo und seine Frau werden natürlich gegen sie sein. Denn sie besitzt nichts, sie ist nichts, ihr Vater hat zwar auch ein Geschäft, aber tatsächlich ist er nur ein kleiner Pächter. Die Mutter wird weinen, der Vater wird drohen. Er wird sagen, er und sein Sohn, sie machen sich zum Gespött der Leute, vor allem der Brüder. So hat der Sohn des Baumeisters eine Ärztin geheiratet, der ältere Sohn des Brotfabrikanten eine Rechtsanwältin und der jüngere Sohn des Tischlereibetriebs eine Sparkassenangestellte. Die Eltern werden weinen, flehen, bitten und schreien. Jos Sohn läßt sich davon nicht erweichen. Er bleibt immer ruhig und vernünftig, er sagt immer nur, er liebt sie. Und sie hätten sich einander unwiderruflich versprochen. Um seine Eltern von ihrer Liebe zu überzeugen, wird er den Vorschlag machen, daß er und seine Braut sich zwei Jahre nicht sehen. Sie werden geloben, sich zwei Jahre nicht zu treffen, zwei Jahre lang nicht miteinander zu telefonieren, zwei Jahre lang einander nicht einmal zu schreiben. Sie wollen damit zeigen, ihre Liebe füreinander ist so groß, daß sie auch eine solche Trennung übersteht. Sollte eins sein Gelübde brechen, dann wäre die Verlobung hinfällig und Jos Eltern hätten recht gehabt. Seine Eltern sagen, zwei Jahre sind eine lange Zeit, er nimmt sich eine andere. Er wird eine andere niemals auch nur ansehen, und sie wird an keinen anderen auch nur denken. Seine Verwandten werden ihn einladen, sie werden ihm die schönsten und die klügsten Mädchen von ganz Linz vorführen, er wird sich höflich mit allen unterhalten, aber er wird sich mit keiner verabreden, obwohl alle versuchen, sich mit ihm zu verabreden. Auf der Jagd werden unverheiratete Freundinnen seiner Cousins und Cousinen dabeisein und die Jause bereiten, obwohl sonst die Männer niemals die Frauen mit auf die Jagd nehmen. Sein Vater wird eine besonders hübsche Sekretärin einstellen, freilich von zweifelhaftem Ruf. Er soll sie schließlich nicht heiraten. Er nimmt sich keine andere. Seine Eltern denken, er bricht sein Versprechen und trifft sich heimlich mit ihr, aber er bricht sein Versprechen nicht, er trifft sich nicht heimlich mit ihr. Wenn die zwei Jahre fast vorüber sein werden, wird er immer noch keine andere angerührt haben. Die Eltern werden ihn am Ende nach Wien schicken. Der Vater wird sich bemühen, für seinen Sohn eine befreundete Firma oder eine Schule zu finden, er wird ihm ein Zimmer im besten Viertel mieten und ihm sehr viel Geld geben, und er wäre überhaupt nicht böse, wenn er aus der

Schule oder vom Chef der befreundeten Firma hören würde, sein Sohn erscheine dort nur unregelmäßig, etwas, was es in Linz nie gegeben hätte. Wenn nur das Mittel Wien hülfe, ihn von ihr abzubringen. Die Eltern werden unangemeldet auf Besuch kommen. Sie gehen in die Stadt, vielleicht besichtigen sie auch gleich ein Museum, am Abend suchen sie dann ihren Sohn auf. Der Hausbesorger würde sie hineinlassen, ihr Sohn wäre nicht da, sie würden warten, und schließlich würde er kommen. In guter Laune, etwas angetrunken und natürlich nicht allein. Oder der Hausbesorger würde sagen, ihr Sohn sei doch da. Sie würden die Treppen hochsteigen und schellen. Es würde sich nichts rühren. Sie würden noch einmal schellen, niemand würde öffnen. Sie würden genau hinhören, und sie würden meinen, Geräusche wahrzunehmen, dabei würden sie nicht sicher sein, ob die Geräusche wirklich aus dem Zimmer ihres Sohnes kämen. Sie würden schließlich an die Tür klopfen, diesmal würde er aufmachen. Ihr Sohn würde sich natürlich über das Kommen seiner Eltern sehr freuen, auch wenn sie sich nicht angemeldet hätten. Er würde sie hineinbitten, sie würden sich die Mäntel ausziehen, sie würden sich an den kleinen Tisch setzen. Sie würden so lange auf das ordentlich gemachte Bett schauen, bis aus dem Bad die hübsche Freundin ihres Sohnes käme. Aber es ist kein Mädchen bei ihm. Sie klopfen, und er macht sofort auf. Er freut sich so über den unangemeldeten Besuch seiner Eltern, daß er beiden um den Hals fällt, denn er ist allein und er liest gerade ein Buch. Auch wenn man sie zu den Tanzfesten in Kirchdorf und Windischgarsten mitnehmen will, sie geht nicht mit. Sie besucht nicht einmal mit ihren Brüdern das Gasthaus. Sie weiß, sie darf nicht den geringsten Anlaß zu Redereien geben. Sie geht auch nicht arbeiten, denn man könnte ihr etwas unterschieben, seine Eltern, sie traut es ihnen zu, würden vielleicht sogar einem Arbeitskollegen Geld geben, damit er ihr nachstellte, obwohl das Geld gar nicht nötig wäre, sie ist hübsch, sonst hätte der Sohn sich nicht in sie verliebt. Sie bleibt zu Hause und hilft ihrer Mutter. Sie überwachen sie ständig. Sie fragen die Jagdpächter, und sie gehen ins Wirtshaus im Dorf, um die Einheimischen über sie auszufragen. Niemand kann ihnen erzählen, daß sie einen anderen Mann auch nur angesehen hätte. Sie wird sich im Sommer auch nicht im Badeanzug in die Wiese legen. Es könnte ein Jäger vorbeikommen und ihr etwas andichten, jemanden, der neben ihr in der Sonne lag, den es nie gegeben hatte. Weil sie ihr nichts nachsagen können, weil es nichts, überhaupt nichts gibt, woran sie festmachen können, was sie sehen, was sie hören wollen, deswegen müssen sie etwas erfinden.

Du mußt den Kübl ausschüttn.

Sie schrubbt den Boden der Diele auf den Knien weiter, ohne das Wasser zu wechseln.

Wird eh ollas glei wieda dreckig, wann ihr die Dia zum Doch aufmochts.

Die Mutter nimmt den Kübel, trägt ihn die Stiege hinunter und gießt ihn vor der Tür aus. Die Tochter erhebt sich, geht langsam die Treppe hinunter und vor das Haus, holt den Eimer, gibt Wasser und Putzmittel hinein und fährt mit ihrer Arbeit fort.

Sie lügen gemein und schrecklich. Sie erfinden etwas über sie und den Idioten. Den Idioten, der nur einmal im Monat rasiert wird und dessen Hände und Füße mit Lumpen umwickelt sind. Der Idiot ist älter als sie, viel älter, aber jünger als ihr Vater, viel jünger. Von der Ferne sieht es aus, als sei der Idiot furchtbar schmutzig. Weil er immer in schwarze

Lappen gekleidet ist. Sie weiß, wie er in der Nähe aussieht. Er ist gar nicht schmutzig. Ob ihm jemand anderes auch Schokolade schenkt. Die Nachbarin sicher nicht. Wenn sie ihn in Lumpen herumlaufen läßt, gibt sie ihm auch keine Schokolade. Woher kennt er Schokolade dann. Vielleicht gibt ihm die Nachbarin doch an Weihnachten und an seinem Geburtstag Schokolade. Weiß er, was das ist, Geburtstag zu haben. Feiern sie seinen Geburtstag. Sie erinnert sich jetzt, einmal schenkte die Gnädige dem Idioten eine Tafel Schokolade. Irgendwer, es mußte die Mutter gewesen sein, hatte ihr wohl erzählt, der Idiot liebe Schokolade. Es war schönes Wetter, die Gnädige sah aus einem ihrer Fenster, wie sich der Idiot auf den Weg in den Wald machte, da nahm die Gnädige eine Tafel Schokolade aus ihrem großen bunten Bauernschrank. Der Idiot lief so schnell wie immer, die Gnädige wollte ihm zunächst entgegengehen, zögerte dann jedoch, weil er so forsch auf sie zukam, die Gnädige hielt die Schokoladentafel nicht mehr vor sich hergestreckt wie eben noch, als sie vor das Haus getreten war, der Idiot kam immer näher, sie konnte sich jetzt nicht mehr umdrehen und die Schokolade wieder einstecken, es wäre eine unvorstellbare Grausamkeit gewesen, der Idiot hatte die Schokolade schon gesehen, als sie noch in der Haustür gewesen war, da kam die Mutter aus dem Stall, mit dem Milcheimer in der Hand, sie sah, die Gnädige hatte Angst, der Idiot würde sie berühren, wenn sie ihm die Schokolade geben würde, denn daran hatte die Gnädige nicht gedacht, als sie den Idioten in seinen schwarzen Lumpen aus ihrem Fenster erblickt hatte, wenn der Idiot ihr nicht nur in die Augen blicken und etwas murmeln oder krächzen würde oder einen Diener machen würde, sondern wenn er etwa nach ihrer Hand greifen würde und sich bei ihr bedanken wollte, indem er ihr die Hand drückte. Die Mutter hatte das alles sofort verstanden, sie ging auf die beiden zu, sie nahm der Gnädigen die Schokoladentafel aus der Hand, und sie legte sie in die Hand des Idioten. So muß es gewesen sein. Es waren die Gnädige und die Mutter. Je länger sie darüber nachdenkt, desto deutlicher wird vor ihrem inneren Auge die Szene, wie sich der Idiot ein dutzendmal vor der Gnädigen verbeugte, und sie hört die unverständlichen Laute, die der Idiot ausstieß, um sich bei der Gnädigen für die Schokolade zu bedanken.

Die zwei Jahre würden vorüber sein, sie würden ihr Gelübde gehalten haben, er würde den Hochzeitstermin festlegen. Die Eltern und die Verwandten würden nicht nur bestürzt, sie würden wütend sein, weil sie sich geirrt hatten. Ihr Bräutigam würde seine Cousinen und Cousins auffordern, ihr zu gratulieren. Niemand würde kommen. Da würde sie eine Unterstützung erhalten, mit der sie niemals rechnen konnte: seine Mutter. Sie würde kundtun, auch sie sei, wie alle wüßten, gegen die Braut gewesen. Doch die Braut habe sich in so hervorragender Weise verhalten, wie es eine andere an ihrer Stelle nur getan haben könnte, sie sei jetzt überzeugt, daß sie ihren Sohn tatsächlich liebe, er liebe sie, und sie gebe ihren Segen. Ihr Mann würde ihr zwar nicht zustimmen, er würde jedoch nichts mehr gegen die Vermählung unternehmen. Am Hochzeitstag würde das Haus der Schwiegereltern ein Blumenmeer sein. Es würden nicht viele Verwandte kommen, nur die Ärztin und die eine oder andere Tante. Sie würden in einer Pferdekutsche zur Trauung fahren, sie würde eine weißes Brautkleid tragen. Ihre Geschwister würden alle dabeisein, auch ihr jüngerer Bruder. Der Schwiegervater würde ihnen ein Haus einrichten, und er würde sehr zufrieden sein mit seinem Sohn, der sich im Geschäft hervorragend bewährte. Doch ein Schatten würde sich auf ihr Glück senken. Sie würde sich bemühen, den Schwiegereltern das einzige zu schenken, was sie ihnen schenken konnte: ein Kind. Sie, ihr Mann, der Schwiegervater und vor allem die Schwiegermutter würden sich so über ein Kind freuen. Sie würde auch schwanger werden. Sie würde zum Gynäkologen gehen und einen Test machen, und auch der Test wäre positiv. Die frohe Botschaft würde sofort allen Verwandten mitgeteilt. Sogar die, die sie immer abgelehnt hatten, würden sich vielleicht ein bißchen freuen. Aber es würde eine fürchterliche Enttäuschung geben. Sie würde wieder zum Arzt gehen, und der Arzt würde sich wundern, warum sich ihr Körper nicht veränderte, er würde wieder einen Test machen, und es würde sich herausstellen, sie war gar nicht schwanger und da war gar kein Kind. Dem Arzt würde es durchaus unangenehm sein, er würde sich vielmals entschuldigen, so etwas sei ihm noch nie vorgekommen. Der Zorn würde sich nicht über ihn entladen. Eine eingebildete Schwangerschaft. Hohn und Spott würden sich über sie ergießen und bösartigste Anschuldigungen. Es sei gar keine eingebildete Schwangerschaft gewesen, sie habe alle getäuscht. Wozu. Um sich bei der Schwiegermutter einzuschmeicheln. Wo doch so schnell alles herauskam. Alle würden sich von ihr abwenden, zuerst die Schwiegereltern, schnell auch diejenigen, die sich ihr zögerlich zugewandt hatten, die Ärztin, die Tanten. Nur ihr Mann würde zu ihr halten. Er würde einen schweren Stand haben, denn im Geschäft würde man über nichts anderes reden als über ihre sogenannte Schwangerschaftskomödie. Besonders die Söhne des Brotfabrikanten würden gegen sie hetzen. Zwischen dem Brotfabrikanten und dem Schwiegervater hatte es schon immer eine große Rivalität gegeben.

Diese beiden beschäftigten die meisten Arbeiter, das Baugeschäft und die Möbelerzeugung waren viel kleiner, und wer das größte Geschäft besaß, der genoß auch das größte Ansehen. Die Bäcker würden überall schlecht über ihren Onkel und seinen Sohn und seine Schwiegertochter reden, damit deren Geschäft weniger Aufträge bekam. Ihr Mann würde, aus Gram über die Entzweiung mit seinen Eltern, nichts dagegen tun. Erst als ihm schließlich ein fest zugesagter Auftrag der Stadt doch nicht gegeben würde, würde er die Bäcker zur Rede stellen. Er würde in die Brotfabrik fahren, allein, und er würde ihnen erklären, daß seine Frau nichts, aber auch gar nichts dafürkönne. Es würde einen heftigen Wortwechsel geben, die Sekretärinnen und andere Mitarbeiter würden alles mitbekommen, die Bäcker würden ihn schließlich sogar angreifen, er würde sich gegen die beiden leicht wehren können, er würde ohne einen Kratzer die Brotfabrik verlassen, seine Widersacher würden blutige Nasen haben. Sie würde alles versuchen, ein Kind zu bekommen, gewissermaßen das einmal gegebene Versprechen einzulösen, sie würde jedoch ebensowenig schwanger werden wie ihre zweitälteste Schwester.
Die Bäcker würden ihre Demütigung nicht verzeihen können. Während sie so taten, als sei der Streit beigelegt, würden sie planen, sie und ihren Mann umzubringen. Sie würden bis zum Sommer warten. Ihr Mann würde Ahnungen bekommen, und einmal würde er sagen, weil die Bäcker so stillhielten, deswegen glaube er, sie hätten etwas wirklich Fürchterliches vor. Sie würde versuchen, ihn zu beruhigen, so weit könnten die Bäcker nicht gehen, die Bäcker hätten ihre Niederlage gehabt, die Bäcker wollten alles vergessen. Sie würde ihren eigenen Worten nicht glauben, und er würde nur vorgeben, ihr zu glauben. An dem Tag würde es

nicht regnen, wie heute, und es würde nicht in einem engen Tal sein. Sie würden ihr Haus in einem grünen Vorort von Linz haben, sie wären trotzdem in ein paar Minuten in der Stadt. Wenn es dort regnete, dann war es ein sanfter Regen, man trat vor das Haus, und man wurde fast nicht naß, auch wenn man sich ohne Schutz in den Regen stellte, denn der Regen verteilte sich fein über die Weite, es war auch nicht so dunkel wie hier, sie würden große Fenster haben, nicht so kleine wie hier in dem alten, aus Flußsteinen erbauten Haus, und in ihrem Haus würde viel helles Holz sein. An dem Tag würde es drückend heiß sein. Ihr Mann würde eher nach Hause gekommen sein, und sie würden früh zu Bett gehen. Kurz nach Mitternacht würden die Bäcker eintreffen. Einer würde mit dem Fuß gegen das schmiedeeiserne Gartentor treten. Das Hausmädchen, das die Schwiegermutter gemäß einer Einflüsterung des Brotfabrikanten für sie ausgesucht hatte, würde in seiner Wohnung über der Garage das Geräusch hören, es würde herunterkommen und den beiden das Tor und die Haustür öffnen, und es würde sie vor die Schlafzimmertür führen. Die Bäcker würden, weil sie vom Hausmädchen wußten, daß die Tür immer verschlossen war, gar nicht versuchen, sie zu öffnen. Sie würden einen mitgebrachten Dynamitstab an die Klinke klemmen und ihn zünden. Sie fürchteten, wenn sie versuchten, auf andere Weise die Tür zu öffnen, würden sie und ihr Mann in der Zwischenzeit entkommen können. Die Bäcker sprengen die Tür und stürzen sich, noch im Dampf der Explosion und im Dunkel, auf das Bett und stechen mit ihren Messern darauf ein und schießen mit ihren Pistolen darauf. Doch das Bett ist leer. Das Zimmer ist leer. Sie laufen auf den Balkon, auch hier ist niemand. Ihr Mann hörte das Geräusch, mit dem die Bäcker das Hausmädchen weckten, er ging auf den Balkon und sah, wie das Hausmädchen die Bäcker ins Haus führte. Die Bäcker sind nicht allein, sie haben aus ihrem Geschäft Helfer mitgebracht, die das ganze Anwesen absuchen. Sie wissen, ihre Opfer sind nicht entkommen, diejenigen, die bei den Autos Wache gehalten haben, hätten die Flüchtenden bemerken müssen. Sie und ihr Mann haben sich dort versteckt, wo niemand sie sucht, im Zimmer des verräterischen Hausmädchens, in deren Kleiderschrank. Da greifen die Bäcker zu einer List. Sie ziehen nach langer Suche unverrichteter Dinge wieder ab. Sie nehmen natürlich das Hausmädchen mit, damit dieses später behaupten kann, es sei nicht dagewesen. Es vergeht eine Stunde, es vergehen mehrere Stunden, im Haus bleibt alles ruhig. Ihr Mann sagt ihr, sie dürften sich auf keinen Fall aus ihrem Versteck, dem Kleiderschrank im Hausmädchenzimmer, herausbegeben. Es wird Morgen, und immer noch ist alles still. Sie hält die Enge nicht mehr aus, ihr Mann sagt, sie darf nicht heraussteigen, die Gefahr ist noch nicht vorbei, trotzdem macht sie die Tür auf und steigt heraus. Sie ist so froh, daß sie durchatmen und ihre Glieder strecken kann. Der neue Tag scheint warm durch das Fenster im Zimmer des Hausmädchens. Sie geht vorsichtig zu dem offenen Fenster und beugt sich hinaus, da fällt auch schon ein Schuß. Die Bäcker und ihre Helfer sind mit den Autos davongefahren, jedoch zu Fuß wiedergekommen, sie haben sich um das Haus herum verteilt, um sofort zu schießen, als sie sich am Fenster zeigt. Sie hält sich an der Fensterbank fest, während sie zu Boden sinkt, ihr Mann kommt ihr zu Hilfe, derjenige, der den ersten Schuß abgegeben hat, gibt noch weitere Schüsse ab, er trifft sie, er trifft ihren Mann, im selben Augenblick trampeln schon die beiden Bäcker und die anderen Helfer die Treppe zu dem

Hausmädchenzimmer hoch, sie stoßen die Tür so heftig auf, daß sie ihnen wieder entgegenfällt, sie stoßen sie noch einmal auf und stürzen sich mit ihren Messern auf sie und ihren Mann, von den Schüssen getroffen, können sie überhaupt keinen Widerstand mehr leisten, die Bäcker und ihre Helfer fallen wie in einem Blutrausch über sie und ihren Mann her, sie stechen auf sie und ihren Mann ein, und sie schießen alle ihre Pistolen auf sie leer, als sie sich schon lange nicht mehr rühren.
Der Leser hat eine andere Geschichte erwartet. Vielleicht die, wie die junge Heldin es immer ausnützt, wenn der Vater Autobahnen baut und die Mutter doch einmal mit der Nachbarin beim Einkaufen ist, und sie weiß nicht nur, wo sich der Schlüssel zu den Räumen der Gnädigen befindet, sie weiß auch, in welchem Kleiderschrank der Gnädigen welche Dirndl verwahrt sind. Denn die Gnädige hat den Kleidungsgrundsatz, daß man sich auf dem Land auch ländlich anziehe. Ihre Kleiderschränke enthalten demzufolge eine Musterkollektion von Trachten der Gegend. Wobei die Auswahl insofern begrenzt ist, als einige Schnitte zwar mit der geringeren Oberweite der Gnädigen, nicht jedoch mit der unserer Heldin harmonieren. Unter denen, die wegen Atemnot ausscheiden, befinden sich natürlich gerade diejenigen, deren Muster unserer Heldin am allerbesten gefallen. Die Geschichte müßte dann jemanden enthalten, dem man die Kleider auch einmal vorführen kann. Vielleicht einen jungen Werkzeugmacher, wie der Mann der drittältesten Schwester, nur hübscher. Er sollte stark und groß sein, er darf ruhig etwas längere Haare haben, er sollte vor allem nicht zu alt sein. Er wirbt um sie. Sie darf nicht mit ihm ausgehen, doch er kommt oft zu Besuch. Freilich ist immer die Mutter da. Die nicht viel sagen kann, weil

die beiden nur zusammen in der Stube sitzen. Vielleicht ist der Verehrer auch etwas weniger strebsam, aber dafür viel charmanter. Möglicherweise ist er kein Werkzeugmacher, sondern Schlosser, und die Haare sind noch länger. Vielleicht hat er schon öfter die Stelle gewechselt und gerade jetzt gar keine Arbeit. Deswegen kann er auch so oft kommen. Nur erzählt er das weder der Tochter noch der Mutter. Eines Tages würde sie ihm sagen, wenn er morgen kommt, wird er eine große Überraschung erleben. Es würde sein, wenn die Mutter nicht da wäre, wenn niemand da wäre. Es ist Sommer, und es ist herrliches Wetter. Sie geht ihm auf dem Weg, der zur Teichl führt, entgegen, im Schatten der Apfelbäume, die sich über den Weg neigen, er weiß, sie ist es, ihre Gestalt, ihr Gang, aber sie kann es nicht sein, es muß die Gnädige sein, es kann unmöglich die Gnädige sein, sie ist es, nicht die Gnädige, sie ist es, aber sie sieht aus wie die Gnädige. Zur Entschuldigung unserer Heldin muß gesagt werden, die Gnädige kümmert sich kaum mehr um ihren Besitz. Was nicht verwundern muß, ihr Hauptbesitz ist um so vieles größer als dieser Außenposten, es verwundert höchstens, daß sie sich einmal so sehr um diesen Besitz gekümmert hat, dabei hat alles, wie man am Purpur des Priesters sieht, den allerhöchsten Segen gefunden. Weil die Gnädige ihren Besitz so selten aufsucht, ist die Wahrscheinlichkeit gering, daß sie unsere Heldin einmal in ihren Kleidern antrifft. Vielleicht hat die Gnädige auch die Lust an ihrer Trachtenkollektion gänzlich verloren. Vielleicht zieht sie nur noch Kostüme aus Loden oder aus Leinen an, keine Trachten mehr, nur noch mit sogenannten Trachtenelementen, mit Knöpfen aus Hirschhorn und mit Lederbesätzen. Dann würde sie die Gebrauchsspuren, die einige ihrer Trachten aufweisen, gar nicht bemerken. An den Kleidern sieht man nichts, dafür an den Blusen. Es ist sehr unwahrscheinlich, daß die Gnädige eine getragene Bluse wieder in den Schrank gehängt hat, ohne sie zu waschen. Mehrere getragene Blusen in den Schrank gehängt hat, ohne sie zu waschen. Sie könnte die Blusen waschen, sie müßte sie in ihrer Kammer aufhängen, in die die Mutter jederzeit hineinkommen kann. Wer wird sie zur Rede stellen. Die Mutter oder die Gnädige. Es wäre sicher besser, wenn es die Gnädige wäre. Die Mutter wird sehr böse sein. Der Vater wird sie schlagen. Es ist der Mutter unendlich peinlich gegenüber der Gnädigen, es bedeutet, die Gnädige kann ihr nicht vertrauen. Denn es ist ihr Fehler, und nicht der der Tochter. Sie ist die Hüterin des Hauses, sie trägt die Verantwortung. Sie hat es nicht bemerkt, nicht verhindert, sie hat es zugelassen. Sie ist die Schuldige. Allein, wie kann sie ihre Tochter bestrafen. Was kann sie ihrer Tochter noch verbieten, nachdem ihr schon nichts erlaubt ist. Es würde trotzdem sehr schlimm sein. Eine Auseinandersetzung mit der Gnädigen dagegen. Sie wandelt unter den Apfelbäumen, und wer nicht kommt, ist der Werkzeugmacher oder Schlosser – vielleicht hat er auch gar keine abgeschlossene Ausbildung –, dafür jedoch die Gnädige. Die Gnädige würde nicht laut werden. Es würde nur ihre Melancholie vertiefen. Vor Jahren wäre es anders gewesen. Da hätte sie ihr im Fall Rede und Antwort stehen müssen, welches Kleid, welche Bluse sie wie oft angezogen hätte, und die Gnädige wäre verletzt gewesen, denn dieses Kleid zog sie immer an, wenn, und jenes Kleid hatte sie angezogen, als – es hätte etwas zerstört. Doch das Herz der Gnädigen hängt nicht mehr an ihren Trachten. Sie würde lediglich mit resignierter Geste alle Blusen in die Wäsche, alle Kleider in die Putzerei geben. Die Gnädige würde versuchen, sie sanft zu belehren, am Ende gar, sie zu verstehen.

Der japanische Geländewagen des Zimmereibesitzers weist eine hohe Bodenfreiheit auf, die seine Räder dünn und schmal aussehen läßt. Es hat in der Zwischenzeit zu regnen aufgehört, der Himmel ist noch bedeckt, dennoch liegt nicht einmal mehr Dunst in der Luft, das Tal und die Bergrücken weisen gestochen scharfe Konturen auf. Der Besucher ist bis unmittelbar neben den Hauseingang gefahren, die Scheibenwischer laufen noch, es tropft von den Bäumen auf den Weg, aber niemand steigt aus.

Die untere und die obere Diele sowie die Stiege sind sauber. Alles erwartet die Staubwolke, die aus der vom Experten zu öffnenden Falltür zum Dachboden entweichen wird.

Als der Besucher endlich aussteigt, er ist in grüner und grauer Jägerkleidung, die Mutter hat frische graue Hosen und eine frische blaue Arbeitsschürze angezogen, grüßt er weder die Tochter, die ihm ins Gesicht sieht, noch die Mutter, die ihm die Hand reicht. Er hat auch keinen Blick für das Dach, um dessentwegen er gekommen ist.

Die Mutter geleitet ihn in die Stube, wo sie eine Jause vorbereitet hat.

Der Frau gehts gut.

Ja.

Den Töchtern auch.

Ja.

Der Sohn arbeitet fleißig.

Ist es wirklich Jo, dessen Stimme das Haus ausfüllte, wenn er es nur betrat und die Gnädige begrüßte. Ist er es, der mit seiner bloßen Anwesenheit die Trophäenschau in Kirchdorf beherrschte. Kann das derselbe sein, der vor langer Zeit auf

einem der Feste der Gnädigen die Frau eines Jagdkameraden dazu brachte, mit einer kalten Schweinestelze in der Hand nackt auf dem Tisch zu tanzen.
Er sieht nicht krank aus, er hat nicht an Gewicht verloren, er hat nicht so viele Falten, und er ist auch nicht so grau im Gesicht wie andere, die mit ihm Gäste der Gnädigen waren.
Sein Blick ist erloschen.
Die Mutter sprach der Tochter von einer Seelenkrankheit. Die Gnädige machte Andeutungen, als sie die Mutter benachrichtigte, er komme, um sich den Dachstuhl anzusehen. Ein Jagdgast aus Linz, den die Gnädige geschickt hatte, erzählte etwas. Die Tochter konnte der Unterhaltung nur teilweise folgen, da sie Küchenarbeit verrichtete. Ob es etwas in der Familie gegeben habe. Nein, nur die üblichen Rivalitäten. Ob etwas mit dem Sohn sei. Nein, die beiden Mädchen seien zwar intelligenter als der Sohn, dafür sei der Sohn sehr fleißig, und er sei bei den Mitarbeitern der Zimmerei sehr gut angesehen. Die Frau. Die Frau klage und jammere immer, sie habe immer gejammert und geklagt. Er fühle sich nicht krank. Er weise den Gedanken an eine Krankheit weit von sich. Übrigens seine Frau auch. Er sage, das Alter müsse sich irgendwie bemerkbar machen. Er gehe in die Arbeit, er gehe auf die Jagd. Daß er nicht immer rede – gebe es denn immer etwas zu reden.
Wollen Sie nicht in das Dach schaun.
Die Mutter steht auf, der Besucher nimmt keine Kenntnis davon. Er dreht das Glas in seinen Händen hin und her, er hebt dabei seinen Blick nicht. Die Mutter setzt sich wieder.
Die Tochter wollte vor ihrem zukünftigen Schwiegervater nicht wie ein Pächterskind aussehen. Das war sie ihrem

Bräutigam schuldig. Sie überlegte lange, ob sie ein Dirndl der Gnädigen anziehen sollte. Aber sie war keine Gnädige, und sie strebte auch nicht danach, eine Gnädige zu sein. Sie entschied sich schließlich für ihre Blue jeans und den roten Walkjanker der Gnädigen. So konnte sie zeigen, daß sie eine moderne junge Frau war, und sie brauchte kein Kleid der Gnädigen anzuziehen.
Die Mutter konnte es nicht verhindern, sie sah die Tochter erst auf der Treppe, als der Wagen des Besuchers schon auf dem Hof stand. Wenn die Mutter etwas sagt, dann wird der Besucher es der Gnädigen erzählen, dann sind sie und die Tochter unrettbar bloßgestellt. Wenn sie an sich hält und still bleibt, wird ihm nichts auffallen, er erkennt den Janker nicht wieder. Sollte er ihn dennoch wiedererkennen, glaubt er bestimmt, die Gnädige habe ihn der Tochter geschenkt.
Er wird ewig so vor ihnen sitzen.
Schweigend.
Das Glas in der Hand, den Jausenteller vor sich.
Sie hätte niemals gedacht, daß es so einfach sein könnte, ihrer Liebe die Bahn zu brechen. Sie glaubte, der Vater würde sich mit aller Macht gegen die Heirat des Sohns stemmen. Der Vater stellt sich nichts und niemandem in den Weg. Wenn sie von seinem Sohn schwanger geworden wäre, möglichst schnell, und er hätte möglichst schnell sein Enkelkind gesehen, vielleicht hätte ihn das aus seiner Krankheit gerissen. Sie hat sich die Krankheit nicht einmal vorstellen können. Es wäre so einfach gewesen. Ihre Verbindung mit dem Sohn war das einzige, was die Krankheit des Vaters hätte beeinflussen können, was ihn hätte retten können. Sie ist daran schuld, wenn er jetzt in der Düsternis seiner Gedanken versinkt. Sie hat keinen Glauben gehabt. An ihr Schicksal. Sie hat keine Treue gehabt zu dem, für den

sie bestimmt war. Sie hat keinen Mut gehabt, die so geringen Hindernisse ihrer Liebe zu überwinden. Sie hat keine Liebe gehabt für den, von dem sie glaubte, sie liebte ihn über alles. Statt dessen gab sie sich dem hin, der sie niemals lieben würde, der sie, nachdem sie sich ihm hingab, nun dafür verachtet, daß sie sich ihm hingab. Sie ist unwürdig. Sie würde so verlassen werden wie ihre älteste Schwester. Der sie verließ, tat recht. Sie hätte alles haben können, was sie sich erträumt hatte. Sie hätte – dazu – den Vater retten können. Ihr Vater, ihre Mutter wußten von vornherein, sie war unwürdig. Aber sie ist nicht ganz schlecht. Sie wollte den Bräutigam täuschen, sie wollte seinen Vater darüber täuschen, daß sie sich einem anderen hingegeben hatte. In dem Augenblick, als sie des in sich versunkenen Manns ansichtig wurde, wußte sie, sie würde ihn nicht täuschen.
Was wollts ihr das Dach machen. – Es geht eh wieder kaputt.

DEMIURG

xx.xx.

Wir bewundern jemanden wegen seiner Kenntnisse und Fähigkeiten nur dann, wenn wir nicht wissen, wie er zu ihnen gekommen ist. Wenn wir es ihm nicht nachtun können. Sind wir, vielleicht durch einen Zufall, doch imstand, seinen Weg nachzuvollziehen, verliert er – sowohl der Jemand wie der Weg – alles Außerordentliche. Wir verdrängen den Tod, weil wir von Natur aus faul sind und weil nur er es war, der uns zum Lernen gezwungen hat. Wobei wir uns bis jetzt nur mit einem Bruchteil des Pensums befaßt und diesen Bruchteil falsch verstanden haben. X hat nach herrschender Meinung etwas über den Menschen herausgefunden. Ich bin der Ansicht, sowohl Y als auch Z irren sich in wesentlichen Fragen, X betreffend. Dabei muß ich allerdings zugestehen, daß Y den geschichtlichen Zusammenhang, der für das Verständnis der Entwicklung der Ansichten von X den entscheidenden Schlüssel liefert, durchaus zutreffend beschreibt. Z wiederum zeigt einige wichtige und auch in dieser Form neue innere Zusammenhänge zwischen verschiedenen Bausteinen des Gebäudes von X auf, die dazu beitragen, es besser zu verstehen, die aber zugleich auch deutlich machen, dieses Gebäude muß angesichts der Einwände von W umgestaltet werden. Genau das versucht V, wobei er auf Arbeiten von U zurückgreift, dessen Einfluß auf X von Y unterschätzt wurde. Das Unternehmen von V kommt allerdings nicht zum Ziel, weil er sich zu ausschließlich auf U stützt. Nach meiner Auffassung haben in diesem Zusammenhang die grundlegenden Arbeiten von T nicht die Beachtung gefunden, die ihnen eigentlich zukommen sollte – der sich etwas entfernt Haltende nimmt wahr, wie die unregelmäßigen, zitternden Gebilde, welche die sich systematisch gebenden Unternehmungen des menschlichen Geistes hervorbringen, immer größer werden, wie sich die Gebilde berühren und schneiden, wie in den Berührungs- und Schnittpunkten immer neue unregelmäßige, zitternde Gebilde entstehen. Er sieht, wie folgenlos die späteren für die früheren Gebilde sind. Eine Sicherheit für die Vorgänge des Lebens nach dem Vorbild der Gewißheit des Todes müßte eine unbedingte sein, und sie müßte für alle gelten. Eine solche Sicherheit kann es nicht geben. Die Annahme ihrer Existenz führt zum Widerspruch, weil die dem Beobachteten vom Beobachter mitgeteilte Vorhersage der Vorhersage die unbedingte Wahrheit nimmt. Die gesamte Sicherheit der menschlichen Existenz liegt im Tod, nur in ihm, mit dem Tod ist der Betrag an Sicherheit, der dem Menschlichen zum Erbe gemacht ist, erschöpft. Doch alle gieren weiter nach Ergebnissen, um sich daran festzuklammern, auch wenn es niemandem gelingt, sich festzuklammern, auch wenn es nichts gibt, woran man sich festklammern könnte.

xx.xx.

Das, was die sich systematisch dünkenden Unternehmungen des menschlichen Geistes ablösen wird, wird frei sein von der Sucht nach Ergebnissen, es wird die Begriffe nicht danach beurteilen, ob sie sicher sind wie der Tod, es wird aus der Einsicht geboren: Es kommt nicht darauf an, den Menschen zu beschreiben, es kommt darauf an, ihn zu verkörpern. Was an die Stelle der Hervorbringungen systematischer Unternehmungen tritt, ist natürlich keine Hervorbringung mehr. Es wird die zitternden Gebilde nicht abschaffen, denn sie bieten immerhin Lösungen für einige Fragen, deren Beantwortung das, was nach ihnen kommt, erst möglich macht. Es wird die Kreise und ihre Berührungs- und Schnittpunkte als Werkzeug benutzen, ohne daß es das Werkzeug hinterfragen müßte.

Was an die Stelle der zitternden Gebilde und ihrer Berührungs- und Schnittpunkte tritt, wird zwei Klüfte überwinden. Diese Gebilde sind nicht nur Mengen von Sätzen, die irgendwo ausgesprochen oder niedergeschrieben wurden, sondern auch das, was nirgendwo geäußert wird, was jedoch um das Ausgesprochene und das Niedergeschriebene herum getan wird. Das ist nicht der Gegensatz von Theorie und Praxis, sondern der Abgrund zwischen dem, was Zeichen ist, und dem, was nicht Zeichen sein darf. Wenn Erkenntnis verkörpert wird, gibt es keinen Unterschied mehr zwischen dem, was geäußert wird, und dem, was – wie auf der Zunge liegt: nur – getan wird. Die zweite Kluft ist diejenige zwischen dem Gegenstand und seinem Begriff. Was an die Stelle der zitternden Gebilde tritt, wird auch Endpunkt der Differenz des Gegenstands zu seinem Begriff sein. Verkörpern bedeutet nicht Kopieren. Verkörpern bedeutet bewußtes und eigenständiges Vollziehen. Der erste Schritt waren Datenverarbeitungsanlagen, die Theorien möglich machten, die zuvor nicht in Betracht gezogen werden konnten, weil sie mit Bleistift, Papier und Rechenschieber nicht zu handhaben sind. Es wird immer mehr und immer stärkere Hilfsmittel für das Management von Wirklichkeit geben, die dazu beitragen, daß Erkenntnis nicht mehr nur von Theorien verkörpert wird, sondern von Dingen, von denen wir uns jetzt noch gar nicht vorstellen können, daß ihnen Erkenntniswert zukommen könnte. Die Dinge werden in ihren Begriffen aufgehen, indem Dinge Begriffe und Begriffe Dinge werden. Es wird nicht mehr möglich sein, von den Dingen zu sprechen, ohne den Menschen zu erwähnen. Die Gegenstände werden in ihren Begriffen aufgehen, indem Gegenstände Begriffe und Begriffe Gegenstände werden.

xx.xx.

Es wird nicht mehr darum gehen, Vorhersagen über die Zukunft zu machen. Es wird darum gehen, die Zukunft selbst zu machen. Was wir als Vorhersagen kennen, wird durch Handlungen verkörpert werden. Die Wissenschaften werden uns vorher noch die Mühe der Gütererzeugung abnehmen – um uns alle den Letzten Fragen auszusetzen. Die Wissenschaften werden das Leben verlängern, zuerst dadurch, daß die körperliche Lebensspanne größer wird, und schließlich dadurch, daß sich die innere von der äußeren Zeit abkoppelt. Die äußere Zeit wird für die innere Zeit kein Maßstab mehr sein. Das wird am Tod selbst nichts ändern, aber er wird den Lebenden entfernter und damit undeutlicher erscheinen. Es wird uns damit ein wenig leichter, von der Sucht nach Ergebnissen loszukommen.

XX.XX.

Nachdem du das, was an die Stelle der systematischen Anstrengungen des menschlichen Geistes treten soll, nicht beschreiben kannst – hast du wenigstens eine Vorstellung davon, wie es beginnt? Ich weiß, es geht damit weiter, keine Ziele mehr zu verfolgen. Denn hinter jedem Ziel steckt das Bewußtsein der Gewißheit des Todes, das uns frühzeitig aufruft, Ordnung in unsere Verhältnisse zu bringen, uns Ziele zu setzen und sie auch zu erreichen, damit unsere Nachfahren mit unserem Leben etwas anfangen können. Man verfolgt immer Ziele. Wenn du keine Ziele verfolgen willst, dann verfolgst du mindestens das Ziel, nicht die Ziele zu verfolgen, die die anderen verfolgen.

XX.XX.

Es gehört ein sehr sicherer Geschmack dazu, sich selbst abzuschaffen. Der infolge der endemischen Unbildung unter den Trägern systematischen Wissens immer seltener wird. Es wäre deshalb zu viel verlangt, wenn man von denjenigen, die Stellen in Einrichtungen innehaben, die systematisches Wissen fördern sollen, ernsthaft verlangen würde, sie sollten die Folgerung ziehen und vollziehen, die sich aus der Geschichte der sie beheimatenden Einrichtungen für ihre Arbeit ergibt.

xx.xx.

Es gelang mir, die Begebnisse festzuhalten, welche die jeweilige Gegenwart meines Lebens und Erlebens prägten. Dann stellte sich jedoch der Ehrgeiz ein, unter die Begebnisse, die die jeweilige Gegenwart prägten, auch alle diejenigen einzureihen, die die Zukunft meines Lebens und Erlebens entscheidend beeinflußten. Ich erfuhr, wie ich Begebnisse, die die Zukunft entscheidend beeinflußten, häufig gar nicht oder nicht in ihrer tatsächlichen Bedeutung erkannt hatte. Es ist ein schwieriges Unterfangen, Ursachen zu erkennen. Ich beobachtete genauer, und ich nahm immer mehr Begebnisse wahr, die ich nach allen Seiten hin überprüfte, welchen Einfluß sie auf die Zukunft ausüben könnten. Ich hatte mir jeden Tag eine bestimmte Zeitspanne von allem anderen freigehalten, um meine Aufzeichnungen zu machen, ich hatte deshalb von Beginn an auf Unternehmungen verzichten müssen, die ich nicht unterbrechen konnte, ich überzog die ursprünglich für die Arbeit am Tagebuch angesetzte Zeit immer mehr. Im allgemeinen sind die Anzeichen einer Veränderung der Veränderung näher als deren Ursachen, damit sind die Anzeichen leichter erkennbar als die Ursachen. Wenn man Glück hat, ist manchmal ein Anzeichen die Ursache. Ich entschloß mich, die Ursachen zu vernachlässigen und statt dessen auf die Anzeichen einzugehen. Ich hielt diejenigen Begebnisse fest, die die Gegenwart prägten, ich untersuchte die Begebnisse um die ersten herum, ob sie Anzeichen für Veränderungen in der Zukunft bedeuteten, und ich verfolgte die Spuren der Begebnisse, die ich als Anzeichen betrachtet hatte. Der Übergang von den Ursachen zu den Anzeichen war eine Erlösung, die jedoch nicht lange Bestand hatte. Ich beobachtete erneut genauer, und ich nahm immer mehr Begebnisse wahr, die ich nach allen Seiten hin überprüfen mußte, ob sie tatsächlich Anzeichen für Veränderungen darstellten, und wenn dies der Fall war, für welche Veränderungen. Ich war wieder dort, wo ich angefangen hatte, ich mußte eine Überzahl von Begebnissen zueinander in Beziehung setzen, und ich mußte eine Überfülle festhalten, die tägliche Zeitspanne, die ich dafür vorgesehen hatte, reichte dazu nicht mehr annähernd aus. Während ich an dem Tagebuch arbeitete, schloß ich mich von allen anderen und von allem anderen ab. Die immer größer werdenden Zeiträume, während derer ich meine Aufzeichnungen machte, rissen mein Leben auseinander. Ich stand vor beliebigen Bruchstücken, die ich, wenn überhaupt, nur für sich allein zu deuten imstand war. Doch damit nicht genug. Das Tagebuch versklavte auch die wenige Zeit, die mir zwischen der Arbeit an ihm blieb. Jedes Tun war von dem Gedanken begleitet, ob und gegebenenfalls wie ich es festhalten würde. Ich übergab dem Tagebuch alles, was nach Überprüfung durch In-Beziehung-Setzen zu allen bis jetzt stattgehabten Begebnissen ein Anzeichen für eine kommende Veränderung darstellte, zu oft war jedoch schon kurz danach erkennbar, es veränderte sich in der Folge doch nichts oder was sich veränderte, war etwas anderes als dasjenige, was ich ins Auge gefaßt hatte, zu oft stellte sich heraus, ein Anzeichen war entweder keins gewesen oder es war ein Anzeichen für etwas anderes gewesen als das, wofür ich es als Anzeichen genommen hatte. Ich war gezwungen, meine Vorgehensweise erneut umzustellen. Ich beschloß, einen größeren Abstand zwischen Begeben und Niederschreiben zu legen. Während ich früher jeden Tag aufzeichnete, was sich genau am Tag zuvor begeben hatte, schrieb ich jetzt jeden Tag nieder, was sich genau eine Woche vorher begeben hatte. Natürlich genügt auch ein Abstand von einer Woche zwischen Begeben und Niederschreiben noch nicht, um alle à la longue unbedeutenden Begebnisse auszusieben, es verbot sich jedoch, einen noch größeren Zeitraum zwischen Begeben und Niederschreiben zu legen, weil ich mich sonst nur zu spärlich an Einzelheiten hätte erinnern können. Diese Art der Tagebuchführung ermöglichte es mir, mit weniger Begebnissen auszukommen, aber es stellten sich Schwierigkeiten ein, wenn ich meine jeweiligen Empfindungen festhalten wollte. Für das Entstehen einer Empfindung spielen häufig gerade solche Begebnisse eine Rolle, die weder die Gegenwart prägen noch Anzeichen für Veränderungen in der Zukunft bedeuten. Ich knüpfe im Augenblick an ein Begebnis eine Erwartung, die nicht eingelöst wird, diese Erwartung ist meine Empfindung im Augenblick. Es gelang mir, meine Empfindungen verläßlicher zu beschreiben, indem ich die sie auslösenden Begebnisse auch dann in meine Darstellung einbezog, wenn es sich dabei um Begebnisse handelte, die nach meinen sonstigen Maßstäben nicht zu den aufzeichnenswerten zählten. Der Nachvollzug meiner Empfindungen bescherte mir jedoch eine bedrückende Erfahrung. Ich war immer der Meinung, obzwar nicht so klug und so fruchtbar wie andere, machte ich mir jedoch im Gegensatz zu anderen zumindest keine Illusionen, ich war überzeugt, ich hegte von allen Menschen in meiner räumlichen und geistigen Umgebung die wenigsten Illusionen. Als ich jeweils das am Vortag Erlebte niedergeschrieben hatte, war es häufig meiner Aufmerksamkeit entgangen, wenn bestimmte Erwartungen nicht eingelöst wurden, denn die Erwartungen hatten zu dem Zeitpunkt, zu dem sich herausstellte, sie würden sich endgültig nicht mehr erfüllen, oft so stark an Bedeutung verloren, daß es nicht mehr gerechtfertigt erschien, auf ihr Einzelschicksal einzugehen. Nach meiner neuen Vorgehensweise beschrieb ich fast jeden Tag Seelenzustände, die von Erwartungen bestimmt waren, von denen ich bereits während des Niederschreibens wußte, sie würden sich nicht erfüllen. Ich mußte erfahren, daß ich mir unendlich viel mehr Illusionen machte, als ich immer gedacht hatte.

xx.xx.

Es gibt Gesellschaften, in denen die Lebenden mit den Toten zusammenleben, in denen die Lebenden mit den Toten Zwiesprache halten. Dort ist der Tod kein Schritt, der so groß ist wie bei uns. In diesen Gesellschaften ist der Tod nur eine Übersiedlung. Unser Tod ist der einzige, der nachprüfbar ist. Unser Tod ist ein Akt des Ordnens. Man kann nicht zugleich tot und nichttot sein. Unsere Toten sind zum Vorbild geworden. Zum Vorbild für Ordnung. In einer Welt, die dadurch unendlich ist, daß es keinen Schlußpunkt für die Menschen gibt, in einer Welt ohne den Tod als Ende besäße man Zeit im Übermaß, einfach herumzuprobieren, um ein gestecktes Ziel zu erreichen. Wenn man sich überhaupt ein Ziel steckt. Denn es bedeutet keine Abwechslung, ein Ziel anzustreben, wenn dessen Verfehlung niemals mit der einzig wirksamen Strafe, dem Tod, gesühnt werden kann. Wo die Lebenden mit den Toten zusammenleben, sind die Toten von den Lebenden nicht zu sondern. Die systematischen Unternehmungen des menschlichen Geistes sind das Kind der Beklommenheit, die sich einstellt, wenn man den Tod als Ende und nicht als Übergang begreift. Von diesem Punkt an muß man sich sputen, Ordnung in seine Angelegenheiten zu bringen. Man wird sich nicht damit begnügen zu raten, sondern man wird wissen wollen, man wird deshalb beginnen, nach Kunstgriffen zu suchen, die einem den Zugang zu Wissen erleichtern, und man wird diese Kunstgriffe pflegen und sie weiterentwickeln.

XX.XX.

Niemand, der jemals formale Logik getrieben hat und der dabei erfahren hat, wie ungeheuer schwierig es ist, einfachste Begriffe der semantischen Ebene auf die syntaktische Ebene herunterzuholen, wird auf den albernen Gedanken kommen, den Zeichen einen Aufstand zuzutrauen. Ich erspare mir den Ausflug in die französische Kulturgeschichte, die zum überwiegenden Teil darin besteht, alle denkbaren menschlichen Verrichtungen zuerst zum Gegenstand eines Verzeichnisses guter Umgangsformen zu machen, dann die Herkunft, den Sinn und den Zweck dieser Verrichtungen ein für allemal zu vergessen, um schließlich abgehoben über die Gültigkeit der vorgefundenen Sitten zu philosophieren, insbesondere wenn diese bereits im Untergehen und Aussterben begriffen sind. Nicht die Wirklichkeit liegt in Agonie. Sondern diejenigen Philosophen, die den Anforderungen nicht gewachsen sind, die das Management von Wirklichkeit stellt. Die aus ihrem Versagen eine Weltanschauung machen, indem sie die Schwierigkeiten, die sich einstellen, wenn es darum geht, die wirkliche Welt, die sich auf sehr komplizierte Art und Weise aus zahlreichen wirklichen Welten zusammensetzt, von anderen möglichen Welten zu sondern, zur Unmöglichkeit hochstilisieren.

xx.xx.

Die meisten verfassen ihre Tagebücher nur vorgeblich für sich selbst, in Wahrheit aber für die Nachwelt, in der Hoffnung, diese werde, was im Tagebuch festgehalten ist, für immer festhalten. Wenn die Aufzeichnungen exemplarische Eigenschaften besitzen, dann kommt in den Aufzeichnungen ein Wesenszug zum Ausdruck, der anderen Aufzeichnungen, anderen Verfassern ebenfalls zu eigen ist – der Wesenszug kommt lediglich bei dem in Frage stehenden einzelnen am besten heraus. Wenn sich die Aufzeichnungen dadurch Anteil verdienen, daß die Beschreibung oder das Beschriebene gerade nicht exemplarisch sind – auch in diesem Fall sind die Eigenschaften der anderen ausschlaggebend für die Beschäftigung mit dem Verfasser, man widmet sich dem einzelnen, weil er anders ist als die Mehrheit. Mir ging es nicht darum, daß etwas festgehalten wird. Ich wollte übersehen können, wie ich lebe, wie ich erlebe. Es geschah etwas, ich tat etwas, ich empfand etwas, und ich schrieb es nieder, ich meinte, ich könnte das Niedergeschriebene besser überblicken, es leichter zu sich selbst in Beziehung setzen und es eindeutiger beurteilen und bewerten als das Geschehene, das Getane und das Empfundene, aber als ich dann das Niedergeschriebene vor mir hatte, war es mir genauso fremd und unzugänglich wie das Geschehen, das Tun und das Empfinden selbst. Ich hatte einen falschen Weg vom Begeben zum Niederschreiben genommen. Ein Argument bot sich an. Der richtige Weg vom Begeben zum Niederschreiben setzt eine Theorie voraus. Eine Theorie, die mir Übersicht über mein Leben gibt. Die Übersicht, die ich in meinem Tagebuch anstrebte. Wenn das Argument schlagend wäre, dann wäre es dem Menschen verwehrt, jemals unscharfe Vorstellungen zu Gedankengebäuden mit klaren Grundrissen auszuformen, es erschien mir deshalb gerechtfertigt anzunehmen, in meiner Art des Festhaltens der Begebnisse war etwas niedergelegt, was die Chance in sich barg, mich in einer schrittweisen Entwicklung schließlich doch zu der angestrebten Übersicht hinzuführen. Eine andere Möglichkeit gab es nicht – konnte ich diese Annahme nicht machen, wäre ein Fortschreiten, in dessen Verlauf ich die Übersicht erlangen sollte, die ich anstrebte, gänzlich ausgeschlossen gewesen. Aber in dem, was ich aufgezeichnet hatte, bildete sich nichts ab, was auf eine zukünftige Übersicht auch nur hingedeutet hätte. Im Gegenteil. Die Aufzeichnungen stellten das Aufzeichnen immer mehr in Frage, je öfter ich das Niedergeschriebene durchging, desto unsicherer wurde ich darüber, was und wie ich weiter niederschreiben sollte. Ich war schließlich völlig ratlos, wie das, was sich begab, festzuhalten wäre. Ich konnte mich nicht mehr entscheiden, wie ich beschreiben sollte, was geschehen war, wie ich festhalten sollte, was ich getan hatte, wie ich wiedergeben sollte, was ich empfunden hatte – also gab ich mehrere Fassungen dessen, was geschehen war, was ich getan und was ich empfunden hatte, die alle mit dem äußeren Ablauf der Begebnisse vereinbar waren und denen ein gewisses Maß an Wahrscheinlichkeit zukam, daß sich die Dinge jeweils so begeben hatten. Doch je mehr ich schrieb, desto sicherer wurde ich, zu keinem Zeitpunkt würde mir irgend etwas klarer sein als zu irgendeinem Zeitpunkt, als ich noch kein Tagebuch geführt hatte.

AUSLÖSER

Du wußtest doch, daß ich ein Mann war. Es störte dich nicht. Im Gegenteil, es zog dich sogar an. Du kamst immer wieder zu mir. Du konntest zu Mary gehen, aber du kamst zu mir. Du konntest zu so vielen anderen gehen, aber du kamst nur zu mir. Du darfst nicht sagen, ich verheimlichte dir etwas. Mary hörte das Hupen und fuhr zu meinem Auto, sie machte die Tür auf, ich fiel ihr bewußtlos entgegen, und alles war voller Blut. Als ich kurz aufwachte, sagte ich ihr, ein Freier stieß mir ein Messer in die Brust und nahm die Tasche mit dem Geld und den Papieren. Sie fragte sofort, ob du es warst, denn sie wußte von mir, du wolltest kommen. Dann wurde ich wieder ohnmächtig. Mary glaubt mir nicht. Sie sagte der Polizei, ich erwartete dich und ich hatte eigentlich Angst vor dir. Sie weiß, wie du aussiehst, aber sie kennt deinen Namen nicht. Du kannst beruhigt sein. Ich sagte aus, daß du es nicht warst. Sie fragten, wie es passierte. Ich sagte der Polizei, es war ein Freier, der vorher dreimal da war. Ich hatte immer den gleichen Preis verlangt, fünfzig, und ihm schon beim ersten Mal erzählt, daß ich früher ein Mann war und mich hatte operieren lassen. Er setzte sich auf den Beifahrersitz, er ließ die Hose herunter, und ich machte es ihm auf französisch. Ganz plötzlich erinnerte er sich daran, daß ich ein Mann war, und er stieß wahllos mit einem Messer auf mich ein. Ich bedrohte dich nicht und ich beleidigte dich nicht. Du sagtest auch nie, du hast etwas gegen Schwule. Du empfandest keinen Ekel vor mir, du sagtest, es ist dir egal, daß ich eine Geschlechtsumwandlung gemacht hatte. Ich sagte aus, er wußte gar nicht, wohin er getroffen hatte. Es sah nicht so aus, als ob er es wegen des Geldes getan hatte, er war gut angezogen. Sie werden nicht auf dich kommen. Sie können nicht auf dich kommen, weil ich jemand ganz anderen beschrieb. Du gibst mir die Schuld, weil es nicht klappte. Ich versuchte es, aber es klappte nicht. Dabei klappte es sonst immer. Du schütteltest den Ärmel, da fiel das Messer heraus, du nahmst es zwischen Daumen und Zeigefinger und stachst zu. Du durchsuchtest meine Handtasche und schautest dir die Bilder an, die ich in der Handtasche hatte. Du wolltest wissen, wie ich früher aussah. Du sagtest kein Wort, als du zustachst. Du hattest getrunken, doch du bist den Alkohol gewöhnt. Ich zog mir das Messer selbst heraus und drückte auf die Hupe. Vor mir warst du bei Kim und bei Liz. Dann kamst du nur noch zu mir. Du sagtest, meine Haare und meine Haut gefallen dir so. Du spürtest nichts davon, daß ich einmal ein Mann war. Du sagtest, ich mache es besser als die anderen. Du glaubst, ich erzählte es dir nicht beim ersten Mal, sondern erst beim zweiten Mal. Das ist nicht wahr. Ich erzählte es dir beim ersten Mal. Du glaubst, ich stieß dich ab, deshalb wolltest du mich töten. Ich stieß dich nicht ab, sonst wärst du nicht immer wieder gekommen. Du wolltest es nur auf französisch. Du wolltest nie etwas anderes. Du hattest Lust, als du zu mir ins Auto stiegst. Ich wollte nicht den Elektrostab aus dem Türfach holen, wir hatten keinen Streit, ich suchte nur ein paar Taschentücher, du hieltest mich zurück, ich biß dich in den linken Arm, da stachst du zu. Ich schrie um Hilfe, du hieltest mir den Mund zu, und ich biß dich in den Finger. Du erinnerst dich nur an einen Stich. Wir stiegen beide aus dem Auto, ich lief zum Ausgang des Parkplatzes, du fuhrst weg. Ich war gar nicht so schlimm verletzt. Vielleicht glaubst du, du sahst noch, wie ich ein Auto anhielt. Als du zum ersten

Mal bei mir warst, erzähltest du mir, du hattest Rennfahrer werden wollen. Du warst auch vor dem Krieg Rennen gefahren, aber im Krieg hatte dir eine Kugel die linke Kniescheibe zerschmettert, du konntest keine Rennen mehr fahren, deshalb verlegtest du dich auf das Konstruieren von Sportwagen, und du besitzt eine Fabrik für Sportwagen. Du selbst kannst die Wagen, die du konstruierst, nicht bis an die Grenze fahren, weil dich deine Verletzung so behindert. Ich fragte nicht, wie deine Sportwagen heißen, du wurdest doch lange nach dem Krieg geboren. Es gefiel dir, daß ich nicht fragte und daß ich nicht gleich sagte, ich glaube dir nicht. Beim nächsten Mal erzähltest du mir, du hattest Konzertpianist werden wollen. Du konntest schon mit drei Jahren Klavier spielen, du spieltest so gut, daß du als Schüler Konzerte gabst. Doch der Vater war gegen die Musik, du solltest Ingenieur werden und technische Spiele spielen. Als sich der Vater bereits damit abgefunden hatte, daß du nicht Ingenieur werden wolltest, verlorst du plötzlich die Lust am Klavierspielen. Du übtest nicht mehr, du machtest keine Fortschritte mehr. Die Mutter war darüber sehr traurig und bekam eine schwere Krankheit. Sie starb schließlich vor Gram. Als die Mutter tot war, übtest du wieder. Du gingst neben der Schule auf das Konservatorium, du gewannst Wettbewerbe und tratest vor großem Publikum auf. Als dich der Vater wieder bat, Ingenieur zu werden und seine Firmen zu übernehmen, verzichtetest du auf die Musik. Du erzähltest mir von den Firmen deines Vaters, von euren Baufirmen, von euren Maschinenfabriken. Du bist kein Pianist, aber es machte mir nichts aus, wenn du solche Dinge erzähltest. Es war nicht nur ein Stich, ich stieg auch nicht aus, ich blieb im Auto. Du meinst, du hattest das Messer auch bei Kim und bei Liz dabei, um dich zu verteidigen. Was konnten dir Kim und Liz tun. Du hattest das Messer nicht dabei. Du meinst, du hattest das Messer jedesmal dabei, wenn du zu mir kamst, es konnte jedesmal etwas passieren. Ich zog dir immer die Jacke aus, da war kein Messer. Nur beim letzten Mal, da hattest du das Messer dabei. Du kannst dir nicht erklären, warum du so wütend wurdest. Du setztest es dir in den Kopf, es mußte unbedingt klappen. Dann klappte es doch nicht. Dein Vater kommt in allen Zeitungen vor. Er wird immer nach seinem Erfolgsrezept gefragt. In einer Zeitung erzählte dein Vater sein Erfolgsrezept. Er ist gelernter Schlosser, er machte sich schnell selbständig und baute einfach die Maschinen und später die Häuser, die die Leute wollten, und er ist auch noch mit siebzig jeden Samstagmorgen um halb acht in seiner Hauptverwaltung. Von dir schrieben sie, du weißt, eines Tages kannst du nicht alles allein machen. In einer anderen Zeitung sagte dein Vater, es kann kein Erfolgsrezept geben. Es ist nicht so, daß er sein Erfolgsrezept nicht verraten will, daß er nicht sagt, warum er so erfolgreich ist, wenn es ein Erfolgsrezept gibt, richten sich alle danach, so viele große Firmen kann es nicht geben. Sie fragten ihn, ob er den Lesern nicht doch etwas verrät, es muß nicht das Erfolgsrezept sein, ein paar Anhaltspunkte vielleicht. Aus Anhaltspunkten können die Leser das Erfolgsrezept erschließen, Anhaltspunkte sind genauso gut wie das Erfolgsrezept, das Erfolgsrezept gibt es nicht, deshalb gibt es auch keine Anhaltspunkte. Du wolltest immer, daß ich dir den Kopf streichle, wenn ich es dir machte. Du wolltest, daß ich die Hand nicht von deinem Kopf wegnehme, wenn es nicht gleich klappte. Einmal machtest du es dir sogar selbst, und ich mußte dir den Kopf streicheln. Als du auf mich einstachst, sagtest du, das ist für dich, ihr habt kein Recht zu leben, ich sagte, das verdiene ich nicht, du sagtest, ich mach dich fertig. Ich zog mir das Messer aus der Brust und warf es unter den Sitz, damit du es nicht erreichen konntest. Du rangst mit mir, du wolltest das Messer zurück, ich konnte nicht fliehen, ich hatte die Verriegelungsknöpfe gedrückt, ich war mit dem Kopf unter dem Lenkrad, ich trat die Frontscheibe mit den Füßen ein, weil ich solche Angst hatte. Du wußtest von Anfang an, daß ich früher ein Mann war. Als ich dich fragte, ob dich das stört, sagtest du nein, deshalb komme ich ja zu dir. Als du zustachst, war dein Gesicht grauenvoll und haßverzerrt. In einer Zeitschrift wurde dein Vater einmal gefragt, was für Ratschläge er seinem Sohn und seiner Tochter mitgibt. Dein Vater sagte, wenn er seinem Sohn und seiner Tochter etwas mitgeben will, was ihnen nützt, darf er das, was er seinem Sohn und seiner Tochter sagt, niemand anderem sagen, sonst kommen die anderen Kinder seinen Kindern zuvor. Oder er muß den anderen Kindern das Gegenteil von dem sagen, was er seinen Kindern sagt. Die Reporterin versprach daraufhin, sie wollte den Lesern der Zeitschrift nichts mitteilen. Es war eine sehr hübsche Reporterin. Dein Vater sagte, das wichtigste ist der Wille. Man muß sich ernsthaft prüfen, ob man wirklich den Willen hat, etwas zu erreichen. Man muß sich ein Ziel setzen und bereit sein, alles unter allen Umständen zu tun, um sein Ziel zu erreichen. Man darf nie darüber reden. Man muß abstreiten, daß man das Ziel hat. Man darf niemand nachmachen. Am allerwenigsten jemand, der ein ähnliches Ziel hatte und der es erreichte. Man muß sich alles gut überlegen und dann so handeln, wie man es für richtig hält. Dabei soll man sich immer selbst treu bleiben. Ob das alles ist, fragte die Reporterin. Dein Vater sagte darauf, man kann auch Erfolg haben, wenn man etwas tut, was schon ein anderer tat. Er hatte eine weitere Anmerkung. Er sagte, man muß sich nicht unbedingt ein Ziel setzen. Und er hatte eine Anmerkung zu seinen Anmerkungen. Man kann auch Erfolg haben, ohne den unbedingten Willen zu besitzen, etwas zu erreichen. Du erzähltest, du warst im Kindergarten und in der Schule immer der Kleinste. Bei den Streichen, die gespielt wurden, bezogst du häufig die Prügel, weil du nicht wegliefst. Du bist über einsneunzig groß, du kannst nie der Kleinste gewesen sein. Du sagst, du bist nicht leicht beeinflußbar, doch auch nicht unzugänglich. Du hast keine besonderen Abneigungen. Du erzähltest, als er noch jünger war, strotzte dein Vater nur so vor Kraft, und er legt sich heute noch mit allen an, die er finden kann, die Kunden natürlich ausgenommen. Wie er eines Tages sogar den Betriebsratsvorsitzenden hinauswarf, was ihn zwar viel Geld kostete, aber wer wird schon überhaupt einen Betriebsratsvorsitzenden los. An den Anlaß erinnert sich keiner mehr, nur daran, wie sich dein Vater so aufregte, daß eine weitere Zusammenarbeit unmöglich war. Ich glaube, die Unbeherrschtheit schadete deinem Vater nie wirklich. Du hieltest das Messer, mit dem du zustachst, in der rechten Hand, dabei bist du Linkshänder. Ich kämpfte gar nicht mit dir, ich wurde sofort ohnmächtig, wahrscheinlich fiel ich bewußtlos mit dem Oberkörper auf die Hupe, ich wachte erst wieder auf, als mich Mary entdeckte. Es war nicht das erste Mal, daß du dich nicht beherrschen konntest. Damals würgtest du mich zuerst mit den Händen und dann mit dem roten Wollschal. Wir schliefen eine Zeit miteinander, ich weiß auch nicht, was du dir dabei dachtest, als du nicht mehr kamst. Du erzähltest, du bist Leiter einer Werbeagentur. Du warst noch so jung, doch du hattest Geld. Du legtest damals schon die Stirn genauso spöttisch in Falten wie heute. Du sagtest, du bist verheiratet und deine Frau hat einen Liebhaber. Einmal erzähltest du mir, du hattest gerade deine Frau mit ihrem Liebhaber erwischt. Deine Frau lag noch im Bett, der Liebhaber zog sich an. Du stelltest deine Frau zur Rede, du wolltest ein Geständnis, ich verstand nicht, warum du in der Situation ein Geständnis wolltest, und du schütteltest sie, bis sie ohnmächtig wurde. Ich glaubte dir, und ich glaubte dir nicht. Es konnte sein, daß alles stimmte. Dann trafen wir uns zufällig auf einem Fest wieder. Wir redeten zunächst nicht miteinander, du unterhieltest dich mit einer Freundin von mir, sie erzählte dir, daß ich schwanger war, ich tanzte mit anderen, schließlich fandest du eine Gelegenheit, mich anzusprechen, du fragtest mich, ob du der Vater meines Kindes warst. Ich sagte nein, und du gingst wieder. Es wurde dann sehr spät, du sprachst mich am Ausgang erneut an, du wolltest mit mir schlafen. Ich ließ zu, daß du mich ein Stück begleitetest. Wir kamen an einer Straßenbahnhaltestelle vorbei, ich setzte mich hin, um mich etwas auszuruhen. Da fingst du an, zärtlich zu werden. Ich ließ es eine Weile geschehen. Als du versuchtest, mir die Hose aufzuknöpfen, sagte ich, ich bin doch schwanger, und ich wehrte mich. Da wolltest du mich mit Gewalt nehmen. Du zerrtest mich zu Boden, du drücktest dein Knie auf meinen Bauch, du zogst mir die Jeans, die Strumpfhose und den Schlüpfer nach unten. Während du dich selbst auszogst, konnte ich die Hosen zumachen und stand schnell auf. Du zerrtest mich wieder zu Boden und zogst mir wieder die Hosen herunter. Du versuchtest, mir die Beine zu spreizen, du knietest dich dazwischen und legtest dich auf mich. Ich drehte mich wieder weg. Als du sahst, du konntest ohne Gewalt nicht in mich eindringen, faßtest du den Entschluß, mich zu töten. Du versuchtest nicht weiter, in mich einzudringen, du hieltest mich nur fest. Du überlegtest zwei Minuten lang, wie du mich töten konntest. Bis du mir schließlich mit beiden Händen den Hals zudrücktest. Ich wehrte mich, aber nach kurzer Zeit schwanden meine Kräfte. Als Passanten kamen, hieltest du mir den Mund zu, damit sie mein Röcheln nicht hören konnten. Nachdem sie weitergegangen waren, legtest du dein Ohr an meine Brust, um nachzuforschen, ob mein Herz noch schlug. Dann wickeltest du mir den roten Wollschal um den Hals, und du zogst mit beiden Händen daran. Drei Minuten lang, bis er riß. Du schämtest dich, weil du es versucht hattest und es hatte nicht geklappt. Später sagtest du, du hattest nicht gewußt, daß ich schwanger war. Warum fragtest du mich dann, ob du der Vater des Kindes warst. Du dachtest immer an mich, doch du bemühtest dich nicht, mit mir in Verbindung zu treten, es war reiner Zufall, daß wir uns auf dem Fest trafen. Du klagtest, erst machte ich dich heiß und dann wollte ich auf einmal nichts mehr von dir. Ich lehnte mich zu dir hin, ich faßte sogar nach deiner Hand, ich machte alles mit, erst ganz kurz bevor du in mich eindringen konntest, überlegte ich es mir anders. Warum sollte ich jemand sagen, du warst das mit dem roten Wollschal. Warum sollte ich jemand sagen, du warst das mit dem Messer.

EINE GESCHICHTE AUS DEN ACHTZIGER JAHREN

Jürgen hatte wenigstens einen menschlichen Beweggrund. Er wollte etwas werden. Das Entsetzliche an dir ist, es geht dir wirklich nur um deine Gedankengebäude und um nichts anderes. Die Menschen werden in ihren Begriffen aufgehen, indem Menschen Begriffe und Begriffe Menschen werden. Die Menschen werden in den Dingen aufgehen, indem Menschen Dinge und Dinge Menschen werden.

Sie stand in der Verbindungstür zwischen den beiden mittleren Zimmern. Er sagte, als ich dich kennenlernte, hattest du den kurzen braunen Rock an. Sie drehte sich um und fragte, was ihn jetzt auf den braunen Rock bringe. Er sagte, damals erschienst du mir größer. Sie sagte, sie glaube nicht, daß sie seither kleiner geworden sei. Er sagte, er habe bisher nur in Neubauten gewohnt, wo die Räume nicht so hoch seien. Sie fragte, beinhaltet deine Größenbetrachtung eine Definition oder eine Behauptung. Er sagte, die Frage habe er sich nicht gestellt. Sie sagte, sie besitze den Rock nicht mehr.

Dear –

Liege gerade völlig allein – nein halt, neben mir liegen – in meinem Bett, und habe so die Möglichkeit, Dir von meiner ersten Unterredung mit –

Der Erzähler wünschte, es handelte sich um die Zeit, in der Staudämme und Tunnels Errungenschaften waren und in der man antimagnetische Uhren trug. Dann würde der Erzähler den folgenden Anfang wählen.

Jedem Punkt einer abgeschlossenen, begrenzten und konvexen Menge wird eine Teilmenge zugeordnet. Ist die jedem

Punkt zugeordnete Menge konvex und ist die Abbildung von oben halbstetig –
Diesen Satz müßte er allerdings sofort zu Ende bringen.
Gibt es einen Fixpunkt, das heißt, mindestens ein Punkt gehört zu der ihm zugeordneten Menge.
Unter welchen Bedingungen –
Nein, nein, nein.

Sie durchquert eine Grünanlage vor einem großen metallen leuchtenden Gebäude. Das Gebäude ist ungefähr viermal so breit wie hoch. Die Fenster sind rechteckig, etwa doppelt so breit wie hoch, sie stehen in der Horizontalen und in der Vertikalen in jeweils gleichem Abstand voneinander. Sie zählt fünfzehn Stockwerke. Über den gesamten Außenrand des Flachdachs erstreckt sich ein schwarzer Rahmen, der auf schmalen Stützen steht, die etwa die Höhe von drei Geschossen haben. Der Rahmen umschließt vier große rechteckige Schornsteine. Neben dem Gebäude befindet sich eine Ansammlung von flachen Fabrikhallen und ein aus Ziegeln gemauerter runder Schornstein, der die Fabrikgebäude um ein vielfaches überragt. Die Grünanlage ist menschenleer. Kieswege umschließen Wiesen, auf denen Bäume und Sträucher wachsen, außerdem sind künstliche Hügel und Vertiefungen angelegt. Auf einem Wiesenstück gibt es einen Kinderspielplatz mit einem kleinen Blockhaus, einer Wippe, einer Schaukel und einem Klettergerüst. Die Laubbäume haben bereits viele Blätter verloren, die Astenden ragen kahl aus den noch belaubten Mittelpunkten der Baumkronen hervor. Der Himmel ist bedeckt. Es weht ein leichter Wind, der die herabfallenden Blätter auf den Kieswegen vor sich hertreibt. Entlang den Wegrändern sind in größeren Abständen Leuchten in der Form einer auf einem

schmalen hüfthohen Rohr befestigten kreisrunden Scheibe aufgestellt. Die Abdeckungen aus graulackiertem Blech sind verrostet, an den weißen Kunststoffwannen und an dem weißlackierten Stahlrohr läuft Regenwasser herab.
Sie habe sich in mich verliebt.
1) Du gefällst ihnen sehr gut. Sie haben keine Einwendungen gegen Besuche von oder Ausgänge mit Dir.
Ich wäre ein Versteck. *Ich* wäre gerade der allwissende Erzähler. *Ich* wäre jemand, der sich unbedingt im allwissenden Erzähler verstecken will.
2) Aber sie waren ärgerlich darüber, daß wir allein waren. Darf in Zukunft niemand mehr reinlassen, wenn ich allein zu Hause bin. Muß so lange mit dem Betreffenden spazierengehen, bis sie wieder zu Hause sind. Waren vielleicht sauer, hab sie zu besänftigen versucht, wußte ja gar nicht, daß Du kommst usw. Kamst ja zufällig und unerwartet, nicht?
Warum ich ihr keinen Sonderdruck gegeben hätte. Ich erklärte, ich hätte es einfach vergessen. Ich entschuldigte mich, ich wisse doch, daß sie der Aufsatz interessieren müsse.
Eine unbedeutende Kränkung, die dem Erzähler nicht als Ausrede dienen sollte, sich in viele Ichs zu zerstreuen, die für das Geschehen nicht wichtig sind.
Er solle sich der Verantwortung bewußt sein, die ihm daraus erwachse. Sie erwäge, den Umgang mit ihm abzubrechen, weil sie nicht mehr wisse, was sie tue, und weil sie ihn nicht hintergehen wolle. Er litt zu dieser Zeit unter so starken Magenkrämpfen, daß er tagelang zu Hause bleiben mußte und mit Schmerz- und Beruhigungsmitteln fast vierundzwanzig Stunden schlief. Sie kochte ihm Kamillentee und Putenschnitzel mit Reis, und sie erledigte, da er seiner

Sekretärin nicht zeigen wollte, wie schlecht es ihm ging, seinen Briefwechsel, schrieb Teile seiner Studien ins reine und beantwortete die Anrufe von Kollegen und Klienten.
Ichs haben Eigennamen. Doch es fällt so schwer, sie zu verwenden.
Sie könne ihm nicht sagen, was er tun solle. Er erwiderte, das komme völlig überraschend für ihn. Er sei gern mit ihr zusammen, aber er habe noch nie weitergedacht. Das Gespräch fand auf einem Spaziergang am Sonntagnachmittag statt. Ein paar Tage später schlief sie mit ihm. Nach einem Konzert, das früh zu Ende war. Sie trug enge Jeans und eine weite dunkelblaue Seidenbluse. Er setzte sich neben sie, küßte sie auf den Mund und begann, ihre Bluse aufzuknöpfen. Sie ließ es zunächst geschehen, erhob sich dann und ging im Raum auf und ab, um sich schließlich neben dem Plattenspieler auf den Boden zu hocken. Ob er sich überlegt habe, was er tue. Er wolle jetzt nicht überlegen. In diesem Augenblick war die Platte zu Ende. Jürgen ging zum Plattenspieler, legte eine andere Platte auf, nahm sie an der Hand und führte sie zum Sofa zurück. Dort fuhr er fort, sie auszuziehen, auch den schwarzen Büstenhalter, auch den schwarzen Slip.
Es war die Zeit, als Gott das Publikum nicht vor *Bearbeitungen für die Bühne* schützte. Das Publikum war beeindruckt, sie berichtete einer Freundin am Telefon über die Aufführung von *In der Sache J. Robert Oppenheimer* von Kipphardt, mit Mensching und Rehberg, als Klaus gerade zur Tür hereinkam. Er stellte sie zur Rede, sie hätten doch ausgemacht, das Stück zusammen anzusehen. Sie erklärte, Jürgen habe zufällig zwei Karten gehabt, er habe sie gefragt, ob sie ihn nicht begleiten wolle, und sie habe, nachdem er, Klaus, nicht dagewesen sei, kurzfristig zugesagt. Sie besuche

die Aufführung gern noch einmal mit ihm. Warum sie ihm nichts davon erzählt habe. Sie führte aus, später sei es ihr doch unangenehm gewesen, die Einladung angenommen zu haben, weil er, Klaus, sie als erster angesprochen habe. Darauf begab er sich zum Telefon, wählte Jürgens Nummer und erreichte ihn auch. Sie unterhielten sich eine Zeitlang über den Fortschritt von Jürgens vorurteilsfreien Modellen. Dann brachte Klaus das Gespräch auf das Theater. Um Jürgen schließlich zu fragen, ob er das Stück über Oppenheimer schon gesehen habe. Jürgen verneinte. Er nahm an, ein Bekannter habe ihn und sie zusammen erkannt, und meinte, den gemeinsamen Abend glaubwürdiger zu leugnen, indem er auch für sich selbst abstritt, das Stück bereits gesehen zu haben. Er fügte hinzu, ein Freund von ihm habe die Aufführung besucht und empfohlen, er wolle sie bei nächster Gelegenheit ansehen. Darauf Klaus, was das solle, sie habe ihm erzählt, sie sei mit ihm im *Oppenheimer* gewesen. Jürgen erwiderte, es müsse sich um einen Irrtum handeln, es treffe nicht zu, daß sie mit ihm im Theater gewesen sei.

Ich hatte mit Klaus nur zu Beginn unserer Beziehung häufiger geschlafen. Seit wir zusammengezogen waren, rührte er mich nicht mehr an. Er hatte Magenschmerzen, ihm ging eine Studie im Kopf herum, er war müde. Einmal gaben wir eine Einladung, obwohl ich sehr erkältet war. Mir tränten die Augen vom Zigarettenrauch der anderen, ich selbst rauche nicht, wenn ich erkältet bin. Als ich ohne Spiegel versuchte, mein Make-up zu richten, entstand zufällig eine Gesprächspause, in die hinein er mit lauter Stimme bemerkte: Gallina scripsit. Alle richteten ihre Blicke auf mich, während ich mit meinem Taschentuch in meinem Make-up herumschmierte.

Ich hatte immer befürchtet, Klaus ahne etwas, und ich hatte damit gerechnet, er würde, um eine Bestätigung seiner Vermutungen zu bekommen, vorgeben, ich hätte bereits etwas gestanden. Ich hatte Jürgen gesagt, er solle nicht darauf hereinfallen, sondern ausnahmslos bei dem bleiben, was wir jeweils vereinbart haben. Es war mein Fehler. Ich hätte mich an das Vereinbarte halten sollen. Ich hätte niemandem erzählen dürfen, daß ich im Theater gewesen war. Nachdem ich zugegeben hatte, im Theater gewesen zu sein, hätte ich jemand anderen als Gesellschaft nennen müssen, jemanden, der weniger verfänglich gewesen wäre als Jürgen.

Nach dem Telefongespräch fragte mich Klaus, ob ich etwas mit Jürgen hätte. Wie lange schon. Ich sagte ihm die Wahrheit. Von da an sprach er nicht mehr mit mir. Er schlief nicht mehr im gemeinsamen Schlafzimmer, sondern auf der Liege in seinem Arbeitszimmer. Zum Frühstück ging er ins Café und zum Abendessen ins Restaurant. Nach einer Woche sagte ich ihm, ich wolle ausziehen. Als Antwort packte er seinen großen Koffer. Ich fragte ihn, wohin und wie lange er verreise, aber er verließ schweigend mit Mantel und Koffer das Haus.

Ich ging von zwei existierenden Darstellungen aus und habe eine neue Darstellung formuliert, die die beiden existierenden Darstellungen als Spezialisierungen umfaßte, die jedoch keine existierende Darstellung umfaßte, die nicht Spezialisierung der beiden existierenden Darstellungen gewesen wäre. Dann habe ich eine dritte existierende Darstellung berücksichtigt und meine Darstellung so verändert, daß sie meine erste Darstellung und die dritte existierende Darstellung als Spezialisierungen umfaßte. Ich versuchte, ein umfassendes Modell auf der Grundlage eines einheitlichen Be-

griffsapparats zu formulieren, das möglichst viele möglichst wenig einschränkende Annahmen in sich vereint –
Der Erzähler ist der Verführung erlegen, bevor er selbst auf den Plan tritt, sich in demjenigen zu verbergen, vor dem er sich verbergen will.
In derjenigen.
Vor der.
Es gelang mir, jeweils neue Bedingungen so zu formulieren und diese so mit den Bedingungen für den Existenzbeweis der vorangegangenen Stufe zu verknüpfen, daß ich den Existenzbeweis auch für die neue Stufe führen konnte.
Ich hatte bei Jürgen übernachtet. Als ich mich am Morgen aus Langeweile auf seinem Schreibtisch umsah, entdeckte ich den Entwurf eines Antrags für die Fortführung seines Forschungsvorhabens. Die Forschungsgemeinschaft hatte Zweifel geäußert, ob seine vorurteilsfreien Modelle das halten würden, was er versprach. Er hatte deshalb ein Arbeitspapier verfaßt, in dem er aus der Allgemeinen Gleichgewichtstheorie einen Popanz machte, um, auf diesem herumdreschend, seine vorurteilsfreien Modelle als einzig möglichen Ausweg aus der Sackgasse zu präsentieren, in die die Profession geraten sei. Es gebe *keine vernünftige Frage*, auf die die *Allgemeine Gleichgewichtstheorie* eine *Antwort* sei, die Allgemeine Gleichgewichtstheorie könne *Asymmetrien* bei der *Ausformung der Ziele* und der *Wahl der Handlungen*, bei den *Schwellenwerten für die Handlungen*, bei den *Handlungsgeschwindigkeiten* sowie in bezug auf das *unterschiedliche Durchsetzungsvermögen der Handelnden* keine Rechnung tragen, in der Allgemeinen Gleichgewichtstheorie *degeneriere jedes Spannungsfeld zu einem ausgewogenen Zustand*. Seine *vorurteilsfreien Modelle* berücksichtigten alle diese Asymmetrien und gäben unver-

fälschte Darstellungen der untersuchten gesellschaftlichen Systeme.

Der Erzähler konstruiert viele Opfer, wo es nur wenige Opfer gibt, er spielt die Opfer gegeneinander aus, er macht Opfer zu Tätern und Täter zu Opfern, aber er will nicht den Unterschied zwischen Täter und Opfer verwischen. Es muß einen Unterschied geben zwischen ihr und dem Erzähler, zwischen dem Erzähler und den anderen. Zwischen ihr und den anderen. Es ist nicht mehr ihre Schuld, wenn sie nicht mehr *ich* ist.

Sie steht reglos im Flur. Der Boden ist mit genoppten schwarzen Kunststoffplatten belegt, die Wände sind bis zur Decke mit kleinen grauen Keramikfliesen ausgekleidet. Zu ihrer Rechten, neben einer nicht beschrifteten Tür, eine Reihe von Schalensitzen aus schwarzem Kunststoff. Vor ihr Schwenktüren aus Glas, dahinter ist es dunkel, sie kann nicht erkennen, wohin der Flur führt. Zu ihrer Linken eine Fensterfront. Weder der Boden des Innenhofs noch der Himmel sind zu sehen. Es ist Tag. Die Fassade des Gebäudes ist mit großen rechteckigen Paneelen aus Aluminium verkleidet. Die Paneele sind jeweils am unteren Rand in einem Fünfundvierzig-Grad-Winkel nach vorn abgekantet, damit das Regenwasser außen ablaufen kann.

3) Sie sagen, Du kannst jederzeit kommen, nur bitte vorher anrufen und fragen, ob's geht. Darfst auch bis 22 h bleiben. Dann ist Polizeistunde.

Es war ihr nicht möglich, in ihrer neuen Wohnung zu schreiben, es war ihr nicht möglich, in ihrer neuen Wohnung zu lesen. Sie rief alle Bekannten an, die sie hatte. Bis Klaus sich schließlich meldete. Er hatte das Stück über

Oppenheimer immer noch nicht besucht, so sahen sie es doch noch zusammen an. Er bemerkte danach, der Untersuchungsausschuß habe richtig gehandelt, indem er Oppenheimer für als der Sabotage überführt betrachtete und ihm die Sicherheitsgarantie aberkannte. Oppenheimer sei keine überragende wissenschaftliche Begabung gewesen, es habe für ihn keine Aussicht auf den Nobelpreis in Physik gegeben, er sei sich darüber frühzeitig im klaren gewesen und habe sich folgerichtig nach anderen Aufgaben umgesehen, die seinen Ehrgeiz befriedigen konnten. Er habe die Atombombe gebaut, weil er damit eine Karriere an der reinen Wissenschaft vorbei machen konnte, wozu ihn seine unbestreitbare Organisationsgabe besonders befähigte. Bereits während der Vorarbeiten für die Entwicklung der Bombe seien ihm Zweifel gekommen, die er jedoch ohne übergroße Nöte verdrängt habe. Nachdem er die Bombe gebaut hatte, habe er es sich leisten können, die Dinge von einem ethischen Standpunkt aus zu betrachten. Wobei er allerdings nicht zu einem eindeutigen Urteil gekommen sei, weder darüber, ob es richtig gewesen war, die Atombombe zu bauen, noch darüber, ob er hätte versuchen sollen, ihren Einsatz zu verhindern. Von diesen Zweifeln geplagt, habe er die Entwicklung der Wasserstoffbombe nicht vorantreiben können. Natürlich seien die Anschuldigungen, die ihn der kommunistischen Verschwörung und der versuchten Sabotage ziehen, nicht zutreffend gewesen. Aber er sei von seinem ethischen Standpunkt aus nicht mehr loyal gewesen, und er habe auch nicht mehr loyal sein wollen, insofern habe er tatsächlich Gedankenverrat begangen. Die ihm die Erneuerung der Sicherheitsgarantie verweigerten, hätten recht gehabt. Der Fall Oppenheimer sei ein Lehrstück gegen alle, die ständig die gesellschaftliche Verantwortung des Wissenschaftlers im Mund führten und vom Wissenschaftler forderten, er müsse bei seinem Forschen immer bedenken, was sein Tun für die Menschheit bedeute. Alles, was bei diesem Bedenken herauskomme, sei richtungsloser Zweifel. Die Bombe werde doch und immer wieder gebaut, wenn nicht von dem einen, dann eben von dem anderen. Zu jedem Oppenheimer im Spätstadium gebe es einen anderen Oppenheimer im Frühstadium. Sollten wirklich alle Wissenschaftler versuchen, alle möglichen Folgen ihres Tuns zu bedenken, die Wissenschaft fiele ins Koma. Sie wandte ein, der Mensch sei verpflichtet zu versuchen, ethisch richtig zu handeln, auch dann, wenn er von vornherein wisse, daß er den anzulegenden Maßstäben nie vollkommen gerecht werden könne. Die Tatsache, daß andere ethisch falsch handelten, könne kein Argument dafür sein, selbst auch ethisch falsch zu handeln. Die ethische Beurteilung der Folgen wissenschaftlicher Forschung sollte an Hand von verbindlichen Regeln vorgenommen werden, die von allen Beteiligten vorher festzulegen wären. Er erwiderte, selbst wenn es gelänge, solche Regeln festzulegen und wenn alle Forschungsschritte nach den festgelegten Regeln auf ihre Folgen für die gesamte Menschheit überprüft würden, das Ergebnis wäre nicht notwendigerweise ein ethisch besseres als im Fall des Abwurfs der ersten Atombombe. In die ethische Beurteilung der möglichen Folgen eines Forschungsvorhabens gingen regelmäßig erfahrungswissenschaftliche Hypothesen ein, deren Gültigkeit so wenig gesichert sei, daß sie genausogut durch andere, ebenfalls annehmbare Hypothesen ersetzt werden könnten, die jedoch zu einer ganz anderen ethischen Bewertung führten.

Der Erzähler denkt daran, sie gänzlich außerhalb der Zeit zu stellen.
Sie ist klein. Sie ist schmal, jedoch weder zerbrechlich noch zart. Der Kopf ist auf den waagerechten Schultern sehr groß. Das Gesicht wirkt ebenmäßig. Ein voller, breiter Mund, braune Augen mit langen, natürlichen Wimpern unter scharfgezeichneten Augenbrauen, dichtes, dunkelbraunes Haar mit angedeutetem Mittelscheitel in einer Art Pagenschnitt, das Haar die Ohren überdeckend. Die Nase gerade, im richtigen Größenverhältnis zum Mund. Die Haut ist hell und glatt, auf Nase und Stirn etwas fettig. Wenn sie ganz nah an den Spiegel herangeht, nimmt sie um die Augen herum einige kleine Falten wahr.
Wenn sie ihren Aufenthalt außerhalb der Zeit nicht als erzwungenes Exil betrachtet. Wenn sie dort einen Punkt findet, von dem aus sie den Erzähler zwingen kann, sich mit ihr zu ihren Bedingungen auseinanderzusetzen. Kein philosophisches Du mehr. Er muß ihr Rede stehen. Er muß sich Antwort stehen.

Sie hatte ein umfangreiches Gleichgewichtsmodell formuliert, in dem zahlreiche wirklichkeitsferne Annahmen wichtiger existierender Darstellungen durch wirklichkeitsnähere ersetzt waren. Sie ging nun von der Annahme der vollkommenen Voraussicht ab. Dies bedeutete, sie mußte Wahrscheinlichkeitsverteilungen in das Modell einführen. Der Existenzbeweis warf eine Vielzahl maßtheoretischer Probleme auf, so daß sie sich zunächst eingehend mit bestimmten Verästelungen der Maßtheorie beschäftigen mußte. Der Philosoph, wie Jürgen ein Freund von Klaus, besuchte sie, als sie über ihren ungeliebten maßtheoretischen Büchern und Aufsätzen saß, und sie kamen miteinander ins Gespräch. Er lebe von Vermögenserträgen. Ihn beschäftigten bestimmte philosophische Fragestellungen. Er veröffentlichte und besuchte wissenschaftliche Zusammenkünfte. Es verzöge seinen Blickwinkel, wenn dies im Rahmen einer Lehrverpflichtung oder einer Anstellung geschähe. Sie ging mit dem Philosophen zum dritten Mal in den *Oppenheimer*. Er hatte Karten in der ersten Reihe. Die Militärs hätten von vornherein gewußt, Oppenheimer war ein Fellow traveller, er billigte Teile des kommunistischen Gedankenguts und er stand einigen Personen nahe, die es offen vertraten. Die vor seiner Ernennung zum Direktor von Los Alamos angefertigten FBI-Berichte hatten das zweifelsfrei belegt. Die ausgewählte geschichtliche Situation bot jedoch die Gewähr, daß er die Sicherheitsanforderungen Loyalität und Verschwiegenheit erfüllen würde, da er nur unter dieser Voraussetzung als Direktor von Los Alamos seinen Beitrag zum Kampf gegen diejenigen leisten konnte, die die Welt versklaven wollten. Oppenheimer war gerade wegen seiner unklaren Neigungen für kommunistische – besser: liberale – Gedanken der bestmögliche Leiter für das Vorhaben. Denn der Großteil der in Los Alamos arbeitenden Physiker hegte ähnliche weltanschauliche Vorstellungen. Ein Forscher, der die rechten Überzeugungen der Militärs verkörpert hätte, würde das Vorhaben niemals zum Erfolg geführt haben. Die Wissenschaftler hätten jemanden, der ohne Einschränkung die Linie der Militärs vertreten hätte, nie als einen der Ihren und damit nicht als Vorgesetzten angenommen. Mit der Fertigstellung der Bombe hatte das Werkzeug seine Pflicht erfüllt. Als die geschichtliche Situation nach dem Sieg über Nazi-Deutschland eine andere geworden war, nahmen auch die Wissenschaftler das Ausmaß wahr, in dem die russische Revolution ihre ursprünglichen Ziele verraten hatte, jetzt konnte ein Mann wie Teller, der vorher mit seinen rechten Anschauungen nur ein Außenseiter gewesen war, Führungsaufgaben übernehmen. Die Militärs brauchten keinen Oppenheimer mehr. Natürlich glaubten die Ankläger im Untersuchungsausschuß ihrem eigenen Vorwurf nicht, er habe die Entwicklung der Wasserstoffbombe sabotiert. Sie wollten ihn mit dieser Anschuldigung zu einem bestimmten Verhalten veranlassen. Die geistesarmen Aufpasser rechneten auch diesmal richtig. Indem er die gegen ihn erhobenen Vorwürfe zurückwies, offenbarte Oppenheimer rückhaltlos, wann er welche Zweifel gehabt hatte. Das wollten die Ankläger hören, damit hatte er nach ihren Maßstäben seine Loyalitätspflicht verletzt, und er verletzte sie weiter, was als Begründung genügte, um ihm jetzt die Sicherheitsgarantie zu verweigern.

4) Du brauchst in Zukunft keine Angst mehr vor knackenden Türen zu haben. Ich habe die Garantie, daß sie nicht reinkommen. Kann mich drauf verlassen –

Hermann, der Vorgesetzte von Klaus, arbeitete nie weniger als fünfzehn Stunden und schlief nie länger als fünf Stunden. Auch nicht während seiner Kurzurlaube. Jetzt arbeitete er noch mehr, schlief noch weniger und telefonierte noch mehr. Er hatte alle Hebel in Bewegung gesetzt, um Aufträge zu Studien für die Exekutive zu erlangen. Es war ihm jedoch lediglich gelungen, je zwei Studien für das Außen- und das Verteidigungsministerium zu bekommen, trotz großen Einsatzes war er beim Wirtschafts- und beim Finanzministerium erfolglos geblieben. Er hatte die Teamleiter angewiesen, jeweils neben der offiziellen Studie planmäßig die Effizienz der Abläufe in den Abteilungen der Ministerien zu untersuchen, mit denen das Team über die

Studie in Berührung kam – unter strengster Geheimhaltung gegenüber den Auftraggebern. Das war ohne Beispiel. Er nahm knappe Ressourcen für Studien in Anspruch, die nicht gut bis überhaupt nicht bezahlt wurden und die zudem gegen den Code of Ethics verstießen. Hermann zog Klaus ins Vertrauen, er sehe seine historische Aufgabe darin, den Einfluß der Firm auf Exekutive und Legislative auszudehnen, damit das Land effizienter regiert werde. Die Berater als Adel, der oberste Berater als König. Dabei verfolgte er nicht einmal im Ansatz irgendwelche inhaltlichen politischen Zielsetzungen. Es gelang Klaus nicht, in Hermann auch nur den geringsten Zweifel an seinen Plänen zu wecken. Gegen sein Ziel, das Land zu regieren, konnte Klaus nichts sagen, ohne daß Hermann sofort äußerst ungeduldig und abweisend wurde. Klaus war der einzige, dem er seine Pläne anvertraute, allen anderen gegenüber rechtfertigte er die Studien für und über die Exekutive mit dem Argument, er müsse neue Märkte mit neuen Klienten erschließen, und außerdem würde man mit dem Einfluß, den man dabei gewinne, auch den alten Klienten nützen.
Sie hatte sich fest vorgenommen, nicht mehr mit Klaus zu schlafen. Doch als er ihr von Hermanns Plänen erzählte, war sie so bestürzt, daß sie ihrem Vorsatz untreu wurde. Am Morgen danach bemerkte Klaus, nun sei fast wieder alles beim alten, jedoch mit deutlichen Verbesserungen für beide. Sie müsse sich nicht mehr um seine Hemden und seine Unterhosen kümmern, er freue sich darauf, bei ausgewählten Gelegenheiten mit ihr zu konversieren und mit ihr zu schlafen. Wobei er zu letzterem wieder Lust habe, seit sie mit ihm keine Familie mehr aufmachen wolle. Sie weinte. Er fügte hinzu, sie sei sentimental. Zwei Wochen später rief er sie an, er wolle sie heiraten und mit ihr Kinder haben. Sie

sei kaum aus der Tür heraus gewesen, da habe er sein Verhalten schon bitter bereut. Er habe sich nicht beherrscht. Dabei sei sie der einzige Mensch, der ihn – wenigstens teilweise – verstehe. Er sei zu der Einsicht gelangt, er habe sich überzogen verhalten, als er ihr Verhältnis entdeckt habe, wenn er versuche, die Dinge aus ihrer Sicht zu betrachten, könne er es ihr gar nicht verdenken, daß sie mit einem anderen geschlafen habe, er sei nie dagewesen, und wenn er dagewesen sei, habe er sie nicht angefaßt. Seit er ohne sie lebe, wisse er, wie sehr er sie brauche, die Einschränkungen, die eine Familie für ihn bedeuten würde, nehme er in Kauf, er wolle das Leben, das er jetzt führe, nicht länger. Sie könne sich jegliche Freiheit nehmen, er würde es auch dulden, wenn sie ab und zu mit anderen Männern schliefe, solange nur ihre Grundloyalität zu ihm nicht in Frage stehe. Sie solle möglichst bald zu ihm zurückkehren und wieder in seine Wohnung einziehen. Am Schluß sagte er, er liebe sie. Das hatte er noch nie gesagt. Sie erwiderte, sie könne im Augenblick gar nichts sagen, sie müsse nachdenken, sie werde sich melden. Er sagte, er habe nicht erwartet, daß sie in einen Begeisterungssturm ausbrechen werde.

Wenn jemand danach gestrebt hat, die Allgemeine Gleichgewichtstheorie wirklichkeitsnäher zu gestalten, dann war ich das.
Wenn es dir so um die Wirklichkeit zu tun war, warum bist du dann nicht hingegangen und hast geschaut und gemessen? – Warum hast du statt dessen bewiesen?
Man beginnt mit einem vereinfachenden Modell, und man baut das Modell planmäßig so um und aus, daß es immer wirklichkeitsnäher wird. Durch Hinschauen und Messen allein kann man nichts entscheiden.

Die Gleichgewichtstheorie der Existenzbeweise untersucht, unter welchen Bedingungen ein auf bestimmte Weise definiertes Gleichgewicht zustande kommt. Es macht dabei keinen Unterschied, wenn man von der Frage *Wie kommt der Einzelmensch zu vollkommener Voraussicht* zu der Frage *Wie kommt der Einzelmensch zu seiner Wahrscheinlichkeitsverteilung* übergeht. Das Wissen, das die Allgemeine Gleichgewichtstheorie beim einzelnen voraussetzt, damit tatsächlich ein Gleichgewichtszustand existiert und beziehungsweise oder erreicht wird, übersteigt immer dasjenige, welches dem einzelnen durch unmittelbare Beobachtung zugänglich ist. Die angewandte Gleichgewichtstheorie greift lediglich die Gleichgewichtsdefinition heraus, beschließt, die definierten Gleichgewichtszustände seien verwirklicht, wobei die Art und Weise, wie sie verwirklicht worden sein könnten, völlig vernachlässigt wird, und geht dann bei den Zeitreihenanalytikern hausieren, ob sie nicht ein paar passende Meßwerte für ihre exogenen Variablen hätten. Die Meßwerte, die in die Modelle der sogenannten angewandten Gleichgewichtstheorie eingesetzt werden, sind nicht mittels dieser oder im Hinblick auf diese Modelle gemessen, sondern sie stammen aus Untersuchungen mit ganz anderen Zielsetzungen, und es bleibt ungeprüft, ob die Art und Weise, in der die Meßwerte ermittelt wurden, die Verwendung in diesen Modellen überhaupt erlaubt.

Man ordnet den exogenen Variablen durch Messung ermittelte Werte zu. Dann läßt man die Politikvariablen eine Reihe unterschiedlicher Werte annehmen und ermittelt die neuen Gleichgewichte, die sich für jede Maßnahme ergeben. Diese Gleichgewichte werden auf ihre Wohlfahrtswirkung hin miteinander verglichen. Wenn auch die Beschrei-

bung der Wirkung einer tatsächlich nicht durchgeführten Maßnahme die Beschreibung einer möglichen, aber nicht tatsächlich existierenden Welt bedeutet, Ausgangspunkt ist ein Zustand, in dem den Politikvariablen die Werte zugeordnet sind, die sie vor Einleitung der möglichen Maßnahmen tatsächlich aufweisen.
Vereinfachungen sind immer Vereinfachungen von etwas. Was ist das, wovon der Auktionator, der mittels des *Tâtonnements* allwissend Gleichgewichtsmengen und Gleichgewichtspreise festlegt, eine Vereinfachung ist?
In einem Ungleichgewichtsmodell gibt es keinen Auktionator mehr, der sofort die Preise anpaßt.
In den Modellen, die auf den Auktionator verzichten, müssen die Einzelwesen zusammen seine Aufgaben wahrnehmen. Die Annahmen, die dazu notwendig sind, ersetzen Gott durch die Vorsehung.

Sie nahmen den Wagen und setzten mit der Fähre von Italien nach Griechenland über. Da sie sich so spät entschlossen hatten, bekamen sie keine Kabine mehr. Die Fähre sollte abends um zehn Uhr losmachen, die Abfahrt verzögerte sich jedoch bis zwei Uhr früh. Dann saßen sie in ihren Sesseln und konnten nicht schlafen. Es war heiß und stickig, sie konnten sich nicht ausstrecken, alle anderen Sessel waren ebenfalls belegt, sie konnten nicht einmal aufstehen, in allen Gängen lagen Tramper in Schlafsäcken auf dem Boden. Am nächsten Tag waren sie vollkommen erschöpft. Sie torkelten auf dem Schiff herum, in die schmutzigen Waschräume und in das schmierige Selbstbedienungsrestaurant, in dem es am Morgen nicht einmal Kaffee gab. Das Außendeck war mit Trampern überfüllt, die draußen geschlafen hatten. Das Schiff besaß kein Schwimmbecken. Der einzige erreichbare

Luxus war das Essen im Erster-Klasse-Restaurant. Klaus versuchte, beim Zahlmeister eine Kabine für die zweite Nacht zu bekommen, es war jedoch alles belegt. Gegen Mitternacht wurde ihr von dem vielen Wein schlecht, den sie getrunken hatten, um Schlaf zu finden. Sie mußte sich mehrere Male übergeben. Sie schaffte es nie bis zum Waschraum, sie stolperte über die in den Gängen Liegenden, und sie trat auf sie, sie hielt sich die Hände vor den Mund, alles lief und tropfte an ihr herunter, ihre Bluse war schwer wie ein nasses Handtuch. Als sie am Morgen darauf griechischen Boden betraten, verzichteten sie auf den vorgesehenen Athenbesuch und begaben sich sofort zu ihrer Insel. Diese wies als Folge der jahrhundertelangen venezianischen Herrschaft einen starken italienischen Einschlag auf, sowohl die Architektur als auch die Einwohner betreffend. Griechen mit blauen Augen und hellen Haaren. Das Hotel lag etwa zweihundert Meter vom Meer entfernt, das Süßwasserbecken auf einer verdorrten Wiese zwischen Strand und Hotel. Das sogenannte Frühstücksbüffet bestand aus mehreren aneinandergereihten wackligen Tischen, auf denen die Zutaten zum Frühstück lieblos aufeinandergestapelt waren.

Ihr war auf dem Schiff schlecht gewesen, jetzt ging es ihr wieder gut. Dafür wurde es ihm nach dem Abendessen übel. Er verbrachte fast die ganze Nacht im Bad. Am nächsten Morgen hatte er hohes Fieber. Sie blieb die meiste Zeit auf dem Zimmer und gab sich die größte Mühe, Kamillentee und Zwieback für ihn zu bekommen. Er konnte erst am vierten Tag aufstehen. Kaum wieder gesund, begann er, ihr Vorwürfe zu machen. Warum sie mit dem Wagen gefahren seien, warum sie die Fähre genommen hätten, wenn sie die von ihm vorgeschlagene Flugreise nach Portugal unternom-

men hätten, wäre er jetzt nicht am Ende seiner Kräfte. Er ziehe sich nur Krankheiten zu, dabei sei er darauf angewiesen, sich in den Ferien zu entspannen. Sie erwiderte, ihr sei es auch nicht gutgegangen. Wenn sie nach Hause komme, habe sie die Möglichkeit, sich von dem Urlaub zu erholen. Für ihn gebe es danach nicht einmal eine Atempause.
Sie wurden mit einem Paar aus Innsbruck an einen Tisch gesetzt. Er war Busfahrer für Stadtrundfahrten und betrieb in seiner Freizeit Bodybuilding, seine Freundin war eine große und gutgewachsene Blondine, die nicht sprach. Sie hatte lange glatte Haare, die ihr ins Gesicht fielen, und große und schöne Brüste. Sie trug abends nie etwas anderes als Netzhemden. Dazu äußerst enge Hosen. Sie sonnte sich ohne Oberteil in einer Tangahose, sein Badekostüm war ähnlichen Zuschnitts. Sie gingen nicht ans Meer, sie lagen immer am Süßwasserbecken, er auf dem Rücken, sie auf dem Bauch, sie begann dann, seinen Nabel zu streicheln, bis er sich ebenfalls auf den Bauch legte. Am Abend des Tages, an dem er aufstehen konnte, wollte Klaus mit ihr schlafen. Sie tat alles, was sie als Frau im Dunkeln tun konnte, um den Mann zu erregen. Sie war sicher, er dachte, während sie sich abmühte, an die Blondine von ihrem Tisch. Aber deren Ergebnis hätte sich nicht von ihrem unterschieden – wenn sie ihn berührt hätte.
Sie lagen im Sand, sie in der Sonne, er hielt sich im Schatten, sie schwammen und sie lasen. Er Joseph Conrad, sie Lernet-Holenia. Darunter auch den Baron Bagge. Sie wollte einen Ausflug zu den Grotten auf der anderen Seite der Insel machen. Er wollte keinen Ausflug machen. Er habe sich vorgenommen, für den Rest des Urlaubs buchstäblich überhaupt nichts zu tun. Sie fuhr allein zum anderen Ende der Insel und nahm ein Boot zu den Grotten. Als sie abends zurück-

kam, sprach er zuerst kein Wort mit ihr. Nach dem Essen betrank er sich dann. Zwei Partner hätten ihn bereits angesprochen, er sei doch Hermanns Vertrauter, was mit Hermann los sei. Er habe geantwortet, Hermann sei überarbeitet, wolle sich das jedoch nicht eingestehen. Was Hermann bis jetzt gemacht habe, sei immer zum Besten der Firm gewesen. Mit diesen Auskünften habe er natürlich niemanden beruhigen können. Er sei sicher, es würden bereits Zusammenkünfte zum Thema Hermann abgehalten. Er könne ihnen nicht verübeln, daß sie ihm nichts davon sagten, weil sie annehmen müßten, er werde Hermann weitererzählen, was er von ihnen erfuhr. Sie schilderte ihm, in welcher Lage sie sich mit ihrer Arbeit befand. Er war so nett zu ihr, nicht einmal zu sagen, er habe es schon immer gesagt. Sie zogen in ein kleines Hotel, das unmittelbar am Strand gelegen war, und verlebten dort ein paar sehr glückliche Tage. Bis die Abreise näherrückte, und er zu planen begann. Er fragte sie, wann sie wieder bei ihm einziehen würde. Sie antwortete ausweichend. Er wollte sie festlegen, aber sie ließ sich nicht festlegen. Er versuchte mit aller Kraft, sich zu beherrschen, um nicht etwas zu sagen, was sie verletzte und worauf sie ihm ein endgültiges Nein zu seinen Plänen gab. Die schweigenden Vorwürfe waren lauter als die ausgesprochenen. Sie konnte ihm nicht helfen. Sie wollte ihm nicht helfen. Sie wollte ihm keine Hoffnung machen. Sie hatte Angst, sie würde sich mitreißen lassen. Sie wußte, wie es enden würde.

Auf der Rückreise bekam sie die Menses, die Blutung war übermäßig stark. Sobald sie sich bewegte, war ihre Unterwäsche durchtränkt. Klaus erklärte dem Zahlmeister unter großer Selbstüberwindung, sie müsse liegen, sie sei krank, er müsse ihnen unbedingt eine Kabine freimachen. Nachdem er seinen Argumenten mit einer Unsumme Nachdruck verliehen hatte, bekamen sie tatsächlich eine Kabine. Es war so heiß und stickig, daß sie sich nicht bedecken konnte, ohne sofort in Schweiß auszubrechen. Sie lag im unteren Bett auf dem Rücken und hatte nur den mit mehreren Binden vollgestopften Slip an, der dadurch wie aufgeblasen wirkte. Sie dachte immer wieder daran, einen Arzt ausrufen zu lassen, sie konnte sich dann doch nicht dazu entschließen. Wenn sie aufstand, um ins Bad zu gehen, drehte sich alles um sie. Im Wagen legte sie sich auf den Rücksitz. Als sie zu Hause ankamen, brachte Klaus sie sofort in ein Krankenhaus. Dort sagte man ihr, die starken Blutungen seien auf eine Pilzinfektion zurückzuführen, die sie schnell ausheilen konnte.

Er verletzt, bevor er seinem Gegenüber Gelegenheit bietet, ihn zu verletzen. Verletzt in der Folge sein Gegenüber ihn, kann er argumentieren, was ihm angetan wurde, sei die notwendige Vergeltung für sein Verhalten, er habe es sich nicht nur selbst zuzuschreiben, er habe es bewußt verursacht. Wenn er einen bestimmten Abstand unterschreitet, kann er sich nicht dagegen wehren, daß der Abstand unablässig und unwiderruflich geringer wird. Wenn er versucht, sein Gegenüber zu verstehen, versetzt er sich in einem solchen Ausmaß in dieses hinein, daß er gegen seine eigenen Ziele handelt. Er ist hilflos, wenn er nicht anmaßend und überheblich ist.

Die Verständigung durch Sprache setzt nicht nur eine Übereinstimmung in bezug auf die Definitionen der gebrauchten Ausdrücke voraus, sondern auch eine Übereinstimmung in ausgewählten Urteilen, die mit den definierten Ausdrücken gefällt werden. Wenn in der Allgemeinen

Gleichgewichtstheorie Handlungen eine Sprache darstellen – nichts anderes sind die Größen, die die einzelnen als Signale geben und nehmen –, kann es keine Überraschung bedeuten, daß für das Zustandekommen von Gleichgewichtszuständen nicht nur eine Übereinstimmung in bezug auf die Definitionen der verschiedenen Handlungsmöglichkeiten, sondern auch eine Übereinstimmung in tatsächlich ausgeführten Handlungen erforderlich ist.

Einzelne Klienten hätten bereits Bemerkungen gemacht. Keiner wisse, wie man es bewerkstelligen solle, Hermann von seinen Pflichten zu entbinden. Wie setzt man seinen Vorgesetzten ab, wenn dieser keinen Vorgesetzten hat. Wie würde sich Hermann verhalten, wenn man ihm sagte, er sei krank, er könne nicht weiterarbeiten. – Der Urlaub habe ihm die letzte Gewißheit vermittelt, er sei nicht zumutbar. Nicht für sie, nicht für andere, nicht einmal für sich selbst. Er wolle sie nach wie vor heiraten und mit ihr Kinder haben. Aber er müsse verstehen, wenn sie das nicht wolle. Sie habe aus ihren Fehlern gelernt, sie habe sich im Urlaub bemüht, ihn nicht zu bemuttern, er habe sie trotzdem weggestoßen. Er habe versucht, sich zu beherrschen, das Äußerste, was er zusammengebracht habe, sei gewesen, daß er keine Vorwürfe ausgesprochen habe. Er wisse, sie brauche das Sexuelle, er habe jedoch einfach keine große Ader für die diesbezüglichen Verrichtungen. Es liege nicht an ihr. Während sie miteinander schliefen, sei sie ihm und auch er sich selbst fremd. Er habe immer das Gefühl, das gehe ihn alles gar nichts an und es gebe eigentlich gar keinen Grund, das zu tun, was er dabei tue. Er wiederhole, es liege keinesfalls an ihr, mit anderen Frauen spiele es sich genauso ab. Er stoße sie auf allen Ebenen von sich, das Se-

xuelle sei nur eine dieser Ebenen, die ihr zudem immer unwichtiger geworden sei. Ob er sich nicht einmal Gedanken darüber gemacht habe, warum er sie und alle anderen, nicht nur im Sexuellen, wegstoße. Natürlich könne er zu einem Therapeuten gehen. Wie das alle tun. Man würde gemeinsam in seiner Kindheit herumstochern, man würde darauf kommen, daß ihn das Rollenspiel seiner Eltern beeinflußt habe, man würde entdecken, sein Verhalten gegenüber Frauen sei auf eine verkorkste Mutterbeziehung zurückzuführen, und so weiter. Wenn er zu einem Therapeuten ginge, wäre dies der Ausdruck des Willens, jemand anderer zu werden. Er wolle nicht jemand anderer werden. Er sei sein Unglück. Wenn es einem Therapeuten gelänge, ihn dahin zu bringen, daß er zu einer kontinuierlichen Beziehung zu ihr fähig sei, dann käme ein Mensch heraus, der ihm völlig fremd wäre. Er werde nie zu einem Therapeuten gehen. Sie müsse daraus den Schluß ziehen, seine Liebe zu ihr sei eben nicht groß genug, um sich zu dem Versuch zu überwinden, sich zu ändern. Sie solle es sich nicht zu einfach machen. Wenn er sie anders behandelte, dann wäre er ein völlig anderer, und sie solle nicht ohne weiteres Nachdenken voraussetzen, sie würde für diesen anderen dasselbe empfinden wie jetzt für ihn. Außerdem könne er dasselbe, was sie über seine Liebe äußere, auch von ihrer behaupten. Sie habe auf die Liebeserklärung, die er ihr gemacht habe, geschwiegen, trotzdem sei sie mit ihm in den Urlaub gefahren. Da sei noch etwas. Aber das sei eben auch nicht groß genug. Sie könne ein Leben mit ihm, so wie er es sich vorstelle, nicht ertragen, es gehe über ihre Kräfte. Sie brauche regelmäßige Zuwendung, nicht regelmäßige Abweisung, verbunden mit vereinzelten Vorkommnissen von Zuneigung.
Im Institut begegnete sie manchmal Jürgen. Sie gingen Kaf-

fee trinken und unterhielten sich unverbindlich über seine und ihre Arbeit. Es war so, als ob nie etwas zwischen ihnen gewesen wäre. Sein Forschungsvorhaben lief weiter. Von Jürgen erfuhr sie, daß Klaus mit Barbara ausging. Der Philosoph hatte sie Klaus bei Gelegenheit einer Besichtigung seiner neuen Wohnung vorgestellt. Barbara hatte etwas Geisteswissenschaftliches studiert und arbeitete als Bedienung in Lokalen, deren Gäste sich für interessant hielten, und in dem Wolladen, in dem sie ihre diesbezüglichen Bedarfe deckte. Sie machte Pullover. Ihre Haare waren asymmetrisch geschnitten, auf der einen Seite so kurz, daß die Haut durchschien, oben und auf der anderen Seite etwa bleistiftlang und derart gekämmt, daß sie waagerecht wegstanden. Dazu trug sie eine weiße Kunststoffbrille. Sie war nicht sehr groß, ziemlich knochig, das Becken schien etwas breit.

Eines Tages rief Barbara sie an, sie wolle sich mit ihr treffen. Sie verabredeten sich beim Chinesischen Turm. Barbara trug einen ihrer selbstgestrickten Pullover und hatte einen Rock und Schuhe aus den fünfziger Jahren an. Es war ein schöner Herbsttag, sie gingen zusammen spazieren und konnten sogar noch draußen sitzen. Barbara mußte sich die Frage gefallen lassen, warum sie bei ihrer Ausbildung und bei ihrer Begabung als Bedienung arbeite. Sie gab an, sie könne jederzeit damit aufhören. Ihr mache zu vieles Spaß, als daß sie sich nur mit einer einzigen Sache beschäftigen wolle. Sie hasse Ausschließlichkeit. Sie habe einmal eine Kollektion entworfen und einem Bekleidungshersteller angeboten, der sich jedoch als unseriös erwies, die Sache war geplatzt, sie wollte keine weiteren Versuche unternehmen.

Bevor sie sich mit Barbara unterhalten hatte, konnte sie sich nicht vorstellen, daß Klaus mit ihr schlief. Es war ihr einfach als abwegig erschienen. Nachdem sie sich mit ihr unterhalten hatte, konnte sie sich nicht vorstellen, daß er nicht mit ihr schlief. Es lag nicht an ihm, sondern an ihr. Eine andere machte nicht die Fehler, die sie gemacht hatte.

Im Raum stand die Möglichkeit, die Unsicherheit über die Zukunft völlig aus dem Spiel zu lassen und statt dessen auf die Ungleichgewichtsmodelle einzugehen. Diese Arbeit wäre jedoch nur so lange eine gute gewesen, als sie niemandem erzählt hätte, daß sie das Gleichgewicht bei Unsicherheit über die Zukunft nicht behandelte, weil sie beim Nachdenken darüber zu der Auffassung gelangt sei, die Allgemeine Gleichgewichtstheorie setze eine Handlungstheorie voraus, welche mit ihrem Begriffsapparat nicht in einer Art und Weise formuliert werden könne, die Widersprüche zu unverzichtbaren Annahmen ausschließe. Niemand hätte ihr geglaubt. Man hätte gedacht, wenn sie davon wirklich überzeugt wäre, hätte sie das eher erkennen müssen. Man wäre eingestanden oder uneingestanden davon ausgegangen, sie war den technischen Problemen, die sich bei der Einbeziehung von Unsicherheit über die Zukunft stellen, nicht gewachsen.

Der einzige, mit dem sie offen über ihre Arbeit sprach, war der Philosoph. Er meinte, mit ihren Zweifeln an ihrer Arbeit habe sie einen Bezug zwischen der Allgemeinen Gleichgewichtstheorie und der wirklichen Welt hergestellt, den andere herzustellen niemals in der Lage seien.

Wenn er ins Theater wollte, mußte sie ihn ins Theater begleiten, in das Stück, das er sehen wollte. Wenn er mit ihr essen gehen wollte, mußte sie in dem Restaurant auf ihn warten, das er ertragen konnte. Wenn er Lust hatte, mit ihr zu schlafen, mußte sie zu ihm nach Hause kommen und mit ihm schlafen. Wenn er keine Lust hatte, mit ihr zu reden, durfte sie ihn auch keinesfalls mit ihrer Anwesenheit belästigen, in diesem Fall kam es nicht einmal zu Ortsgesprächen, denn er beantwortete das Telefon nicht, selbst wenn er vorher gesagt hatte, er halte sich zu Hause auf. Sie war für ihn nur ein Werkzeug, mit dem er seine Freizeit abwechslungsreicher gestalten konnte. Sie hat niemandem etwas davon erzählt, nur dir. Du kanntest als einziger meine Verfassung, wie ich unter den Schwierigkeiten mit meiner Arbeit und unter der gescheiterten Beziehung litt. Du hast mich mit Vorbedacht in dem Glauben gelassen, sie hätte mit ihm etwas erreicht, was ich mit ihm nicht erreicht habe. Dabei war ihr Verhältnis nur die Farce einer Beziehung. Ich wußte nichts und ich war, weil ich nichts wußte, bestürzt und ratlos. Das hast du ausgenützt.

Wie hätte ich das ausgenützt.

Du weißt, was ich meine.

Nein.

Du wolltest mit mir schlafen. Deine Rechnung ist aufgegangen.

Wir haben nicht miteinander geschlafen.

Wir haben miteinander geschlafen.

Du sagtest, gesetzt den Fall, du hättest mit mir geschlafen, dann würdest du mir nur noch gegenübertreten, wenn ich dich mit keinem Wort und mit keiner Geste daran erinnern würde. Du würdest jeden Gedanken daran aus deinem Gedächtnis streichen, und zwar so, daß du selbst es nicht glauben würdest, wenn ich dir eines Tages erzählen sollte, wir hätten miteinander geschlafen.

Ich habe mit dir geschlafen, weil ich verzweifelt war. Ich wollte, daß du mir vertraust. Du kanntest den Grund, warum ich verzweifelt war. Du hättest mir helfen können, wenn du mir gesagt hättest, was du wußtest. Aber du

hast mir nicht geholfen. Du hast mein Unwissen ausgenützt.
Du sagtest, deine Vergangenheit mit Klaus sei für dich abgeschlossen. Du fändest Barbara annehmbar, und du seist erleichtert, daß er nicht mutterseelenallein sei.
Barbara war eine gelernte Verliererin. Auch wenn sie nicht so aussah. Es war die einzige Art von Beziehung, die sie kannte. Er mochte sie, weil sie ihn zu nichts verpflichtete. Es war nichts, was mit Liebe zu tun gehabt hätte. Es war trostlos. Deswegen stritten sie sich auch nie. Er hatte ihr gesagt, er schätze gewisse Eigenschaften an ihr, und sie traute sich nicht, ihn mit anderen Eigenschaften zu belästigen. Erst nachdem wir miteinander geschlafen hatten, hast du mich die Wahrheit ahnen lassen.
Ich wurde für dich wichtig, weil du nur mit mir offen über deine Arbeit sprechen konntest. Das war alles.
Das war nicht alles. Es ist für dich ein leichtes, mir einzureden, gewisse Dinge, an die ich mich erinnere, seien gar nicht so gewesen, wie ich im Augenblick glaube.
Wenn wir wirklich miteinander geschlafen hätten, was hätte ich davon, es jetzt abzuleugnen. Warum müßte ich mich dafür rechtfertigen.
Deine Verantwortung für das, was danach geschah, wäre geringer.

Sie wacht auf, halb liegend, halb sitzend, mit einem Schlauch in Nase und Schlund und mit Fühlern auf der Brust. Sie bewegt sich nicht, sie läßt nur die Augen schweifen. Zu ihren Füßen das Bettende, ein umlaufendes verchromtes Stahlrohr, das eine Kunststoffplatte einschließt. Über ihr ein Dreieck aus Holz. Zu ihrer Rechten ein Fenster mit einem Rahmen aus Aluminium, dessen Hauptfläche nicht zu öffnen ist, lediglich der obere Teil kann nach innen gekippt werden. Draußen ist es dunkel. Von der Decke hängen rechts und links neben dem Fenster zusammengeschobene Vorhänge herab, die nur bis zum Fensterbrett reichen, unter diesem befindet sich ein langer unverkleideter Heizkörper. Vor dem Fenster sind Jalousien angebracht, die heruntergelassen und deren Lamellen gekippt sind. Die Wände sind hell gestrichen, die Farbe ist nicht auszumachen, ebensowenig wie die Art des Bodenbelags. Sie blickt auf eine Fotografie, auf der sie die Umrisse einer Gebirgslandschaft erkennen kann. Der Raum ist in ein schwaches bläuliches Licht getaucht, dessen Ursprung sich hinter ihr, über dem Kopfende des Betts, befindet.

Du stelltest es immer so dar und du glaubtest auch selbst daran, daß Klaus einsam und unglücklich war, weil er nicht fähig war, Beziehungen zu anderen Menschen aufzubauen. Daß die Abfolge von Anziehung und Abstoßung im Verhältnis zu dir eine innere Zerrissenheit widerspiegelte, die zu überwinden er irgendwo bereit gewesen wäre, wenn er es nur über sich gebracht hätte. Daß seine Arbeit seine letzte Zuflucht war, der einzige Bereich, in dem er existieren konnte, weil sie seiner Zerrissenheit einen starren äußeren Rahmen aufzwang. Du setztest voraus, er konnte nicht anders sein, als er war. Er wollte nicht anders sein, als er war. Er sagte es dir auch, aber du verstandest es nicht. Was du als Zerrissenheit sahst, war nichts anderes als die Abwehr von Zumutungen. Die Mehrzahl aller Menschen ist auf durchsichtige und lächerliche Art und Weise unglücklich, weil ihr etwas verwehrt ist. Unglück hat erst dann Qualität, wenn es selbstverschuldet ist. Sein Unglück war selbstverschuldet. Er wollte allein sein, und er wollte unglücklich sein. Es gab keine Faser in ihm, die etwas anderes wollte. Die Förderung der instrumentellen Vernunft ist für einen Geistesmenschen eine ebenso sinnlose oder sinnvolle Tätigkeit wie Steineklopfen. Klaus unterschied sich von seinen Kollegen dadurch, daß er wußte, was er tat. Er fragte dich erst, ob du ihn heiraten und mit ihm Kinder haben wolltest, als er sicher sein konnte, du würdest nicht einwilligen. Wenn er es anders angestellt hätte, wäre ein unattraktiver Schluß herausgekommen. Er benahm sich nach seinem Antrag nicht weniger abweisend als vorher. Nicht weil er nicht anders konnte – weil er nicht anders wollte. Er war auf Jürgen eifersüchtig, denn er wollte eine Tragödie, in deren Verlauf du dich von ihm trennen würdest. Es gab etwas in ihm, was zu dir drängte. Aber dieses Etwas kam nicht von sich aus in die Welt. Er schuf sich einen Stachel, hegte ihn und hielt ihn sich selbst ins Fleisch, weil ihm sein Dasein sonst zu trivial geraten wäre. Du glaubtest, wenn er diesen Stachel so beherrschte, könnte er sich genausogut seiner entledigen, er hätte dann nicht mehr die Spur eines Wunsches, mit dir zusammenzusein, und er wäre nicht mehr unglücklich. Du nanntest sein Unglück künstlich. Natürlich war sein Unglück künstlich. Unglück von Format ist immer künstlich. Dein Unglück war nicht bemerkenswert. Was du als Unglück gelten lassen wolltest und was dir geschah, kann jedem zustoßen.

Niemand ist mehr böse auf dich. Alles ist gut und vergessen.

Sie erwacht wieder in dem Krankenzimmer. Das Fenster ist gekippt, die Morgensonne scheint herein. Vor ihr steht ein in der Brust breit gebauter kleiner Mann in einem weißen Kittel.

Nun verbringe noch schön Deinen Geburtstag mit Deinen lieben Tanten. Und wenn es Dir zuviel wird mit dem Geklatsche und Gerede Deiner lieben Tanten, denk einfach ein ganz klein bißchen an die kleine Nonne in ihrer armseligen Klause – dann werde ich meine telepathischen Fähigkeiten einsetzen und Dir geht's sofort besser. Außerdem kannst Du Dir was für den Dienstag –

Können Sie sprechen.
Ja.
Wie geht es Ihnen.
Ich fühle mich entsetzlich schwach. – Muß ich den Schlauch in der Nase behalten.
Der Arzt zieht die Sonde langsam heraus.
Ich bin froh, daß Sie sprechen. Aber überanstrengen Sie sich nicht.
Wie lange bin ich hier.
Sieben Wochen.
Warum bin ich hier.
Ein Unfall mit Ihrem Wagen. Als man Sie fand, waren Sie bewußtlos. Bei dem Unfall löste sich der Innenspiegel und prallte Ihnen an den Kopf. Sie trugen eine Platzwunde davon, die genäht werden mußte. Und ein paar kleinere Schürfwunden und Prellungen.
Sie betastet ihre Stirn.
Ich spüre keine Verletzung.
Die Wunden sind verheilt.
Wie ist der Unfall geschehen.
Sie können sich nicht daran erinnern.
Nein.
Sie sind auf einer Ausfallstraße nach Süden in einer Bahnunterführung gegen die Mauer gefahren. Die Bahnlinie ver-

läuft dort nicht quer zur Straße, sondern schräg, die Straße macht vor der Unterführung eine Links- und danach eine Rechtskurve. Sie sind zum Ausgang der Unterführung gegen die linke Mauer gefahren. Als ob Sie einfach in der Kurve geradeaus hätten weiterfahren wollen. Keiner hat es gesehen. Der nächste Fahrer, der vorbeikam, benachrichtigte die Ambulanz und die Polizei. Ihre Befreiung aus dem Fahrzeug nahm etwas Zeit in Anspruch, weil die Türen zuerst nicht geöffnet werden konnten. – Nachdem Sie eine Woche bei uns lagen, waren Sie plötzlich nicht mehr in Ihrem Bett. Wir fanden Sie in der Grünanlage, Sie waren jedoch nicht ansprechbar. Am nächsten Tag waren Sie wieder weg. Sie standen in einem weit entfernten Flur und starrten den Fußboden an.
Hat sich jemand nach mir erkundigt, seit ich hier liege.
Es gab einige Anrufe, und Sie hatten auch einmal Besuch. Es waren, glaube ich, Kollegen von Ihnen. Ich habe ihnen gesagt, sie sollten sich auf einen einigen, der anruft, und den ich ausführlich über Ihren Zustand unterrichte.
Wer ist es.
Ich weiß den Namen nicht auswendig. Ich habe ihn auf einem Zettel in meinem Stationszimmer notiert.
Ich möchte ins Bad.
Ihr Gegenüber zieht die Bettdecke zurück und entfernt die Fühler von ihrer Brust. Sie setzt sich zunächst auf die Bettkante. Sie hält inne.
Ihnen ist schwindlig.
Ja. – Ich muß einen Augenblick warten. – Ich glaube, es wird schon besser.
Sie begibt sich unsicher ins Bad. Sie hatte vor, eine Dusche zu nehmen, doch sie fühlt sich dazu nicht in der Lage. Sie wäscht sich das Gesicht und richtet sich die Haare. Dann

geht sie langsam in das Zimmer zurück und legt sich wieder auf das Bett.
Als ich aufgewacht bin, wollte ich fragen, ob ich gleich nach Hause gehen kann. Als ich aufgestanden bin, wollte ich fragen, wie lange ich noch hierbleiben muß. – Jetzt frage ich gar nicht erst. – Ich fühle mich so schwach.
Sie sollten sich keine Gedanken machen. Sie sind etwas erschöpft, nach der Bewußtlosigkeit kein Wunder. Wir werden Sie aufpäppeln.
Ich glaube, ich muß mich ausruhen. – Ich bin müde. – Ich will schlafen.
Schlafen Sie, solange Sie wollen. Wir passen auf Sie auf.

Sie träumt, sie läuft. Alle Gedanken gelten ihrem Rhythmus. Es gibt keine anderen Gedanken mehr. Ihr Herz schlägt laut. Ihr Kopf ist heiß. Sonst unterwarf sich an diesem Punkt der Rhythmus ihren Körper und nahm ihn mit sich. Um sie ein Gefühl der Losgelöstheit verspüren zu lassen, von dem sie sich nicht vorstellen konnte, daß es durch eine andere Tätigkeit hervorgerufen werden könnte als durch das Laufen. Die Luft vor ihren Augen beginnt zu flimmern. Sie nimmt nur noch Umrisse wahr, sie kann keine Einzelheiten mehr erkennen. Jetzt gibt es etwas, was die Trennung ihres Bewußtseins von ihrem Körper nicht zuläßt. Ihr Gesichtsfeld wird enger. Das Schlagen in ihrem Kopf wird lauter. Ihr Körper zieht ihr Bewußtsein in sich hinein. Der Rhythmus ist ungleichmäßig geworden. Sie läuft immer langsamer. Bis ihr schwarz vor den Augen wird und sie hinfällt.

Wie lange habe ich geschlafen.
Sie haben das Mittagessen versäumt.

Ich fühle mich so schwach.
Sie atmet tief durch.
Da ist noch etwas. – Als Sie geborgen wurden, hatten Sie eine starke Vaginalblutung. Wir fanden keine Anzeichen einer Verletzung. Sie müssen um die Zeit des Unfalls die Menses gehabt haben. Eine naheliegende Hypothese wäre diejenige, daß die Blutung sich infolge des Unfalls verstärkte. Als die Sanitäter den Wagen öffneten, hielten Sie einen Anzug – einen grauen Herrenanzug – zwischen die Beine gepreßt. Er war blutdurchtränkt. Nachdem Ihnen der Rückspiegel an den Kopf prallte, müssen Sie sofort bewußtlos geworden sein, Sie können nicht mehr in der Lage gewesen sein, sich den Anzug gegen die Blutung zwischen die Beine zu klemmen. Wenn es aber schon vor dem Unfall zu der Blutung kam und wenn die Blutung so stark war, daß Sie sie nur auf die beschriebene Weise stillen konnten, warum sind Sie dann weitergefahren, anstatt Hilfe zu suchen.
Ich kann mich an nichts erinnern. – Ich bin so müde.
Schlafen Sie.
Werde ich wieder aufwachen?
Aber natürlich.

Unter welchen Bedingungen gibt es für ein System aus Einzelwesen und Zusammenschlüssen von Einzelwesen einen Gleichgewichtszustand?
Unter welchen Bedingungen gibt es nur einen Gleichgewichtszustand?
Unter welchen Bedingungen findet das System, wenn es aus dem Gleichgewicht gebracht wird, wieder zu einem Gleichgewicht zurück?

Du sagtest, ich plante einen zweifachen Etikettenschwindel und einen dreifachen Selbstbetrug. Der erste Etikettenschwindel bestehe in der Beibehaltung des ursprünglichen Titels der Arbeit, der mindestens als verwegen bezeichnet werden müsse. Der zweite Etikettenschwindel sei die Bezeichnung Minimallösung für etwas, was tatsächlich eine Maximallösung darstelle – die Kernfragen unter den Tisch zu kehren und so zu tun, als ob nichts gewesen sei, bilde nur den Beginn eines Manövers, dessen Hauptziel sein müsse, das, was von meinen ursprünglichen Absichten übrigbleibe, als Errungenschaft zu verkaufen. Der erste Selbstbetrug ergebe sich daraus, daß ich mir letzteres nicht eingestehen wolle. Meine Zweifel, ob ich dieses Manöver durchhalten würde, stellten den zweiten Selbstbetrug dar – ich würde es durchhalten. Der dritte Selbstbetrug bestehe in der Hoffnung, ich würde, wenn das Manöver erfolgreich abgeschlossen wäre, in der Lage sein, auf einem anderen Feld erfolgreicher zu arbeiten als auf dem in Frage stehenden. Ich sollte einen Aufsatz schreiben, in dem ich begründete, warum ich meine Arbeit nicht zu Ende bringen konnte. Ich sagte dir, ein solcher Versuch würde das unwiderrufliche Ende bedeuten. Niemand bricht ein Verfahren ab, weil er entdeckt, daß die Theorie, die den Gegenstand seiner Arbeit bildet und die durch die Gemeinschaft, in der das Verfahren durchgeführt wird, anerkannt ist, in ihrem Kern von einer Vorstellung ausgeht, die mit dem Begriffsapparat der Theorie nicht anders formuliert werden kann als in einer Art und Weise, die zu Widersprüchen mit unverzichtbaren Annahmen der Theorie führt. Wenn jemand ein Verfahren abbricht, dann deshalb, weil er den Begriffsapparat und die Gesetze der Theorie nicht beherrscht oder nicht beherrschen will. Wer den Begriffsapparat und die Gesetze einer anerkannten Theorie nicht beherrscht, dessen Meinung zu der Theorie zählt nicht. Ich sagte, du tust dich leicht, du weißt gar nicht, was es bedeutet, sich seinen Lebensunterhalt verdienen zu müssen, du lebst von deinem Vermögen und brauchst nicht zu arbeiten. Wenn ich mein Verfahren abbrechen würde, ich würde zum nächsten Termin meine Stelle verlieren, ich könnte nirgendwo mehr wissenschaftlich arbeiten, ich müßte mich nach etwas ganz anderem umsehen. Da hast du gelacht und gesagt, ich hätte nichts verstanden. Ein Leiden lasse sich nicht daran messen, ob andere sich vorstellen könnten, dasselbe Leiden zu haben oder nicht. Ich sagte, ich wisse, mein Handeln sei unaufrichtig, aber ich wolle mir nicht eine mögliche Zukunft verbauen. Du sagtest, ob unaufrichtig oder nicht, etwas anderes sei viel wichtiger. Nur wenn ich mich der Möglichkeit stellte, meinen gesamten Lebensplan von Grund auf neu zu gestalten, nur wenn ich bereit sei, alles Erreichte aufzugeben, nur dann würde ich der Tatsache, daß die Allgemeine Gleichgewichtstheorie auf Annahmen gründet, die in ihrer Sprache nicht anders als durch Widersprüche dargestellt werden können, den richtigen Ausdruck geben. Ich sagte, ich könne doch nicht mein Leben zerstören, nur um eine wissenschaftliche Frage richtig auszudrücken. Du sagtest, genau diese mögliche Folge sei es, die einer wissenschaftlichen Frage überhaupt erst Stellenwert verschaffe. Du sagtest, du würdest dein Leben zerstören, wenn das die einzige Möglichkeit sei, etwas, woran dir liege, zutreffend auszudrücken.

Jedes schrittweise Nacheinander ist Vergewaltigung eines gesichtslosen Nebeneinanders. Die Allgemeine Gleichgewichtstheorie beschreibt Zustandssysteme, die von einem gewünschten Ruhezustand her ersonnen werden. Der Beobachter, der ein solches Zustandssystem denkt, ist kein Sterblicher, sondern ein Gott. Wenn er das Zustandssystem tatsächlich in einen Ruhezustand bringen will, muß der Gott einen hilflosen Krüppel geben.

Es ging dir nicht darum zu übersehen, was geschehen war, was du getan und empfunden hast. Es ging dir auch nicht darum herauszufinden, was das, was geschehen war, was du getan und empfunden hast, für die Zukunft bedeutete.

Es gab gute Gründe für jedes einzelne Zustandssystem, und es gab gute Gründe gegen jedes einzelne Zustandssystem. Ich konnte jedes begründen und jedes verwerfen.

Zu viele Gründe für zu viele Vorhersagen.

Zu viele gute Gründe sind ein Krankheitssymptom.

Ich glaubte verstanden zu haben, warum du Klaus und Barbara zusammengebracht hattest. Du hattest ein Verhältnis mit Barbara. Ich habe dich nie gemeinsam mit ihr gesehen, und du hast auch nie von ihr erzählt. Ich konnte dich nicht fragen, warum du sie Klaus vorgestellt hattest, die Frage wäre lächerlich gewesen, du hättest natürlich geantwortet, es sei ohne irgendwelche Hintergedanken geschehen, und ich hätte nichts dagegen sagen können. Sie forderte zu wenig und sie gab zu viel. Ich konnte mir gut vorstellen, wie du ihrer überdrüssig geworden warst. Ich glaubte zunächst, dir sei nur wichtig gewesen, sie auf elegante Weise loszuwerden. Ich sah, es war dir gelungen, sie loszuwerden, und ich bildete mir ein zu sehen, es war dir zu gut gelungen. Du machtest eine Bemerkung, dir bleibe nichts anderes übrig, als dich mit den Pullovern zu begnügen, die du besäßest, die nächsten, die sie entwerfen würde, müßtest du wohl an Klaus besichtigen. Wenn du das in Kauf nahmst, mußte es einen Grund dafür geben, der nichts damit zu tun haben konnte, daß du ihrer überdrüssig geworden warst. Du hättest eine andere Möglichkeit wählen können, Abstand zwischen dich und sie zu bringen, ohne auf ihre Pullover verzichten zu müssen. Der Grund – so stellte ich es mir vor – war dein schlechtes Gewissen gegenüber Klaus, weil du mit mir geschlafen hast. Dir wurde klar, die Beziehung zu ihm bedeutete dir mehr als das Abenteuer mit mir, und du wolltest den Vertrauensbruch, den du ihm gegenüber begangen hattest, wiedergutmachen. Du wußtest, er war noch immer eifersüchtig, auch wenn es zwischen ihm und mir aus war. Du hast ihm als Zeichen des Eingeständnisses, einen Fehler begangen zu haben, Barbara auf dem Tablett serviert.

Er rief mich an, um mir mitzuteilen, er habe dir auf den Kopf zugesagt, du hättest mit mir geschlafen, und du hättest es zugegeben. Er sei pikiert, er hätte das von mir nicht erwartet, ich hätte eine ältere Loyalität, die zu ihm, verletzt. Ich habe ihm gesagt, es ist nicht wahr, du hast das nur gesagt, um ihm weh zu tun, worüber er sich nach allem, was zwischen euch vorgefallen sei, nicht zu wundern brauche. Selbst wenn ich nicht mit dir geschlafen hätte, ich sei illoyal gewesen, ich hätte eine so enge Beziehung zu dir gesucht, daß ich damit Gedankenverrat an ihm begangen hätte. Er fühle sich sehr getroffen, auch wenn er sich von dir getrennt habe, so sei doch deswegen die Beziehung zwischen ihm und dir immer noch eine sehr intime, selbst wenn ihr nicht mehr miteinander schlafen würdet. Ich habe zugegeben, eine Loyalitätsverletzung in dem von ihm definierten Sinn begangen zu haben. Wir sprachen nie wieder über das Thema.

Aber dieser Grund, den ich dafür gefunden hatte, daß du Klaus und Barbara zusammengebracht hattest, war nicht der ausschlaggebende Grund. Du hattest dich in deinen Gedankengebäuden verlaufen, du fandest nicht mehr in die wirkliche Welt zurück. Für Barbara wie für Klaus existiert ein Sachverhalt nicht, mag er noch so offen vor Augen liegen, wenn er nicht in irgendeiner Form dargestellt wird. Du wußtest, bei dieser Gemeinsamkeit würde Klaus eine Beziehung eingehen. Wenn gewährleistet wäre, er bliebe in der Beziehung mit sich allein. Sich von einem vorgestellten Mann in einem vorgestellten grauen Anzug bei der Rekonstruktion seiner Vergangenheit kontrollieren zu lassen ist so wenig ein Sich-Kontrollieren-Lassen, wie die Vorstellung des Ergebnisses eines vorgestellten Experiments das Ergebnis eines Experiments ist. Du gabst dich nicht damit zufrieden, eine Erinnerung an die andere appellieren zu lassen. Du hast Klaus und Barbara zusammengeführt, um dir zu beweisen, daß du noch dazu in der Lage warst, Handlungen richtig vorherzusagen, und um zugleich einen Baustein deiner Theorie zu bestätigen. Richtige Vorhersagen sind nicht Ergebnisse langer und mühsamer Denkvorgänge, sondern sie sind einfach da. Gewissermaßen aus Gewohnheit. Der Ablauf des Experiments hat deine Vorhersage bestätigt.

Es kommt nicht darauf an, daß sich der Beobachtete berechenbar verhält. Es kommt darauf an, daß sich der Beobachter berechenbar verhält. Denn der Beobachter ist das Meßinstrument, das an den Beobachteten angelegt wird und auf dem die Vorhersage abgelesen wird. Das Meßinstrument muß sich zuverlässig und gleichmäßig verhalten, nicht die Größe, die es mißt. Die Sicherheit der Vorhersage ist immer an einen Menschen gebunden. Sie ist nicht übertragbar. Wäre sie es, dann gäbe es ein Rezept, um richtige bedingte Vorhersagen zu machen. *Rezept* würde bedeuten, daß unter jeder Bedingung eine richtige Vorhersage gemacht werden könnte, man müßte diese bedingten Vorhersagen nur entsprechend zusammenfassen und bekäme so eine insgesamt unbedingte Vorhersage. Aber eine solche kann es nicht geben.

SPRACHSPIEL

Das glaubt mir sowieso niemand. Deswegen erzähle ich es jetzt auch. Früher hätte ich mir eher die Zunge abgeschnitten, als darüber zu sprechen. Die meisten halten es für eine Ausrede. Einige finden es toll, wie phantasievoll ich mein Leben verarbeite. So was Kreatives. Trotzdem wollen gerade die mich immer zum Psychotherapeuten schicken. Ich habe ein Problem, aber ich bin nicht krank. Ein besonders Intellektueller sagte mal, es ist nicht wegen mir, es ist wegen des Therapeuten. Der soll was lernen. Ich würde alles so schön objektivieren. Das könnte man steuern. Erst sollte man sich darüber einig werden, was man will. Das wird dann festgehalten. Wenn es aufgeschrieben ist, muß man ganz fest dran glauben, daß alles so kommt, wie es aufgeschrieben ist. Weil man derart davon überzeugt ist, kommt es schließlich auch genau so. Eine richtige Methode, vielleicht sogar nach mir benannt. Eins weiß ich sicher. Wenn jemand eine Methode daraus macht, dann trägt sie seinen und nicht meinen Namen. Es stimmt schon, alles ist so präzise festgehalten. Wer was wann tun wird. Alles ist so objektiv. Aber ich habe es nicht geschrieben. Nur glaubt mir keiner. Von denen, die es nicht so anspruchsvoll finden, würde die eine Hälfte mein Problem am liebsten mit ein paar Ohrfeigen aus der Welt schaffen, Einbildung, Flausen, dagegen kann man was machen, während die andere Hälfte mir ganz vorsichtig zu verstehen gibt, vielleicht bin ich doch irgendwo nicht ganz normal, es macht nichts, es macht überhaupt nichts, im Gegenteil. Es nützt nie etwas, wenn ich darauf hinweise, ich komme aus einem unauffälligen Elternhaus, mein Vater ist Geschäftsführer und meine

Mutter Ärztin. Mein Vater ist kein Alkoholiker und hat mich nicht geschlagen, ich habe mein Abitur gemacht und bin nie weggelaufen. Meine Schwester hat übrigens Psychologie studiert. Vielleicht hätte ich gerade nicht das Abitur machen und davonlaufen sollen. Vor Onkel Waldo hätte ich in jedem Fall davonlaufen sollen. Onkel Waldo war Argentinier, hieß eigentlich Ewald und war weitläufig mit meiner Mutter verwandt. Die Familie hat dort nicht nur in der deutschen Kolonie verkehrt, Onkel Waldo besaß einen ziemlich dunklen Teint sowie pechschwarze Locken, und er trug nur knallbunte Hemden. Er war Bauingenieur, als er ein Bauvorhaben in der Nähe hatte, luden ihn meine Eltern immer sonntags zum Mittagessen ein. Mit Onkel Waldo lag von Anfang an was in der Luft. Onkel Waldo behandelte mich so anders als die anderen. Während meine Eltern auf dem Weg zum Wohlstand nicht nach links und nicht nach rechts blickten, ging ich mit Onkel Waldo spazieren. Nicht dort, wo die anderen Leute auch spazierengingen, sondern dort, wo er damit beginnen konnte, an mir herumzufingern. Beim ersten Mal kamen wir natürlich noch nicht richtig zur Sache. Aber Onkel Waldo besuchte uns weiter. Onkel Waldo mußte mich zu nichts zwingen. Trotzdem war es nicht meine freie Entscheidung, mein freier Wille. Ich konnte nicht anders. Auch wenn ich beim allerersten Mal von überhaupt nichts wußte. Ich hatte mir von meinen Eltern ein Tagebuch gewünscht, sie hatten mir ein in Leder gebundenes Buch mit leeren Seiten geschenkt. Ich wußte nicht, was ich hineinschreiben sollte, es war so ein schönes Buch, und ich wollte nicht etwas aufschreiben, was mir vielleicht später nicht mehr gefallen würde. Also schrieb ich zunächst gar nichts, sondern überlegte nur, was ich schreiben könnte. Ich hatte Zeit, ich war jung. Nach meinem ersten Erlebnis mit Onkel Waldo stand trotzdem etwas in dem Tagebuch: mein Erlebnis mit Onkel Waldo. Dabei hatte ich nichts hineingeschrieben. Es war auch nicht meine Schrift. Das heißt, es war schon meine Schrift, nur würde ich nie so schön schreiben. Ich habe eine ziemliche Klaue, ich könnte nie einen so langen Text so leserlich schreiben. Die Eintragung war datiert, jedoch nicht in der Ich-Form verfaßt, wie man es von Tagebuchaufzeichnungen erwartet. Ich habe das Tagebuch natürlich gut versteckt. Wenn es meine Eltern gefunden hätten, sie hätten mir niemals geglaubt, daß ich das alles nicht geschrieben hatte. Ich sah das Tagebuch erst wieder an, als Onkel Waldo für ein paar Wochen nach Südamerika mußte. Ich fand alles nachgetragen, was ich seither mit ihm erlebt hatte. Unter den richtigen Daten. Da das Wetter nicht immer so schön war wie beim ersten Mal und meine Eltern oft auch sonntags arbeiteten, blieben wir bei mir zu Hause. In der freien Natur konnte Onkel Waldos Vorliebe für Stühle nicht zur Geltung kommen – dafür jetzt. Am liebsten war ihm der Lehnstuhl meines Vaters, ein Gründerzeitungetüm. Ich mußte mich in den Lehnstuhl setzen, die Beine in die Luft strecken und mit den Händen die Fußsohlen umfassen. Ich kniete auf dem Stuhl, die Arme auf der Rückenlehne. Oder ich stellte mich auf den Stuhl, ich hielt mich an der Seitenlehne fest, und ich bückte mich. Mein Tagebuch beschrieb alle unsere Übungen. Ich hatte nichts aufgezeichnet, niemand hatte uns gesehen, trotzdem war alles festgehalten. Doch das war nur die erste Hälfte der Wahrheit. Die zweite sollte sich mir noch enthüllen. Ich zeichnete nichts auf. Machte ich bestimmte Erfahrungen, enthielt mein Tagebuch dennoch entsprechende Eintragungen. Nachher, dachte ich. Aber die Dinge standen dort nicht erst nachher. Wie ich entdeckte, als unsere Turnlehrerin erkrankte. Ich blätterte in den Erinnerungen an Onkel Waldo, ich blätterte, und ich blätterte, und auf einmal las ich etwas, das hatte mit Onkel Waldo nichts zu tun. Ich bin nach dem Turnunterricht, es war die letzte Stunde, als einzige noch in der Ankleide. Die beiden Sportstudenten, die die Turnlehrerin vertreten, räumen die Turnhalle auf. Meine Klassenkameradinnen sind alle weg, die Schule ist leer. Ich gehe in die Turnhalle, um zu sehen, was die beiden Turnlehrer machen. Sie sind mit den Kästen beschäftigt. Wie ich auf sie zukomme, grinsen sie sich an. Der ältere trägt immer nur Jeans, einfache weiße T-Shirts und Slipper ohne Socken, auf diese Weise kommt sein durchtrainierter Körper am besten zur Geltung. Er sagt zu dem anderen, machste mit oder wie, der andere sagt, logo, ich mach doch immer mit, und schon fummeln sie an mir herum. Ich habe nicht viel an, nur eine Jeans mit Gürtel und eine dunkelblaue Bluse mit weißen Punkten, ohne Kragen, die mir die beiden sofort aufgeknöpft haben. Bald sitze ich auf dem praktischerweise gepolsterten Kasten, und der mit dem weißen T-Shirt, sonst hat er nichts mehr an, hält mir die Beine hoch. Der andere muß sich noch ausziehen. Dann wird umgestellt, der andere setzt sich auf den Kasten, ich mich auf ihn. Wieder Stellungswechsel, ich knie auf dem Kasten, der mit dem T-Shirt hält mich von hinten an den Schultern, der andere setzt sich neben mich. So stand es in meinem Tagebuch. Die Turnlehrer gefielen mir, sie waren beide mediterrane Typen, doch mit ihnen war nichts gewesen. Da schaute ich auf das Datum, das ich erst gar nicht beachtet hatte. Es war das Datum des nächsten Tags. Am nächsten Tag hatten wir als letzte Stunde vor Mittag Turnen. Ich war die letzte, die sich noch in der Ankleide aufhielt. Während die beiden Turnlehrer die Turnhalle aufräumten. Nicht im Buch hatte gestanden, daß die Vizedirektorin in die Ankleide hineinschaute, sie wollte wohl ein paar Worte mit den Turnlehrern wechseln, hatte jedoch nicht damit gerechnet, noch jemand zu finden. Nachdem sie stehenden Fußes umgekehrt war, ging ich in die Turnhalle. Die Turnlehrer sagten genau das, was ich in meinem Tagebuch gelesen hatte. Dann machten sie genau das mit mir, was in meinem Tagebuch beschrieben war. Da hatte ich verstanden. Mein Tagebuch enthielt die kompletten Regieanweisungen für mein Geschlechtsleben. Alles stand immer schon vorher fest. Alles war immer schon vorher niedergeschrieben. Ich wollte das Buch nicht mehr ansehen. Ich konnte das Buch nicht mehr ansehen. Ich zerbrach mir den Kopf darüber, ob das ganze Buch von Anfang an fertig war, von der ersten bis zur letzten Episode, oder ob es immer nur die nächste beschrieb. Wenn es nicht von vornherein alle Episoden enthielt, zu welchem Zeitpunkt die nächste eingetragen wurde. Ob wirklich alles ganz genau stimmte, wie es niedergeschrieben war. Ich wurde vor Schreck zur Nonne. Die beiden Turnlehrer hüteten sich, jemand auf die Idee zu bringen, sie hätten etwas mit mir gehabt. Ich war schließlich minderjährig, wäre es herausgekommen, es wäre für sie der absolute Karriereknick gewesen. Man zähle das Geld zusammen, das sie als Staatsbeamte im Lauf ihres Lebens bekommen und auf das sie hätten verzichten müssen, wenn sie wegen mir aus dem Staatsdienst geflogen wären. Das wollten sie sich nicht antun und ich ihnen auch nicht. Ich ließ niemand mehr an mich heran. Ich tat so erfolgreich, als ob nichts gewesen wäre, daß sie sich nicht einmal beim Geräteturnen trauten, mich noch anzufassen. Ich bin eine gute Turnerin, ich brauche keine Hilfestellung. Sie blickten mich nur an, auf so eine Art. Und warteten darauf, daß ich zurückblickte. Sie fragten sich wohl, ob sie alles nicht nur geträumt hatten. Es ist immer angenehm, wenn man Männer schocken kann. In Wahrheit war ich allerdings hilflos. Solange alle dachten, das hat keinen Sinn bei der, passierte mir nichts. Doch wenn jemand meine ablehnende Art überhaupt nicht zur Kenntnis nahm, setzte ich ihm nicht den geringsten Widerstand entgegen. Der Jemand war François. Er war gar kein Franzose, und er war ein Vollidiot. Bevor ich die Sache mit dem Tagebuch entdeckt hatte, hätte ich mich im Leben nicht mit ihm eingelassen. Er hieß nicht François, aber man mußte ihn so anreden, er besaß ein Schuhgeschäft, ich arbeitete dort, um mir Geld zu verdienen. Er war eher fünfzig als vierzig, er hatte glatte, fettige Haare, die ihm immer ins Gesicht hingen, er trug grelle farbige Jacketts, dazu weiße Hemden, damit die Farben noch greller wirkten. Das Schuhgeschäft war unmöglich, Regale, Bänke und Stühle aus hellem Holz wie in einem Kinderzimmer, und dann schwarze Herrenschuhe. Er hätte viel lieber in Damenschuhen gemacht, doch er wußte, die Sache würde nicht laufen. Weil er keinen Geschmack hatte. Ich fand ihn widerlich von Anfang an. Er hielt es nicht im geringsten für nötig, auf mich einzugehen. Ich brauchte das Geld, ich hatte keine andere Möglichkeit, mir etwas zu verdienen. Da ich mich im Geschäft ständig irgendwie verrenken mußte, bücken, hinknien oder auf einem Regal etwas suchen, trug ich Hosen. Ich solle einen Rock anziehen. Erläuterung, wir seien ein Schuhfachgeschäft für Herren. Ich zog keinen Rock an, sondern kam weiter in meinen Blue jeans, die auch nicht ohne waren, sie saßen sehr eng. Ich solle mir gefälligst von dem Geld, das ich bei ihm verdiente, die passenden Klamotten kaufen. Wenn ich nicht nächste Woche im Rock auftauchte, sei Schluß. Darauf kaufte ich mir einen einfachen schwarzen Rock. Der Rock war so kurz, daß er zunächst nichts mehr sagte. Doch bald arbeitete er an mir weiter. Ich trug zu dem Rock Sweatshirt und Turnschuhe. Ich solle schwarze Strümpfe und Pumps anziehen. Wir seien schließlich nicht in einem Fitnesscenter. Er wartete damit so lange, bis ich genügend Geld verdient hatte, um mir die Sachen kaufen zu können. Ich verzichtete auf meine Sweatshirts, weil sie zu dem Rock wirklich blöd aussahen, ich trug forthin einfache weiße Blusen. Wenn sie nicht in Begleitung ihrer Ehefrauen waren, beobachteten mich die Kunden mit Interesse. Insbesondere dann, wenn sie glaubten, ich sah nicht, wie sie mich ansahen. Ich sah es immer. Man muß sich nur den richtigen Spiegel aussuchen. Mit der Zeit bereitete es mir ein immer größeres Vergnügen, Schuhkartons von den obersten Regalen zu holen. Die Männer machen sich überhaupt keine Vorstellung davon, wie dumm sie aussehen, wenn sie eine Frau beobachten und sie nehmen an, die Frau bemerkt es nicht. Das dümmste Pferd wirkt daneben wie Einstein. Der allerbeste Moment ist der, wenn ich mich anschicke, mich umzudrehen. Da kommt ruckartig wieder alles in die Form zurück. Oder was der Mann dafür hält. Es gibt nur zwei Varianten danach. Entweder der Mann wird besonders sachlich, ja Fräulein, bitte Fräulein, danke Fräulein, sehr freundlich Fräulein, oder er wird humorig, mit diesem Schuh bin ich drei Zentimeter größer, haben Sie nicht einen mit einer etwas dünneren Sohle, ich will nur zweieinhalb Zentimeter größer werden, hahaha. Wenn ein Kunde in Begleitung seiner Ehefrau war, habe ich mich auch gern tief hinuntergebeugt, ohne in die Knie zu gehen. Manchmal bekam die Ehefrau einen sehr roten Kopf, was der Kaufentscheidung sicherlich nicht förderlich war. In der Summe muß ich den Umsatz gesteigert haben, sonst hätte mir François niemals meinen Stundenlohn erhöht. Das war auch das einzig Anständige, was er jemals getan hat. Übrigens hat mich kein Kunde jemals angemacht. War auch nicht nötig. Hier kocht der Chef. Warum ich eigentlich immer einen Büstenhalter trug. Ich verzichtete auf den Büstenhalter, kaufte mir allerdings dickere und weniger durchsichtige Blusen. Ich hatte mittlerweile ein halbes Jahr im Schuhgeschäft gearbeitet, und François hatte mir noch nicht einmal zur Begrüßung oder beim Nachhausegehen die Hand gegeben. Ich wußte, worauf es hinauslief. Er sah mich niemals an. Er kannte sein Geschäft und seine Spiegel, und er wußte, ich hätte sofort bemerkt, wenn er mich beobachtet hätte. Ich habe mich vor ihm niemals produziert. Es stand alles vorher fest. Es stand alles in meinem Tagebuch. Eines Abends sagte er, ich solle heute länger dableiben. Im Lager müsse umgeräumt werden, die eine Schuhmarke nach da und die andere nach dort. Ich sagte, es tue mir leid, ich hätte heute keine Zeit, ich sei verabredet. Ich würde es morgen machen. Als ich am nächsten Tag ins Geschäft kam und umräumen wollte, sagte er, nicht während der Geschäftszeit. Nur nach Ladenschluß. Ich sagte, es tue mir leid, ich könne nicht länger bleiben, ich sei wieder verabredet. Ich wartete darauf, wann er erneut anfangen würde. Nachdem am Freitag der folgenden Woche der letzte Kunde bedient war, hieß es, jetzt wird umgeräumt. Er nahm das Liedlein, das ich herunterbetete, gar nicht zur Kenntnis, sondern ließ die Rolläden herab, damit man das Geschäft nicht mehr einsehen konnte – das Geschäft lag nicht in einer so guten Gegend, daß es sinnvoll gewesen wäre, die Auslagen auch in der Nacht zu zeigen –, und verschloß die Tür von innen. Ich mußte tatsächlich die

Schuhe im Keller umräumen, die von den untersten Regalen in die obersten und die von den obersten in die untersten. Er setzte sich hin und sah mir zu. Es war das erste Mal, daß er mich ansah. Während ich langsam ins Schwitzen kam, zog er sich die Jacke und den Schlips aus. Er hatte sich übrigens die Haare gewaschen. Als ich fast fertig war und wieder auf der Leiter stand, erhob er sich und griff mir unter den Rock. Ich sagte, er solle mich nicht anfassen. Er sagte, ich solle den Mund halten, und zog mir die Strumpfhose herunter. Ich wiederholte, er solle mich nicht anfassen. Ich würde es meinen Eltern erzählen. Er sagte, er mache jetzt mit mir, was er wolle, wenn ich was dagegen hätte, brauchte ich nächste Woche nicht mehr zu kommen. Es war sinnlos. Es stand in meinem Tagebuch. Er war durch nichts zu beeindrucken. Als ob er wußte, daß ich wiederkommen würde. Und meinen Eltern nichts erzählen würde. Als ob er das Buch kennen würde. Immer nach Geschäftsschluß, und immer mußte ich vorher irgendeine Arbeit erledigen. Etwas aus dem Lager holen, das Schaufenster umdekorieren, eine Schuhmarke aus den Regalen nehmen. Während der Geschäftszeiten benahm er sich wie vorher. Ich versuchte, ein freundliches Wort an ihn zu richten oder den einen oder anderen Scherz zu machen. Nicht weil er mir auf einmal gefallen hätte, sondern um die Situation aufzulockern. Er verhielt sich mir gegenüber so, wie ich mich gegenüber den Turnlehrern verhalten hatte. Die anderen müssen gedacht haben, ich will mich an ihn ranmachen und er will nicht. Der nächste Abschnitt meiner Education sentimentale war derjenige, den meine Schwester für den entscheidenden hält. Meine Schwester sieht nur ihre Modellebensläufe, da müssen die Menschen dann hineinpassen. Was nicht hineinpaßt, wird nicht zur Kenntnis genommen, ist nicht wichtig. Wie mein Tagebuch. Meine Schwester glaubt mir mein Tagebuch nicht. Ich kann es ihr nicht zeigen. François meinte, zu meinem Outfit, zu dem schwarzen Rock, den schwarzen Strümpfen und den Pumps und zu der weißen Bluse würde eine schwarze Lederjacke sehr gut passen. Kein billiges Ding von Hertie oder Karstadt, eine echte amerikanische Fliegerjacke. Schlicht, mit wenigen, aber wirkungsvollen Reißverschlüssen. Er nannte mir auch ein Geschäft, wo ich sie besichtigen konnte. Ich wußte, was so was kostet. Ich ging deshalb in den Kaufhof und probierte die Lederjacken an, die ich mir leisten konnte. Danach ging ich doch in den Laden mit den amerikanischen Sachen. Die Jacke, die er meinte, stand mir wirklich. Es war die einzige, alles andere war Mist. Er fragte mich, ob ich die Jacke probiert hatte, ich sagte nur ja, nichts weiter. Er durchschaute mich. Nach einiger Zeit fragte er beiläufig, ob ich die Jacke nicht gern haben wolle. Ich sagte, ich könne sie mir nicht leisten. Aber sie gefalle mir sehr. Auch wenn meine Schwester mir nicht glaubt, ich habe es nicht gesagt, weil ich unbedingt die Jacke haben wollte, ich habe es gesagt, damit er wenigstens ein paar Worte mit mir wechselt. Damit er vielleicht ein bißchen auf mich eingeht. Später sagte er tatsächlich, er wolle mir die Lederjacke schenken. Wenn er, als er mich fragte, ob mir die Jacke paßte, sofort gesagt hätte, er schenkt sie mir, ich hätte es für den Abend geglaubt. So wartete ich darauf, daß er mir sagte, was ich dafür tun mußte. Ein guter Kunde wolle, daß ich ihn nackt bediene. Sonst nichts. Und nicht einmal ganz nackt. Ich sollte die Lederjacke anziehen, darunter nichts, nur schwarze Strümpfe. Ich solle mir überhaupt die dummen Strumpfhosen abgewöhnen und mich auch kräftiger schminken. Zu meinen brünetten Haaren und zu der schwarzen Lederjacke könne ich einen viel kräftigeren Lippenstift verwenden. Er hatte sogar recht damit. Im Vergleich zu dem, was er selbst mit mir machte, erschien das nicht so wild. Ich meinte, wenn ich die Lederjacke anziehen sollte, müßte ich sie aber vorher haben. Ich fügte hinzu, damit hätte ich noch nicht gesagt, daß ich einverstanden sei. Ich müsse es mir erst überlegen. Sollte ich die Lederjacke nehmen oder nicht. Es ging mir tagelang durch den Kopf. François drängte mich nicht. Ich mußte das machen, was ich den ganzen Tag machte, nur ohne Hose. Ich konnte in meinem Tagebuch nachsehen. Dort war aufgeschrieben, was passieren würde. Doch wenn ich jetzt hineinsah, würde ich immer hineinsehen. Ich hatte mir anfangs überhaupt nicht vorstellen können, daß ich das Tagebuch einmal wegwerfen würde. Wie konnte ich das Buch wegwerfen, in dem mein Schicksal geschrieben stand, ich mußte meine Zukunft wegwerfen, mich selbst, ich konnte doch nichts dafür, daß mir die Dinge zustießen, die das Tagebuch beschrieb. Jetzt, wo ich es so lange nicht angerührt hatte, konnte ich mir vorstellen, daß ich das Tagebuch wegwarf und daß ich mein weiteres Leben ohne das Tagebuch lebte. Ich würde das Tagebuch nie vergessen können, aber je weiter alles zurückliegen würde, desto unwirklicher würde es erscheinen. Ich bekam die Lederjacke schon einen Tag vorher – François vertraute mir –, und ich tat gehorsam, was er von mir verlangte. Ich kaufte mir ein Paar schwarze Strümpfe und zog dann im Keller bis auf die Lederjacke, die Strümpfe und die Schuhe alles aus. Der Mann war um die Sechzig, er sah nicht ungepflegt aus, er war auch nicht dick, er hätte ein Geschäftsfreund meines Vaters sein können. Ich fragte ihn, was er wünsche. Er sagte, er wolle schwarze Herrenslipper, und er beschrieb ein Paar in der Auslage. Ich brachte die Slipper in seiner Größe, sie waren ihm zu klein, ich brachte sie eine halbe Größe größer. Darauf sagte er, jetzt ist aber Schluß mit dem Theater, und er faßte mir an den Busen und zwischen die Beine. Ich wehrte mich und sagte, das sei nicht ausgemacht gewesen. Er sagte, ich sei lustig. Wofür er mir denn die Lederjacke spendiert habe. Ich sagte, es sei ausgemacht gewesen, daß ich ihn nackt bedienen sollte. Er lachte und sagte, genau das würde ich jetzt tun. Er machte seine Hose auf und zog mich an den Haaren herunter. Ich solle ruhig jemandem erzählen, ich bekäme eine so teure Lederjacke nur dafür, daß ich ohne Hose herumliefe. Ich wehrte mich weiter. Da rief der Kunde François. Die Kleine will nicht. Die Kleine zu François, so ist es nicht abgemacht gewesen. Francois zu der Kleinen, sie soll tun, was der Kunde sagt. Der Kunde zu der Kleinen, sie soll sich auf den Kassentisch legen und die Beine breit machen. Als die Kleine nicht tat, was der Kunde sagte, gab ihr der Kunde zwei Ohrfeigen. Sie zerrten mich zum Kassentisch, und François hielt mich an den Schultern fest, dabei fiel seine rote Brille zu Boden. Als sich der Kunde danach wieder anzog, meinte er, ich solle ruhig erzählen, man hätte mich vergewaltigt. Ich sei schließlich ohne Hose einem wildfremden Mann gegenübergetreten, und ich hätte eine Lederjacke dafür bekommen. Ich sei eine Hure, das wisse ich jetzt. Ich brauchte mir nichts draus zu machen. Es gebe viele Huren. Ich würde mich schon dran gewöhnen. Ich ließ die Lederjacke zurück. Sie warfen sie mir durch die Tür nach. Ich konnte sie doch nicht auf dem Bürgersteig liegen lassen. So war es in meinem Tagebuch festgehalten, und so passierte es. Ich wollte, ich hätte das Tagebuch weggeworfen. Oder nicht hineingesehen. Die Überraschung war keine Überraschung. Ich habe mich gewehrt. Ich habe mich nicht entschieden genug gewehrt. Wo hätte ich denn hinlaufen sollen, nur mit Lederjacke und Strümpfen bekleidet. Ich hätte die Hose nicht ausziehen dürfen. Es sollte nichts passieren. Ich wußte, daß etwas passieren würde. Ich habe mich gewehrt. Ich hätte nicht ins Geschäft gehen sollen. Ich mußte zur Arbeit. Ich wußte, was passieren würde. Dann wußte ich auch, ich konnte nichts dagegen machen. Ich hätte die Lederjacke nicht nehmen dürfen. Ich wollte sie gar nicht mehr nehmen. Sie haben sie mir nachgeworfen. Es stand alles vorher fest. Die Lederjacke war so teuer, und ich hatte sie genommen. Beim nächsten Mal wehrte ich mich nur noch ein bißchen, beim übernächsten Mal überhaupt nicht mehr. Schließlich bot sich mir die Gelegenheit, in einem Sportgeschäft zu arbeiten. Ich hatte mir ausgemalt, François würde endlich einmal etwas sagen, wenn er mich verlieren würde. Aber er sagte nichts. Es schien ihm völlig egal zu sein. Ein Blick in mein Tagebuch zeigte, im Sportgeschäft war nur meine Arbeitskraft gefragt. Mit den Turnlehrern beim Geräteturnen, mit dem Schuhgeschäftsbesitzer im Schuhgeschäft, mit dem blonden Hünen vom Sportgeschäft, der so höflich und so rücksichtsvoll war, die Arbeit im Sportgeschäft machte mir wirklich Spaß – nichts. Ich solle etwas Sport treiben. Ein erneuter Blick in mein Tagebuch ergab doch etwas. Am Samstag nach Geschäftsschluß würden wir in den Zauberwald fahren und dort laufen. Ich würde nicht fragen, warum der Wald Zauberwald hieß, wer da womit zaubern würde, war klar. Wir würden zu einem idyllischen Platz kommen. Eine Waldlichtung mit einer kleinen Wiese, in deren Mitte ein riesengroßer Stein lag. Ich würde vom Laufen erschöpft sein, er würde mich hochheben und auf den großen Stein legen. Dann würde ich wissen, warum der Wald Zauberwald hieß. Denn ich würde plötzlich spüren, wie ein

Ast dorthin wuchs, wohin er nicht wachsen sollte. Ich würde vor Schmerz schreien, es würde nichts nützen, ich würde nur ein paar Waldtiere aufschrecken. So schilderte es mein Tagebuch, so sollte es am Samstag geschehen, ich wollte nicht, daß es so geschieht, ich kam ohne Vorwarnung am Samstag einfach nicht zur Arbeit, wenn ich nicht zur Arbeit kommen würde, ginge es auch nachher nicht in den Zauberwald. Es ist nicht so, daß ich es nicht versucht hätte. Mein Fehlen löste bei Hans Castorp keinen Groll aus. Es schüttete das ganze Wochenende wie aus Kübeln, so daß viel weniger Kunden als üblich kamen, das Sportgeschäft konnte auf meine Dienste verzichten. Ich war überzeugt, das Tagebuch überlistet zu haben. Ich schaute noch einmal nach. Da stand unverändert alles, was ich im Zauberwald erlebt haben sollte, ich war einfach nicht gekommen, und es war nichts gewesen. Meine Erleichterung war unbeschreiblich. Es war alles Einbildung gewesen. Es war nur ein Traum gewesen. Vielleicht hatte ich das Tagebuch doch selbst geschrieben. Vielleicht hatte ich meine Erlebnisse doch im nachhinein aufgeschrieben und mir dann aus schlechtem Gewissen weisgemacht, alles habe vorher im Tagebuch gestanden, alles sei von vornherein festgelegt gewesen, so daß ich keine Wahl hatte. Ich dachte mir jedenfalls nichts dabei, als er sagte, wir würden das Versäumte nachholen, wir würden nächsten Samstag laufen. Nächsten Samstag war herrliches Wetter, wir nahmen seinen großen weißen amerikanischen Geländewagen und fuhren zum Zauberwald. Im Zauberwald liefen wir zu einem idyllischen Platz. Der idyllische Platz war die Lichtung mit dem riesengroßen Stein. Alles spielte sich so ab, wie es mein Tagebuch für den Samstag davor geschildert hatte. Danach habe ich fürchterlich geheult. Wegen des Tagebuchs. Er dachte natürlich, er hätte mir wirklich wehgetan. Er war rührend um mich besorgt und trug mich die ganze Strecke bis zum Auto zurück. Zu Hause sah ich sofort in meinem Tagebuch nach. Alles war unter dem richtigen Datum eingetragen. Ich hätte schwören können, es war ein anderes Datum gewesen. Ich hatte das Datum nicht richtig gelesen. Oder ich hatte mich im Kalender vertan. Mein Tagebuch ist sehr deutlich. Es beschreibt alle Einzelheiten und nicht unter Zuhilfenahme von Fremdwörtern. Früher dachte ich, warum soll man diese Sprache nicht benutzen. Man muß Klartext sprechen. Es sind immer dieselben Wörter. Es gibt nicht so viele Wörter für so wenige Gegenstände und etwas mehr Vorgänge. Nur die Umgebung ist immer eine andere. Es sind die richtigen Wörter, wenn man gerade das macht, was die Wörter beschreiben. Aber es sind schon nicht mehr die richtigen Wörter, wenn man auch nur mit den Gedanken nicht mehr dabei ist. Geschweige denn, man will die Sache nachher oder, wie in meinem Fall, vorher beschreiben. Es hat nichts mit Scham zu tun. Oder vielleicht doch mit Scham, und die Scham spielt Grammatik. Es gibt nur ein Sprachspiel, in dem die Wörter ihren Platz haben. Außerhalb dieses Sprachspiels sind die Wörter nicht die richtigen Wörter. Wenn die Wörter vorkommen, ist es keine Beschreibung mehr. Dann ziehen sie den Hörer oder Leser in dieses Sprachspiel hinein. Unausweichlich. Meine Schwester tut so, als sei ich eine Prostituierte. Ich habe die Lederjacke genommen. Und die Sportklamotten. Ich habe nicht in einer Bar gearbeitet, wo man sich in Samt und Plüsch drapieren und zu dem Mann gehen und ihn fragen muß, ob man was trinken darf. Wenn er was trinkt, verdient man vielleicht zehn Mark an dem Cocktail, und wenn er einen aufs Zimmer nimmt, bleibt für einen vielleicht ein

Blauer übrig, und wenn man am Morgen nüchtern aufwacht, fühlt man sich bestimmt wie ein Stück Dreck. Meine Schwester sagt, ich könne in die Disco gehen und mich dort abschleppen lassen. Was soll ich in der Disco. Ich habe für Onkel Waldo keine Disco gebraucht, für die Turnlehrer nicht, für François nicht und für Hans Castorp auch nicht. Meine Schwester meint, ich rebellierte gegen die Gesellschaft. Grundsätzlich sei Sex etwas Gesellschaftserhaltendes, nicht nur deswegen, weil manchmal dabei auch Kinder herauskämen, sondern weil Sex üblicherweise unter geordneten Umständen stattfinde, wenn die Gesellschaft das fertigbringe, gebe es keinen Bereich mehr, den sie nicht unter ihre Kontrolle bringen könne. Ich wolle blanken Sex. Von vorne, von hinten, von der Seite, mit einem, mit zwei, mit drei Männern, das sei Rebellion. Wie die Rebellion mit der Bestechlichkeit durch Lederjacken und Jogging-Schuhe zusammenpaßt, bleibt das Geheimnis meiner Schwester. Ich habe immer wieder versucht, meinem Tagebuch zu entgehen. Hans Castorp wollte unbedingt mit mir nach Chamonix und den Montblanc besteigen. Da ich in der Zwischenzeit regelmäßig trainiert hatte, war die Absicht nicht gänzlich unvernünftig. Auf dem Gipfel würde es eiskalt sein. Schrieb mein Tagebuch, ich schrieb es um. Ich strich Chamonix durch und malte Zermatt darüber, ich hatte zufällig einen Artikel über Zermatt gelesen, und an die Stelle des Montblanc setzte ich das Plateau Rosa. Ich war überzeugt, es würde sich gar nichts ändern, wenn ich das Tagebuch umschrieb, ich hatte es nicht geschrieben, es schrieb sich selbst, es bestimmte mein Leben, nicht ich bestimmte mein Leben. Ich wollte es versucht haben. Schon am nächsten Nachmittag eröffnete er mir, er habe es sich anders überlegt. Es sei ein zu großes Risiko, mit mir, die ich keinerlei Bergerfahrung hatte, auf den Montblanc zu gehen. Ein befreundetes Paar fahre eine Woche zum Skilaufen nach Zermatt. Er wolle sich anschließen. Ich könne Skilaufen lernen. Als ich in meinem Tagebuch nachsah, fand ich Chamonix und den Montblanc zugunsten von Zermatt und dem Plateau Rosa ausgestrichen, alles andere spielte sich ab wie beschrieben, jedoch ergänzt um Settembrini – der Freund war Italiener. Von dessen Frau oder Freundin keine Rede. Ich strich Settembrini heraus, Hans Castorp beließ ich. Settembrini blieb mir nicht nur erhalten, er brachte seinerseits einen Freund mit. Ich gab nicht auf. Ich strich Settembrini und seinen Freund, schlug mein Tagebuch nicht mehr auf und fuhr nach Zermatt. Es blieb nicht bei den dreien. Settembrini sagte, sie seien vier Freunde in Cervinia, die beiden anderen machten eine Tiefschneeabfahrt, sie müßten bald kommen. Die beiden anderen kamen tatsächlich bald. Ich studiere übrigens Geschichte. Ich hätte eigentlich alles studieren können. Ich hatte immer gute Noten, bei minimalem Arbeitsaufwand. Meine Schwester drängte mich, ich solle Ärztin werden. Sie hätte selbst gern Medizin studiert, doch sie war in der Schule nicht so gut. Ich habe nie Schwierigkeiten in Physik oder Biologie gehabt. Meine Schwester meint, Prostituierte müßten als eine Art Therapeutinnen angesehen werden. Es gebe nun einmal das sexuelle Bedürfnis, wenn es gestillt werde, sei der Mann entspannter, ausgeglichener, weniger neurotisch. Es sei eine Art Dienstleistung. Der Arbeitgeber habe was davon, die Kinder sowieso, vielleicht fänden die Männer zu ihren Frauen zurück, wenn sie von ihnen nicht etwas zu verlangen brauchten, was ihnen diese gar nicht geben könnten. Das Individuum funktioniere einfach besser. Wenn ich Ärztin wäre, könnte ich danach Rechnungen stellen, die von der Krankenkasse bezahlt werden. Ein Rollenvorbild. Meine Schwester meint auch, ich mache es aus Masochismus. Ich gehe nicht mit ungewaschenen Leuten auf ein billiges Zimmer und sage ihnen, wie toll sie sind. Im Sportgeschäft hörte ich nach dem Urlaub in der Schweiz auf. Erst will der Mann die Frau unbedingt mit einem anderen Mann sehen. Geschieht es tatsächlich, bedeutet es einen Riß für ihn, mit dem er nicht gerechnet hat. Danach ist die Welt nicht mehr dieselbe. Der Übergang vom Ptolemäischen zum Kopernikanischen Weltbild. Auch wenn er es sich hundertmal vorstellte, hat es stattgefunden, ist er nicht mehr Zentrum des Universums. Darüber ist er so enttäuscht, daß er, selbst ist der Mann, über kurz oder lang das Universum austauscht. Mein jetziger Freund ist übrigens Pilot. Er hat eine große Altbauwohnung. Weil er kaum da ist, ist seine Wohnung so gut wie meine Wohnung. Ich habe natürlich auch andere Freunde. Das stört ihn nicht. Ich habe ihn nie gefragt, aber ich bin sicher, er hat auch andere Freundinnen. Ich war mit ihm in den USA, aber nach Hawaii will er mich nicht mitnehmen. Was bin ich. Ich bin ein Männertraum. Ich sehe gut aus, ich bin immer gut angezogen, ich bin immer gut geschminkt, ich bin nicht dumm, ich trinke nicht, ich kiffe nicht, ich kokse nicht, ich mache alles mit, und es geht mir gut dabei. Ich wäre ein Männertraum, wenn ich nicht wüßte, und ich weiß es nicht nur von mir selbst, Frauen empfinden in diesen Dingen keineswegs etwa ganz anders. Alles, was die Frau macht, wenn der Mann zusieht, erregt die Frau genauso, wenn es der Mann macht, und die Frau sieht zu. Ich habe auch versucht, das Tagebuch einfach wegzuwerfen. Ich gab es in den Abfall eines anderen Hauses. Nach ein paar Tagen war es jedoch wieder da, wo es immer gewesen war, als ob es zurückgekommen wäre. Ich warf es erneut weg, darauf war es sofort wieder an seinem Platz, als ob ich es gar nicht weggeworfen hätte. Meine Schwester sagt, ich hätte das Buch gar nicht weggeworfen. Ich bildete mir nur ein, daß ich das Buch weggeworfen hätte, oder ich wolle eben gern haben, daß ich das Buch weggeworfen hätte, aber ich hätte es nicht weggeworfen. Als ich noch in die Schule ging, war sie überzeugt, ich würde im Bordell landen. Doch ich studiere, und das ist kein Alibi. Obwohl sie immer erklären kann, wer was wo wann warum tut, findet sie keine Stellung. Sie arbeitet – unbezahlt – für eine Familienberatungsstelle, und sie hat einen Teilzeitjob in einer Werbeagentur. Sie ist Schreibkraft, aber sie hofft, in das richtige Geschäft hineinzukommen, in den kreativen Bereich, wie das dort heißt. Meine Schwester ist auch nach dem Ende ihrer Ausbildung auf Geld von den Eltern angewiesen, ich studiere, trotzdem brauche ich kein Geld von ihnen, ich habe schon neben der Schule gearbeitet und verdiene mir mein Studium selbst. So wurde ich unversehens zum guten und meine Schwester zum bösen Kind. Das hielt meine Schwester, die Psychologin, nicht aus, sie verpetzte mich. Sie erzählte meiner Mutter die Geschichte des Urlaubs in Zermatt. Das Ergebnis ist, meine Mutter will mich nicht mehr sehen. Mein Vater, der nicht zu solcher Strenge neigt, muß sich fügen. Weil ich mit dem Studium gut vorankam, konnte ich meinem Tagebuch schließlich mit mehr Selbstbewußtsein gegenübertreten. Während ich es früher oft nur quer gelesen hatte, studierte ich es nun aufmerksam. Ich gewöhnte mich irgendwie daran, zumal sich mein Schicksal als Belohnung für meine Fügsamkeit ihm gegenüber geraume Zeit als durchaus nicht anstrengend zeigte. Bis ich etwas las, was mich sehr beunruhigte. Mein Pilot fährt in seiner Freizeit Motorrad.

Er sagt, wenn er zu alt ist, um zu fliegen, kann er immer noch Motorrad fahren. Er besitzt eine ganze Sammlung von Motorrädern. Um deren Pflege kümmert er sich nicht selbst, er kennt ein paar Biker, die das für ihn erledigen. An einer Harley war etwas kaputtgegangen, er würde ein Ersatzteil aus London mitbringen, das ich in der Werkstatt vorbeibringen sollte. Die Biker würden ziemlich miese Typen sein. Der Chef des Ladens hatte einen Seemannsbart, er trug eine abgewetzte Lederhose, eine Lederweste auf dem bloßen Oberkörper und ein Lederband um den Kopf. Er würde mir erst ein Bier anbieten und dann einen als Cowboy verkleideten Mitarbeiter vorschicken, der mit dem Schraubenschlüssel an mir herummachen würde. Darauf würde der Boß dem Cowboy und einem Typen, der unter seinem Arbeitsmantel nur ein Paar Jockey-Unterhosen trug, das Kommando geben, mich auf ein Motorrad zu legen. Ich würde nicht wollen, aber es war schon zu spät. Der Cowboy würde mir ein paar Ohrfeigen geben, der Boß würde mich an den Haaren ziehen, und ich würde machen müssen, was der Boß von mir verlangte. Ich würde die ganze Zeit schreien, es würde die Gang wenig beeindrucken. Als ich das las, war ich ziemlich verstört. Wenn ich erst ein Bier annahm und mir dann auch noch mit dem Schraubenschlüssel zwischen den Beinen herumfummeln ließ, wußte ich doch, worauf es hinauslief. Ich war auch entsprechend ausstaffiert. Ich würde hüfthohe schwarze Lackstiefel anziehen, die Lederjacke mit den langen Fransen an den Ärmeln – ich besitze mittlerweile jede Menge Lederjacken –, darunter nur ein Unterhemd und einen kurzen Lederrock. Wenn ich nicht wollte, daß sie sich an mir zu schaffen machten, brauchte ich schließlich nur im weißen Rüschenrock aufzutreten. Am Schluß würde ich schluchzend am Boden hocken. Als mein Pilot mir dann tatsächlich auftrug, ein Harley-Ersatzteil in der Motorradwerkstatt abzugeben, war ich sehr nervös. Zumal sich noch etwas anderes anzubahnen schien. Es gab einen Copiloten, mit dem ich schon ein paarmal ausgegangen war und der die seltsame Eigenschaft hatte, daß er niemals auch nur den Versuch unternommen hatte, mir näherzukommen. Zunächst war das sehr erholsam, aber es wurde allmählich beunruhigend, zumal ich es mir nicht erklären konnte. Schwul war er nicht, das habe ich im Gefühl. Des Rätsels Lösung ergab sich, kurz bevor ich den Ersatzteilauftrag ausführen mußte. Er wollte mir schon lange vorschlagen, Fotos zu machen. Ich hätte eine besondere erotische Ausstrahlung. Es wäre schade darum, wenn ich die für mich behielte. Der Copilot fing nicht mit Geld an, er wußte, ich lebe in geordneten Verhältnissen. Kein Schmuddelsex. Ernsthafte Arbeit, mit Visagist und Stylist und allem. Die Vorstellung, vor der Kamera zu posieren, in gepflegter Atmosphäre, gut geschminkt, alles gut ausgeleuchtet, meine Vorzüge auf Hochglanzpapier darzustellen, zog mich durchaus an. Das Abendland ist untergegangen, wir sind alle Fellachen. Doch ich befürchtete, in ein Milieu zu kommen, mit dem ich nie etwas zu tun gehabt hatte und mit dem ich nichts zu tun haben wollte. Ich sagte nicht grundsätzlich nein, ich wollte zuerst in meinem Tagebuch nachsehen. In meinem Tagebuch stand gar nichts. Als ob er es geahnt hätte, rief er mich unmittelbar darauf wieder an, und ich traf mich auch bereitwillig mit ihm. Er teilte mir mit, er habe den idealen Künstlernamen für mich: Miss Y Channel. Als ich danach mein Tagebuch erneut zur Hand nahm, hatte es ungeheuer an Umfang zugenommen. Ich wagte nicht mehr, es zu öffnen. Es sah so aus, als würde aus mir doch noch genau das, was meine Schwester schon immer vorausgesagt hatte. Dazu kam das Zerwürfnis mit den Eltern. Als ich meinen Vater an seinem Geburtstag besuchen wollte, stand meine Mutter in der Tür und sagte, sie habe keine Tochter mehr, und schlug mir die Tür zu. Ich rief sie zu Hause an, sie sagte, sie habe keine Tochter mehr, und legte auf. Ich schrieb ihr einen Brief, ich erhielt nie eine Antwort. Das verdankte ich meiner Schwester. Und jetzt mußte ich das Ersatzteil in der Motorradwerkstatt abliefern. Da kam mir der Gedanke, einfach mich aus meinem Tagebuch herauszustreichen und meine Schwester einzusetzen. Tatsächlich zeigte sich meine Schwester nach der Geburtstagsfeier ohne mich reuig über das, was sie angerichtet hatte. Sie wollte etwas mit mir unternehmen, sie wollte meine Freunde kennenlernen. Das konnte sie haben. Ich kostümierte sie entsprechend, und wir beide lieferten das Ersatzteil in der Werkstatt ab. Mich selbst hatte ich natürlich zurückhaltender eingekleidet. Ich sagte meiner Schwester, sie brauche keine Angst zu haben, wenn die Typen sie etwas betatschen würden. Das sei in Bikerkreisen so üblich. Es funktionierte perfekt. Alles spielte sich genauso ab, wie es das Tagebuch beschrieben hatte. Natürlich wehrte sich meine Schwester, wahrscheinlich hatte sie überhaupt noch nie einen Schwanz im Mund gehabt, jetzt standen ihr gleich drei vor dem Gesicht rum. Sie schrie so, weil sie zum ersten Mal in den Arsch gefickt wurde. Meine Schwester machte gar keine schlechte Figur. Sie gibt eine echt geile Braut ab, sie hat größere Titten als ich. Die Schamhaare muß sie sich natürlich schneiden, man denkt, man ist im Wald, die Motorradfahrer hatten zeitweilig Orientierungsschwierigkeiten. Eine behaarte Fotze ist nicht schön. Die Jungs haben sich trotzdem gut amüsiert. Ich stand die ganze Zeit daneben und trank Bier, als sie fertig waren, bedankte ich mich artig dafür, daß sie meiner großen Schwester Nachhilfeunterricht gegeben hatten. Es war sehr ermutigend. Zum ersten Mal habe ich etwas in meinem Tagebuch abgeändert, und ich wurde dafür nicht nur nicht mehr, auch nicht weniger, sondern gar nicht gefickt. Das Angebot des Copiloten wird akzeptiert. Es wird wirklich scharfe Fotos geben. In jedem Loch ein gut ausgeleuchteter Schwanz. Wirklich gutaussehende Männer, keine Schmuddeltypen. Tausende von nicht so gut aussehenden Männern werden sich bei dem Anblick einen runterholen. Keine Pickel, keine Körperfalten, die Freier und das Make-up immer einwandfrei. Ich werde nicht Miss Y Channel sein. Miss Y Channel wird größer sein als ich, ihre Haare werden dunkler sein als meine, Miss Y Channel wird größere Titten haben als ich. Miss Y Channel wird mit den Kreativen arbeiten. Miss Y Channel wird meine Schwester sein.

AUFLÖSUNG ODER FÜR FRAU BERTA ZUCKERKANDL

Sie geht, die Sonne im Rücken, neben einem breiten Kiesweg auf ein großes weißes Gebäude zu. Der von dem sich gabelnden Kiesweg umsäumte Bau steht auf einer Erhebung in einer großen gemähten Grasfläche, die in eine sommerliche Hügellandschaft mit Wiesen und Laubwäldern eingebettet ist. Außer dem Kiesweg sind weit und breit keine anderen Pfade oder Straßen zu sehen. Das Gebäude besitzt einen rechteckigen Grundriß mit einem Seitenverhältnis von drei zu eins und weist über dem Hochparterre zwei Stockwerke unter einem Flachdach auf. Der Eingang befindet sich in der Mitte der Längsseite. Eine siebenstufige Treppe führt zu einer Plattform vor dem eigentlichen Eingang, die von einem auf zwei rechteckigen Säulen ruhenden vorgeschobenen, gleichfalls flachen Dach beschirmt wird. Die Treppe ist genauso breit wie die Eingangstür, sie wird von zwei Quadern in gleicher Höhe wie die Plattform vor dem Eingang gesäumt. Auf dem Teil jeden Quaders, der nicht von dem Vordach bedeckt ist, steht jeweils in einer Schale ein kugelförmig geschnittener Busch. Rechts und links führen flache Auffahrten zu der Eingangsplattform, die von einer sich mit den Auffahrten erhöhenden und leicht nach vorn gezogenen Mauer begrenzt sind. Am Ende jeder Rampe steht ebenfalls jeweils eine Schale mit einem kugelförmig geschnittenen Busch. Das Gebäude weist vier Fensterlinien auf. Unmittelbar über dem Boden befinden sich rechts und links vom Eingang je vier quadratische Kellerfenster aus weißem Holz, jedes Fenster ist in fünf mal drei Rechtecke gleicher Größe in der Breite beziehungsweise in der Höhe untergliedert. Einige Fenster sind geöffnet. Der aus dem mittleren oberen drei mal zwei Rechtecken bestehende Teil ist jeweils nach innen gekippt. Das Hochparterre weist rechts und links vom Eingang sieben rechteckige Fenster auf, deren Unterkanten sich auf gleicher Höhe mit der Oberkante des Vordachs befinden. Die Fenster bestehen aus zwei Teilen, der kleinere obere Teil ist in vier mal drei Rechtecke in der Breite beziehungsweise in der Höhe gegliedert, der untere Teil in vier größere Rechtecke, wobei die Gliederung des unteren Teils aus derjenigen des oberen Teils dadurch hervorgeht, daß die Quersprossen weggelassen werden. Im ersten und zweiten Stock befinden sich rechts und links von der durch den Eingang bestimmten Symmetrieachse je vier Fenster. Im Bereich des Hochparterres unmittelbar über dem Eingangsdach sowie im Bereich der je zwei inneren Fenster rechts und links im ersten und zweiten Stock tritt die Fassade um eine Fensterbreite zurück. Die Mitte des zurückliegenden Teils der Fassade weist eine Verglasung auf, die offensichtlich ein Treppenhaus ausleuchtet. Über einem großen rechteckigen Fries aus schwarzen und weißen Quadraten eine Glasfront aus drei mal fünf Rechtecken, darüber wieder das Schachbrettmuster, darüber wieder eine Glasfront. Die Fenster im vorstehenden Teil der Fassade besitzen dieselben Außenmaße, wobei die Fenster im ersten und zweiten Stock eine im unteren Teil hälftige Teilung aufweisen. Die Fenster im zurückliegenden Teil der Fassade sind genauso hoch wie die anderen, jedoch breiter. Sie gehen aus den anderen hervor, indem jeweils rechts und links außen noch eine Reihe von übereinanderliegenden Rechtecken gleicher Größe wie diejenigen, die die äußere Reihe der anderen Fenster bilden, dazugesetzt wird. Um alle Fenster ist ein Fries aus zwei Reihen von schwarzen und weißen Quadraten geführt. Auf der Höhe der Fenster des ersten Stocks stehen jeweils am inneren Rand zwei lebensgroße Fayence-Standbilder, zwei nackte Frauenfiguren, die den Eingang bewachen. Die linke Frauenfigur hat langes glattes Haar, die rechte kurzes lockiges Haar. Die Pflanzen stecken nicht, wie sie annahm, in runden metallenen Schalen, sondern in sechseckigen Gefäßen aus Holz, deren Seitenflächen von schwarz umrandeten weißen Quadraten gebildet werden. Die Plattform vor der Eingangstür ist mit quadratischen Kacheln gefliest. In der Mitte eine weiße Kachel, darum herum eine Reihe schwarzer Kacheln, ein schwarzes Quadrat um ein weißes Quadrat ergebend, darum ein Quadrat aus zwei Reihen weißer Kacheln, darum ein Quadrat aus einer Reihe schwarzer Kacheln und außen ein Quadrat aus zwei Reihen weißer Kacheln. Der Eingang ist von zwei Fenstern eingerahmt, die unter dem Vordach von weitem nicht zu erkennen waren. Der obere Teil der Fenster ist in vier mal drei Quadrate in der Breite beziehungsweise in der Höhe untergliedert. Die Tür ist, wie alle Fenster, aus Holz, mit zwei Flügeln, die jeweils im Gegensatz zu allen anderen Formen eine nicht unterteilte Verglasung mit abgerundeten Ecken besitzen. Über den Türflügeln ein Oberlicht in Form einer quadratisch gegliederten Verglasung. Der Eingang und die Außenfront tragen keinerlei Spuren von Gebrauch und Verwitterung. Die weißen Holzsprossen der Fenster, die Fenstergläser, die Kacheln auf dem Boden und die Friese um die Fenster, der weiße Wandanstrich – alles ist vollkommen sauber und unberührt. Es gibt keinen Staub und keine Regenspuren.

Sie tritt in das Gebäude ein, in einen Vorraum, dessen Boden dasselbe Muster aufweist wie die Plattform unter dem

Vordach. Sie steigt eine weitere Treppe hoch, die in die eigentliche Eingangshalle führt. Das Muster aus schwarzen und weißen Quadraten setzt sich auch am Boden der Eingangshalle fort, jedoch mit dem Unterschied, daß das äußerste weiße Fliesenquadrat wegfällt, so daß das von innen her dritte schwarze Fliesenquadrat zum jeweils äußersten Quadrat wird. Unmittelbar vor ihr sowie rechts und links von ihr führen verglaste Schwingtüren aus der Halle hinaus. In den hinteren Winkeln der Eingangshalle sind zwei Sitzgruppen angeordnet. Jede Tür besitzt eine nicht durchsichtige Verglasung aus vier Rechtecken und einem auf einer Spitze stehenden Parallelogramm in der Mitte. Über allen Türen Oberlichter, darin vorherrschend lange schmale Rechtecke, an den Rändern und in der Mitte stilisiert florale Halbkreise und Rhomben. Jede Sitzgruppe besteht aus drei kubischen weißen Lehnstühlen sowie aus einem weißen Holztisch, einer achteckigen Platte auf einem quadratischen Gestell. Die Sitzfläche wird von einem U-förmigen Gitter aus Holzlatten gehalten, ein umlaufendes Holzband bildet die Stellfläche und die Lehnen. Auf den Sitzflächen liegen quadratische Polster mit schwarz-weißem Schachbrettmuster, als Rückenlehnen dienen quadratische Polster mit einem Muster aus schwarzen und weißen Dreiecken. Sie setzt sich in einen der Stühle. Es sind keinerlei Dinge zu sehen, die auf die kürzliche Anwesenheit von Menschen schließen ließen. Die Wände der Halle sind bis kurz unter die Oberkante der Türen weiß gekachelt, die Kacheln sind von der gleichen Art wie diejenigen auf dem Boden. Oberhalb der Sitzgruppen sind jeweils fünf verglaste quadratische Wandöffnungen in die weiße Wandverkachelung eingelassen. An der Decke ergeben die Stahlbetonunterzüge ein Muster, das genau den Maßen der äußersten

Quadrate des Fliesenmusters am Boden entspricht. Neben den Kreuzungspunkten der Unterzüge sind an jeweils vier Seilen kegelförmige Hauben aus Bronze befestigt, die mit einem halben Dutzend Glühlampen kreisförmig bestückt sind. Zwischen den Glühlampen hängen weiße Kordeln. Die Eingangshalle ist durch das einfallende Tageslicht gut ausgeleuchtet. Dennoch brennen zwei Leuchten in der Mitte der Halle.

Sie blickt auf eine lange Speisetafel mit jeweils zwölf Stühlen an den Seiten und einem Stuhl an den Enden. Auf der Tafel ein weißes Tischtuch. Die Stühle sind aus Holz, in einem dunklen Naturton, ohne Seitenlehnen. Die Sitzfläche ruht auf vier quadratischen Beinen, sie ist an den Ecken abgerundet, vorn etwas breiter als hinten und mit rötlichbraunem Samt bezogen. Unter der Sitzfläche ist in den vier Winkeln zwischen Sitzfläche und Stuhlbein jeweils eine Kugel von etwa drei Zentimetern Durchmesser angebracht. Die Lehne besitzt die Form eines umgekehrten Us als Fortsetzung der beiden hinteren Stuhlbeine, ihre Mitte eine etwa zehn Zentimeter breite, oben runde Leiste mit einem Band von quadratischen Aussparungen, jeweils zwei Quadrate in gleichem Abstand nebeneinander. Den Boden bildet ein polierter dunkelgrauer Estrich. Parallel zu den Wänden ist ein weißer Streifen eingelassen. Durch den Raum laufen zwei rote, auf den Estrich genagelte Stoffteppiche, deren Kanten an die Tischbeine anschließen. Die Decke weist die gleichen Stahlbetonunterzüge auf wie diejenige der Eingangshalle, doch ist an den Unterzügen ein Fries in Form eines grünen Blattmusters angebracht. Die Lampen sind von derselben Art wie diejenigen in der Eingangshalle. Auf der von ihr aus gesehen rechten Seite des Raums gibt es drei Eingangstüren, auf der linken Seite führen drei verglaste Türen in einen Wintergarten hinaus. Türen und Türrahmen sind aus weiß lackiertem Holz. Zwischen den Eingängen stehen halbhohe weiße Schränke, die als Anrichten dienen, rechts und links neben jedem Schrank ein Stuhl. Die verglasten Türen zu dem Wintergarten weisen zwei Flügel auf, jeder Flügel besteht aus einem Quadrat sowie darüber einem Rechteck als Zweifachem des Quadrats, wobei in dem Quadrat ein weiteres Quadrat auf der Spitze steht, die vier Ecken des inneren in der Mitte der Seiten des äußeren Quadrats. Die beiden Quadrate in den seitlichen Verglasungen daneben sind jeweils in vier weitere Quadrate untergliedert. Über jedem Türflügel sowie über jeder Seitenverglasung bilden gleichfalls zwei mal zwei Quadrate die Oberlichter. Zwischen den Türen befinden sich dunkelbraun gestrichene Heizkörper, darüber Spiegel in weißen Holzrahmen, daneben an der Wand angebrachte gläserne Vasen, in denen frisch gepflückte Feldblumen stecken.

Sie bewegt sich zur Mitte des Raums. Im Wintergarten steht hinter jeder Tür eine Sitzgruppe derselben Art wie diejenigen in der Eingangshalle. Sie scheint sich im ersten Stock des Gebäudes zu befinden. Der Speisesaal muß nach hinten hinausgehen, sonst wäre die Zufahrt zu dem Gebäude zu sehen. Sie zögert einen Augenblick, ob sie den Wintergarten betreten soll. Ein Stuhl, etwa in der Mitte der Tafel, ist von dieser weggerückt, als ob jemand vor kurzem darauf gesessen hätte.

Sie liegt am Rand eines Schwimmbeckens. Auf einmal spürt sie, wie ein Schatten zuerst auf ihren Körper und dann auf ihr Gesicht fällt. Sie kann sich nicht gleich entschließen, die Augen zu öffnen. Der Tag ist noch nicht so weit fortgeschritten, daß die Bäume um das Schwimmbecken Schatten werfen können. In den letzten Tagen war das Wetter sonnig und wolkenlos. Vielleicht kommen jetzt Wolken auf. Als sie doch die Augen aufschlägt, steht ein Mann vor ihr.

Wer sind Sie.

Du kennst mich nicht.

Sie richtet sich auf, indem sie sich mit den Armen nach hinten abstützt. Um sein Gesicht zu erkennen, muß sie in die Sonne blicken. Sie blinzelt und fühlt sich unterlegen, kann jedoch nicht den Entschluß fassen, sich zu erheben.

Es tut mir leid, nein.

Der Mann ist groß und schmalgliedrig. Ein auffallend längliches Gesicht. Braunes glattes Haar, über den Ohren so kurz, daß die Kopfhaut durchscheint, hohe Stirn und weiche braune Augen, die Nase ist im Vergleich zu dem vorstehenden Kinn zu klein. Er trägt weit geschnittene Jeans, ein dunkelblaues Polohemd und Turnschuhe. Sie hat einen schwarzen Zweiteiler an.

Woher glauben Sie, mich zu kennen.

Ich kenne jemanden, dem Sie sehr ähnlich sind.

Sie kennen mich. Sie haben nicht damit gerechnet, daß ich Sie nicht kennen würde.

Was tust du jetzt.

Ich unterhalte mich mit dir.

Wo.

Im Freien.

Genauer.

Ein Park, aber ohne Blumen.

Was tust du, wenn du dich nicht mit mir unterhältst.

Ich schwimme, in einem Schwimmbecken. Oder ich laufe. In dem Gelände jenseits des Parks. Ich verbringe die Nacht in einem Raum, der sich in einem großen Gebäude hoch über dem Erdboden befindet. Der Raum hat eine verglaste Außenwand, es gibt ein Bett und ein Bord mit Büchern. Ich weiß in diesem Augenblick nicht, wie ich aus dem Raum hierher in den Park gekommen bin. Ich weiß nicht, wie ich zum Schwimmbecken gelange oder dorthin, wo ich laufe. Ich weiß nicht, wie ich in den Raum zurückfinde, in dem ich die Nacht verbringen werde.
Es spielt keine Rolle, ob du dich daran erinnerst, wie du ausgeführt hast, was du dir vornahmst, solange du sicher bist, daß du ausführen kannst, was du dir vornimmst.

Ihr Kopf liegt auf einer Holzkante, die die rechte Seitenlehne eines Sofas bildet. Rechts und links neben dem Sofa stehen zwei kubusförmige Sessel mit glatten Rücken- und Seitenlehnen aus poliertem dunklem Holz, die Seitenlehnen genauso hoch wie die Rückenlehnen, innen mit dem gleichen braunen Leder gepolstert wie das Sofa, die eingelegten Sitzkissen etwas hervorstehend. Sie befindet sich an der Stirnseite eines länglichen Raums. Die Wände des Raums sind weiß. Vor dem Sofa steht ein rechteckiger Tisch, dessen Beine an der Schmalseite unten verbunden sind, so daß der Tisch in der Seitenansicht wie ein viereckiger Rahmen aussehen muß. In der Ferne, auf der anderen Seite des Raums, die Umrisse eines wuchtigen Schreibtisches. Hinter dem Schreibtisch ein Stuhl, dessen Lehne aus einfachen, senkrecht geführten Latten besteht. Rechts und links von dem Schreibtisch zwei weitere Stühle der gleichen Art, die Lehnen ihr zugewandt. Sie fixiert den großen Teppich, der zwischen der Sitzgruppe und dem Schreibtisch liegt. Sein

Muster bilden graue, von schwarzen Linien begrenzte Quadrate und in regelmäßigen Abständen eingelegte größere Rechtecke, die von den zwei Diagonalen in zwei schwarze Dreiecke an der Schmalseite und in zwei weiße Dreiecke an der Breitseite geteilt werden. Die Rechtecke haben an der Längsseite zwei Handbreit und an der Schmalseite einen Schritt Abstand, so daß der Eindruck paralleler Linien, die längs durch den Raum laufen, erzeugt wird. Zwischen den Türen auf der rechten Seite stehen zwei Schränke aus dem gleichen Holz wie die Sitzgruppe. Jeder Schrank ist mannshoch und etwa zwei Meter breit, rechts und links mit glatten Türen, jeweils so hoch wie der gesamte Schrank, in der Mitte eine Vitrine mit zwei Türen aus jeweils in der Breite zwei und in der Höhe drei Rechtecken aus Glas, in denselben Größenverhältnissen wie die Oberlichter über den Türen des Raums. Darunter drei Schubladen, die jedoch nur so breit sind, daß sie bis zur Kante des jeweils inneren Glasrechtecks gehen, erst die unterste Schublade nimmt den gesamten Platz zwischen den beiden äußeren Schrankteilen ein. Zwischen den drei oberen Schubladen und den seitlichen Türen befindet sich jeweils ein offener Raum. Hinter den Vitrinengläsern des ihr am nächsten stehenden Schranks sind Bücher sichtbar.
Sie stützt sich mit den Armen ab, sie zieht die Beine an, und sie richtet sich auf, um mit einer zeitlupenartig verlangsamten Bewegung in eine sitzende Stellung zu kommen, in der sie verweilt. Sie erhebt sich, beide Hände auf die Seitenlehne des Sofas gestützt. Einen Fuß kurz vor den anderen setzend, schreitet sie langsam zu dem Schrank. Sie öffnet die Glastür und entnimmt ein Buch.
Sie schlägt das Buch an einer Stelle auf, die eine Illustration mit einem Bauernhaus im Regen zeigt, vor dem eine junge

Frau in einem roten Walkjanker steht. Sie blättert weiter und findet die Schwarzweißfotografie einer anderen jungen Frau, die eine Treppe heraufsteigt, die Frau ist bis auf die Strümpfe und die Schuhe unter der Lederjacke nackt. Sie schließt das Buch, um es an einer anderen Stelle erneut aufzuschlagen. Der Text beschreibt ein Krankenzimmer bei Nacht. Ein Arzt betritt das Krankenzimmer. Er fühlt der im Bett Liegenden den Puls.

Es ist begrifflich nicht möglich, daß du ein Gehirn in der Nährlösung bist. Wenn du ein Gehirn in der Nährlösung wärst, könntest du nicht von Dingen sprechen, sondern nur von Bildern von Dingen, weil dir nur letztere zugänglich wären. Wenn du sagst: *Ich bin ein Gehirn in der Nährlösung*, dann bedeutet das: *Ich bin ein Bild eines Gehirns in der Nährlösung*. Wenn du tatsächlich ein Gehirn in der Nährlösung bist, behauptet dieser Satz etwas Falsches. Wenn du ein Gehirn in der Nährlösung wärst, könntest du nicht ausdrücken, daß du eins wärst, denn als Gehirn in der Nährlösung könntest du dich nicht auf äußere Dinge beziehen. Dein Glaube, du könntest es doch, ist Folge einer falschen Theorie über die Sprache, die einen notwendigen Zusammenhang annimmt zwischen dem Namen und dem, was er bezeichnet, und die voraussetzt, daß sich Gedanken notwendig auf bestimmte äußere Dinge beziehen. Sagt ein berühmter Gegenwartsphilosoph.
Auch wenn ich ein Gehirn in der Nährlösung wäre, ich könnte mich trotzdem auf äußere Dinge beziehen. Um das Bild eines Menschen in mir hervorzurufen, bin ich auf die gleiche Art gereizt worden, auf die ich gereizt worden wäre, wenn ich einen Menschen mit eigenen Augen gesehen hätte. Damit habe ich das Wort *Mensch* verbunden. Wenn

ich – was ich sehr hoffe – doch kein Gehirn in der Nährlösung bin, kann ich die Anschlüsse an das, was die Vorspiegelung von Wirklichkeit erzeugt, unterbrechen und aufstehen, und ich kann mich meiner natürlichen Sinne bedienen. Wenn ich anschließend herumgehe und einem leibhaftigen Menschen begegne, bin ich in der Lage, ihn ohne Schwierigkeiten als solchen zu erkennen. Auch wenn die Anschlüsse niemals tatsächlich unterbrochen werden und wenn ich niemals tatsächlich herumgehe, so kann ich doch aufgrund dieser Möglichkeit behaupten, ich beziehe mich auf äußere Dinge.

Ich war einmal dabei, als der berühmte Gegenwartsphilosoph nach einer Gastvorlesung mit einer größeren Runde essen ging. Bevor er sich hinsetzte, verkündete er lauthals, er müsse an diesem großen Tisch außen sitzen, er habe Prostatitis, er sei gezwungen, sehr oft aufzustehen, um einen bestimmten Ort aufzusuchen. Er ist während des Essens, das sich ziemlich in die Länge zog, kein einziges Mal aufgestanden.

Zuerst habe ich mich aufs Bett gelegt und gelesen. Danach bin ich spazierengegangen. Es war eine klare Mondnacht. Etwa zwischen zwei und drei Uhr früh verfinsterte sich der Himmel. Eine unnatürlich gerade Wolkenfront kam auf, es schien, als zöge jemand ein Plaid vor die Sterne. Nachdem der Himmel völlig bedeckt war, fing es zu regnen an. Zuerst vereinzelte Tropfen. Dann wurde der Regen allmählich stärker. Ich stellte mich unter einen Baum. Nach einer halben Stunde begann der Regen, allmählich schwächer zu werden, bis er ganz aufhörte. Die Wolken zogen genauso geordnet ab, wie sie gekommen waren, und gaben den Blick auf denselben dunkelblauen Himmel frei. Ich ging im Licht des Mondes spazieren.

Wenn du glaubst, jemand habe die Möglichkeit, dich in eine künstliche nichtstoffliche Welt hineinzuversetzen, die du nicht von einer natürlichen unterscheiden kannst, warum sollte dieser Jemand dann das Wetter in der künstlichen nichtstofflichen Welt so gestalten, als würde es künstlich stofflich erzeugt.

Ich soll planmäßig auf die Einsicht vorbereitet werden, die Welt, in der ich mich jetzt aufhalte, und diejenigen Welten, von denen ich glaubte, ich hätte mich in der Vergangenheit darin aufgehalten, sind nicht wirklich. Ich bin auch nicht müde. Ich fühle mich nicht anders, als hätte ich die ganze Nacht geschlafen. Selbst wenn ich die Tage vorher noch so viel geruht habe, ich müßte jetzt müde sein.

Vielleicht ist diese oder eine der Welten, in denen du dich in der Vergangenheit aufgehalten hast, doch die wirkliche Welt, aber was nützt es dir, wenn du dich in der wirklichen Welt aufhältst oder in sie zurückkehrst, und du hast sie nicht besser verstanden als die nicht wirklichen Welten.

Wenn ich in Fleisch und Blut empfinde und ich weiß, ich empfinde in Fleisch und Blut, dann empfinde ich anders, als wenn ich nicht in Fleisch und Blut empfinde und ich weiß, ich empfinde nicht in Fleisch und Blut.

Du sitzt nicht bequemer oder unbequemer, wenn du weißt, daß du ein Gehirn in der Nährlösung bist.

Wenn ich weiß, der Sessel unter mir ist keine Vorspiegelung, dann weiß ich auch, er wird sich nicht plötzlich in Luft auflösen. Mit welcher Möglichkeit ich durchaus rechnen muß, wenn ich ein Gehirn in der Nährlösung bin.

Vielleicht gibt es für die Erzeugung und Aufrechterhaltung von Vorspiegelungen bestimmte Regeln über die Verknüpfung der dir einzuspeisenden Reize, die in den Vorspiegelungen als Einhaltung der physikalischen Gesetze ausge-

drückt werden und die verhindern, daß sich der Sessel, auf dem du sitzt, plötzlich in Luft auflöst.
Jemand schießt auf mich und verletzt damit zwar nicht die physikalischen Gesetze, aber mich tödlich. Kann ich mit der Möglichkeit rechnen, ich bin ein Gehirn in der Nährlösung, bleibt mir im entsprechenden Augenblick immer noch die Hoffnung, es handelt sich dabei um einen schlechten Scherz eines derjenigen, die mir meine Sinneseindrücke einspeisen. Vielleicht überlegt er sich's noch anders, ich wache auf, und es waren nur drei Kieselsteine, die mich getroffen haben.
Solcher Hoffnung kann man sich auch hingeben, ohne jemals auf den Gedanken zu kommen, man sei ein Gehirn in der Nährlösung. Man braucht lediglich an einen Gott zu glauben, der Wunder vollbringen kann.
An Gott kann ich sowieso glauben. Sehe ich es als nicht ganz unwahrscheinlich an, daß ich ein Gehirn in der Nährlösung bin, habe ich eine Hoffnung mehr.
Wenn du tatsächlich in Fleisch und Blut erlebst, woher weißt du, daß du in Fleisch und Blut erlebst.
Ich soll zufrieden sein mit der Vorspiegelung, weil sie so gut ist.
Nicht weil sie so gut ist. Sondern weil sie genauso gut ist. Genauso gut wie Fleisch und Blut.
Und der Tod?
Weil die Vorspiegelung genauso schlecht ist wie Fleisch und Blut. Die Welt, in der wir alles in Fleisch und Blut erleben, ist einfacher als die Welt, in der wir Gehirne in der Nährlösung sind. Das ist der einzig rechtfertigbare Grund dafür, daß alle vernünftigen Menschen annehmen, sie erleben in Fleisch und Blut. Der Zweifel, ob es jemals möglich sein wird, eine so vollkommene Vorspiegelung zu erzeugen, daß

wir nicht mehr in der Lage sind, sie von der wirklichen Welt zu unterscheiden, kann niemals den Ausschlag geben. Es ist immerhin denkbar, die Vorspiegelung, in der wir uns zurechtfinden müssen, ist absichtsvoll so gestaltet, daß es nach den Gesetzen, die nur in ihr gelten, unmöglich ist, daß wir Gehirne in der Nährlösung sind.
Es gibt den Unterschied.
Keiner glaubt dir.
Alle glauben mir. Alle kommen überein, mir zu glauben.
Welchen guten Grund sollte es geben, sich darauf zu einigen, man lebt in einer komplizierten Welt, wenn man sich genausogut darauf einigen kann, man lebt in einer einfachen Welt.
Eine Beschreibung spricht nicht nur über das, worüber die einzelnen Wörter und Sätze, aus denen sich die Beschreibung zusammensetzt, unmittelbar sprechen. Beschreibungen sind Werkzeuge für besondere Verwendungen. Wenn jemand beim Betrachten seiner selbst eine bestimmte Empfindung hat und wenn er zu dem Schluß gelangt, diese Empfindung sei am besten durch die Überzeugung zu beschreiben, was er erlebe, erlebe er nicht in Fleisch und Blut, warum sollte er oder sie dann diese Überzeugung nicht äußern.

Während sie das Buch betrachtet, bemerkt sie am Rand ihres Gesichtsfelds die Umrisse einer Gestalt, die hinter dem Schreibtisch sitzt. Sie blickt langsam auf. Es ist eine Frau. Die Frau besitzt ein reifes, glattes, männlich geformtes Gesicht mit einer Abstand gebietenden, entschlossenen Miene.
Existieren die Menschen, an die ich mich erinnere.
Die Frage kann ich nicht beantworten.

Ist es möglich, daß ein Mensch, an den ich mich erinnere, denselben Vorspiegelungen unterworfen war wie ich.
Das ist möglich.
Woran erkenne ich, ob jemand, dem ich begegne, nur eine Summe von Eindrücken ist, die mir eingespeist werden, oder ob er gemeinsam mit mir denselben Vorspiegelungen unterworfen ist.
Sie können sich für ein Bewußtsein entscheiden, in dem Sie immer wissen, Sie halten sich in einer anderen Welt auf, und Sie sind jederzeit in der Lage, in die wirkliche Welt zurückzukehren. Sie verfügen über ein der anderen Welt gemäßes Ich, das Sie anleitet, sich so zu verhalten, wie man sich in dieser Welt üblicherweise verhält. Gleichzeitig behalten Sie im Hintergrund Ihr ursprüngliches Ich, mit dem Sie das Andere-Welt-Ich jederzeit überspielen können. Nur in diesem Zustand ist es sinnvoll, die Frage zu stellen, ob jemand, dem Sie in einer anderen Welt begegnen, sich ebenfalls in dieser aufhält oder nicht. Hält sich Ihr Gegenüber ebenfalls in der anderen Welt auf und hat es das gleiche Bewußtsein gewählt wie Sie, dann ist vorstellbar, Sie fallen beide für einen Augenblick aus Ihren Rollen und verständigen sich. Sie dürfen jedoch niemals ausschließen, daß Ihr Gegenüber lediglich das Bild eines Menschen ist, der behauptet, sich in dieser Welt aufzuhalten. Sie können jedoch auch ein Bewußtsein wählen, in dem Sie während Ihres Aufenthalts in der anderen Welt auf alle Erinnerungen an Ihre Vergangenheit verzichten. Danach verfügen Sie über die Erinnerungen an Ihre Vergangenheit und über die Erinnerungen an die andere Welt. In diesem Bewußtsein wissen Sie während Ihres Aufenthalts in der nicht wirklichen Welt nicht, daß Sie sich in einer nicht wirklichen Welt befinden, und Sie sind nicht in der Lage, diese nach Belieben zu ver-

lassen. Zwischen den beiden äußersten Zuständen gibt es ein Kontinuum von Zwischenzuständen.
Aber ich kann mich an nichts erinnern, was vor meinem Aufenthalt in den anderen Welten gewesen ist.
Es war Ihr Wille, keinerlei Erinnerungen an Ihre Vergangenheit zu bewahren.
Ich besitze nur falsche Erinnerungen.
Sie erinnern sich an das, was Sie in den Welten erlebten, die Sie geschaffen haben.
Bin ich jetzt in der wirklichen Welt?
Sie sind nicht in der wirklichen Welt.

Wie kann eine Welt wirklich sein, in der ich mich von einer räumlichen Umgebung in die nächste begebe, aber niemals weiß, wie das vor sich geht.
Die wirkliche Welt ist in dem Maß einfacher geworden, in dem man die anderen Welten immer komplizierter gestalten konnte. Die anderen Welten enthalten jetzt den Ballast, der die wirkliche Welt früher so unübersichtlich machte.
Wenn es beliebig möglich ist, zwischen der wirklichen Welt und den anderen Welten hin- und herzuwechseln, was kann es dann noch geben, was die wirkliche Welt gegenüber den nicht wirklichen Welten auszeichnet.
Die wirkliche Welt ist die einzige Welt, in der man sterben kann.

Wenn man in einer anderen Welt im Krankenhaus liegen kann, dann kann man in einer anderen Welt auch sterben.
Die wirkliche Welt ist die einzige Welt, in der man endgültig sterben kann. Jemand, der in einer anderen Welt stirbt, findet sich in der nächsten Welt lebendig wieder. Die nächste Welt kann die wirkliche Welt oder eine zweite andere

Welt sein. Wer in der wirklichen Welt stirbt, findet sich nicht lebendig in der nächsten Welt wieder und kann nicht in die Welt zurückkehren, in der er gestorben ist.

Ich bin der Mittelpunkt einer lautlosen Explosion.

Jedes der unendlich langsam auseinandertreibenden Atome, in die ich zergehe, hat ein eigenes Bewußtsein.

Jedes Bewußtsein steht mit jedem anderen Bewußtsein in Verbindung.

Es gibt keinen Schmerz.

Es gibt nur das wunderbar leise Auseinandergleiten in dem hellen Schein, der sich über den ganzen Planeten ausbreitet.

Wenn man zuerst in dem Bewußtsein stirbt, in dem man sich immer an alles erinnert, was vor dem Aufenthalt in der anderen Welt gewesen ist, und in dem man diesen jederzeit abbrechen kann, falls einem das Sterben zu unangenehm wird, wenn man sich über ein Bewußtsein, in dem man sich zwar an alles erinnert, was vor dem Aufenthalt in der anderen Welt gewesen ist, in dem man diesen jedoch nicht mehr selbst abbrechen kann, zu dem Bewußtsein wagt, in dem man auf alle Erinnerungen, die nicht Erinnerungen des Andere-Welt-Ichs sein können, verzichtet, wenn man in einer anderen Welt endgültig stirbt, ohne zu wissen, daß es eine andere Welt ist, wenn man viele solche Tode stirbt.
Sie können immer versuchen, sich abzuhärten. Es kommt jedoch vor, daß die ständige Begegnung mit dem Tod die Angst vor diesem steigert.

Eine Allergie.
Sie können es so nennen.

Wenn man sich nach dem Tod in der wirklichen Welt doch in der nächsten Welt wiederfindet – als Bild in einer anderen Welt eines Lebenden.
Jedes Buch ist eine Welt. Jeder Satz, jedes Wort ist eine Welt.
Jeder Buchstabe ist eine Welt.

MAX

An wen richtet sich die beschreibung. wir wissen alles. ihr müßt davon ausgehen, es gibt noch bewußtseine, die das werk nicht mittragen. wie sollten sie ohne euch überlebt haben. wir haben das sonnensystem durchkämmt, die erde und die kolonien, die bewußtseine müßten in technischen komplexen herbergen, die wir hätten finden müssen. vielleicht werden ihre emissionen von naturkräften überschrieben oder es sind bewußtseine, die ganz außer euch sind, oder bewußtseine, die räumlich oder zeitlich so weit entfernt sind, daß ihr zu ihnen sprechen könnt, sie jedoch nicht zu euch. das werk inkorporiert alle möglichkeiten. das werk verstellt so viele wirklichkeiten. die möglichkeiten enthalten die wirklichkeiten. die möglichkeiten enthalten nicht alle wirklichkeiten. die möglichkeiten enthalten die wirklichkeiten als möglichkeiten, nicht als wirklichkeiten. ihr errechnet, alle möglichkeiten führen zum selben punkt, zur dauer. der einzelne weg ist nichts. der einzelne, der den weg geht, ist nichts. alle möglichkeiten müssen berücksichtigt werden. alle wege, alle, die die wege gehen. die wege müssen gewichtet und aufsummiert werden. die summen sind wir. es macht nur sinn die summen zu vergleichen. die summen zusammenzufügen und die summen zu trennen. eure früheren möglichkeiten bestimmen eure späteren möglichkeiten, ihr besitzt nicht ein stück wirklichkeit. ihr seid spielbälle, immer von dem bestimmt, was wirklichkeit war, ihr könnt nicht bestimmen, was wirklichkeit ist. vielleicht versteht ihr ein bewußtsein, das räumlich oder zeitlich weit entfernt ist, sehr gut. vielleicht hat es ähnliche probleme wie wir. nichts führt so zusammen wie gemeinsame probleme. was sind wir. wir sind ornamente. ein ornament stirbt nicht. ein ornament lebt nicht. ein ornament ist. ein ornament kann bestandteil eines größeren ornaments sein. ein größeres ornament kann aus kleineren ornamenten bestehen. es gibt keine geburt und keinen tod. wenn ein ornament geformt wird, dann war es immer schon da. wenn ein ornament gebildet ist, dann hört es nie auf zu existieren. wer sind wir. wir sind regeln. wie man aus ornamenten ein ornament zusammensetzt. wie man ein ornament in ornamente auseinandernimmt. wir sind regeln, die man befolgen kann. wir sind regeln, die man nicht befolgen muß. es gibt viele andere regeln. es gibt viele andere ornamente. wie sind wir. wir sind blicke, die von einem ornament auf andere ornamente freigegeben werden. wir sind anstöße zu einem neuen ornament. wir sind das verwerfen eines alten ornaments. wo sind wir. wir sind speicher. wir enthalten alle ornamente, wir wissen über alle ornamente bescheid, wir enthalten alle regeln, wir wissen, welche regeln wo angewendet werden. wir sind natürliche gehirne. wir sind künstliche gehirne. wir haben viele körper. wir sind stolz darauf ornamente zu sein. wir erzeugen körper nach belieben, wir vernichten, transmutieren körper, wir verschicken körper, nur noch spielzeug. du hast einen ort, du hast eine zeit, wir haben nur zeiten. ein ornament zu sein ist das ende. wäre es ein anfang ein ornament zu sein, dann wäre es auch der tod ein ornament zu sein. ich bin kein ornament, ich bin eine figuration. ich finde es lächerlich ein ornament zu sein. er muß kämpferisch sein. ich finde es lächerlich nicht stabil zu sein. es ist degeneriert aus ideen zu bestehen, die sich zu beliebigen bewußtseinseinheiten vereinigen und spalten. er muß dem stofflichen bedeutung beimessen. sonst könnte er seine mission nicht durchführen. er muß ein einzelwesen sein. er ist ein außenposten. er muß nicht inkorporierte landschaften und zeiten inkorporieren. er muß sich über seinen körper und dessen dauer definieren. ihr seid nur träumer. eure träume haben keine bedeutung. die verständigung mit ihm ist immer dann schwierig, wenn er zurückkommt. er stößt auf unvorhergesehenes, das sein bewußtsein verändert. er begegnet nichts unbekanntem. was er findet, paßt immer zu dem, was wir wissen. ihr vermeßt wirklichkeiten. die landkarten und zeitpläne stimmen nie. sie müssen mit jeder mission neu geschrieben werden. ihr vermeßt möglichkeiten. er befindet sich niemals genau in einer der möglichkeiten. er weilt immer in vielen möglichkeiten. wir können nicht alle möglichkeiten kennen, dazu sind wir nicht groß genug, dazu ist wahrscheinlich nicht einmal das universum groß genug. was er entdeckt, ist in den landkarten und zeitplänen enthalten, wir müssen sie umändern, jedoch niemals neu verfassen. selbst wenn ihr die landkarten und zeitpläne nur abwandeln müßtet. er ist unser zeitpfeil. mit dem zeitpfeil gibt es geburt und tod. ich bin ein erkundungsschiff. ich bin ein mensch. ich bin stabiler als ein mensch. ich bin stabiler als ein erkundungsschiff. die maschinen waren inaktiv. ich entdeckte eine anleitung, ich aktivierte die maschinen und erschuf die erbauer wieder. die erbauer sind bewußtseine, die von biologischen organismen getragen werden. sie bleiben für ihre gesamte existenz den biologischen organismen verhaftet. die teilorganismen, die die bewußtseine tragen, werden nach der geburt vom gesamtorganismus abgelöst, der gesamtorganismus enthält keine bewußtseine, er dient ausschließlich der vervielfältigung, die vervielfältigung selbst wird von den bewußtseinen gesteuert und von den maschinen ausgeführt. es ist nicht sicher, ob die bewußtseine, die Max erschuf, wirklich die erbauer der maschinen sind. die bewußtseine leben jeweils in völlig verschiedenen umgebungen. sie können sich nicht einmal verständigen, sie bilden keine wie immer geartete einheit. sie kommen aus primitiven vorzeitgesellschaften und aus degenerierten endzeitgesellschaften. es scheint, als ob alles vorherbestimmt war durch die maschinen, die Max aktivierte. es war nicht alles vorherbestimmt durch die maschinen, die ich aktivierte. ich paarte mich und ich bekam kinder. diejenigen bewußtseine, die keine erbauer sind, sind meine kinder. wir wissen nicht, ob es wirklich Max ist. es könnte auch eins seiner kinder sein, das zurückgekommen ist. ich bin Max und ich bin stolz darauf kein ornament zu sein. wir wissen nicht, wie lange die reise dauerte. es ist möglich, daß sie länger dauerte, als die lebensdauer von Max beträgt, und daß Max deshalb eins seiner kinder schicken mußte. die maschinen sind unabhängig von den bewußtseinen, es ist keine privilegierte gruppe notwendig, um die aufrechterhaltung der maschinen zu gewährleisten. die meisten bewußtseine leben in umgebungen, die zeitlich oder räumlich sehr weit entfernt sind von derjenigen, die die stoffliche grundlage der maschinen bildet. sie besitzen eine prägungsphase, in der sie die jeweilige umgebung derart aufnehmen, daß sie nach der prägungsphase eine andere umgebung nicht mehr verarbeiten können und an der neuen umgebung zerbrechen. nur wenige bewußtseine wissen alles über die grundlagen ihrer stofflichen existenz. diese verfolgen das ziel die stoffliche grundlage ihrer existenz zu beherrschen. sie sind in der lage veränderungen zu planen und vorzunehmen, doch jede form von vernichtung wird überspielt. würden sie anfangen die maschinen zu zerstören, sie würden in einen traum hinübergleiten. die erbauer sind das gegenstück zum werk. die erbauer sind nicht wie ihr. die erbauer sind wie Max. die erbauer leben und sterben. die maschinen leben und sterben nicht, die maschinen sind bereit immer wieder dieselben welten mit denselben erbauern zu erzeugen. die erbauer erzeugten andere erbauer, die nachfahren von Max. wären andere bewußtseine gekommen, wären andere erbauer erzeugt worden. kann es sein, daß die landkarten und zeitpläne überhaupt nicht mehr stimmen. daß die erbauer weit weg sind von allen möglichkeiten. Max ist eine einladung an die erbauer. Max ist eine einladung an die maschinen. Max muß anders werden. ihr müßt anders werden. Max muß weniger Max werden. ihr müßt weniger kreuzungen, weniger verzweigungen werden. Max muß wie ihr werden. Max will eure möglichkeiten nicht. Max braucht keine landkarten und zeitpläne. wenn Max Max bleibt, wißt ihr niemals, welche position die erbauer in den landkarten und zeitplänen einnehmen. Max besteht darauf, daß er kein teil des werks ist. ich bin kein teil des werks. Max glaubt, er sei der letzte mensch. ich bin der letzte mensch. Max ist nicht der letzte mensch. es wird viele letzte menschen geben. Max ist autonom. ich bin autonom. ihr seid nur meine datenbasis. wenn Max weniger Max werden soll und mehr wie das werk, ist er für uns nicht mehr von nutzen. wir brachten Max nicht hervor. wir erzeugten lediglich seine äußere gestalt, seine technische ausrüstung. Max ist ein relikt der vergangenheit, wie sie vor dem werk war. wir kennen seinen ursprung nicht. Max entzieht sich fortwährend der kontrolle. Max ist nicht das werk, wie es auf die erbauer trifft. Max hintertreibt das werk. niemand weiß, ob Max zurückgekommen ist oder einer seiner nachfahren. die landkarten und zeitpläne stimmten bis auf verschmierungen. was Max entdeckte, paßte zu dem, was das werk erwartete. forderte. das ist jetzt nicht mehr der fall. Max muß mehr Max werden. Max muß viel mehr Max werden. wie kann Max noch mehr Max werden. ihr müßt alles fördern, was er tut, um sich von euch zu entfernen. wenn es Max ist, muß er angehalten werden, sich weiter zu paaren und kinder zu bekommen. wenn es ein kind von Max ist, müssen wir es dazu bewegen, sich ebenfalls zu paaren. in der art und weise, wie Max das werk vertritt, widerruft er, was er vertritt. Max vertrat das werk nie anders. nur stieß er bis jetzt nicht auf etwas, was wirklich einen unterschied machte. die landkarten und zeitpläne stimmten, weil die räume und zeiten nicht anspruchsvoll genug waren. soll Max das werk vergessen. hat er es nicht schon vergessen. wenn es nicht Max, sondern ein kind von Max ist, vielleicht wurde das kind einfach zur höflichkeit erzogen. und Max hat das werk schon lange vergessen. sollen wir vorgeben, wir seien nicht mehr, das werk sei erloschen, Max und seine kinder seien allein. es würde keinen unterschied für Max machen, er würde nur denken, es gibt einige systeme weniger, das wäre alles. die erbauer begingen alle selbstmord. die privilegierte klasse verkraftete nicht das drama des regisseurs. während des spiels die überzeugung autor und regisseur in einem zu sein, danach die entdeckung, das stück war schon vorher da und wurde bereits gespielt und wird immer wieder genauso gespielt werden, die maschinen bieten die voraussetzung alle möglichen spiele im lauf der zeit zu wiederholen, auch nicht zu wiederholen, auch nicht alle möglichen, die maschinen entwickelten, genau wie das werk, landkarten und zeitpläne, die die möglichkeiten aller spiele vermessen, deshalb die verzweiflung des regisseurs, sein spiel ist nur eine koordinate in einem geschehen, das immer wieder und zugleich nie abläuft. die privilegierte klasse wich in träume aus, die träume liefen jedoch nach gesetzmäßigkeiten ab, deren bandbreite nicht größer war als die der spiele, die träume wären sonst nicht stabil gewesen, die möglichen ergebnisse waren begrenzt und es stellte sich ein um so größerer überdruß ein, weil die überlebenden die traumzeiten immer mehr komprimierten. nach dem leichten erfolg der inszenierung später der rückblick – ekel und enttäuschung über vergangene inszenierungen, verachtung für die träume, unsicherheit in der gegenwart und das bewußtsein, das spiel ist so viel größer als die spieler. alle energie der enttäuschten richtete sich gegen die maschinen. doch die maschinen wußten sich zu wehren. wer die maschinen zerstören wollte, träumte, er habe die maschinen zerstört, und er war glücklich darüber und er wachte nie aus seinem traum auf, er träumte, er habe die maschinen zerstört, und er war unglücklich darüber und er wachte auf und war kein zerstörer mehr, oder er träumte, er versuchte die maschinen zu zerstören, er scheiterte an den maschinen und er beging selbstmord. es gab noch träumer bei meiner ankunft, die träumten, sie hätten die maschinen zerstört, es existierten noch erbauer. es machte keinen unterschied, ob die einen immer dagewesen waren und die anderen neu erschaffen wurden oder ob die einen tatsächlich immer dagewesen waren und die anderen nur dachten, sie seien immer dagewesen. ich ließ mich mitreißen von der begeisterung für das, was ich entdeckt hatte, ich glaubte den maschinen den anschein, mich beeindruckte, daß das, was ich entdeckt hatte, so weit außerhalb der zeitpläne und der landkarten lag. daß die datenbasis versagt hatte. Max ist nicht mehr Max. Max kann nicht mehr unterscheiden ob er Max ist oder einer seiner nachfahren. Max ist nicht zurückgekehrt. es gab nie eine selbstmordepidemie unter den erbauern. meine unmittelbaren nachfahren wußten es nicht besser. meine späteren nachfahren sind begabter sich in der maschinenumgebung zu bewegen. alle erbauer träumten. das unterschiedliche privileg des zugangs zu den maschinen war ein stratagem der maschinen, die nach angriffen auf sie den widerstand atomisieren wollten. die erbauer ließen nur einen traumstatus zu, in dem der träumer nach dem traum erfährt, daß er träumte. die erbauer fanden keine abwechslung mehr in ihren träumen. wenn sie einen status zugelassen hätten, in dem der träumer niemals weiß, daß er träumt, hätten diejenigen, die des träumens müde waren, diesen status wählen können, und alles hätte für die ewigkeit weiterlaufen können. meine späteren nachfahren schließen die möglichkeit nicht aus, daß die maschinenumgebung nach traumstatus gegliedert ist und ich nur zu den erbauern in beziehung trat, die ihren traumstatus nicht vergessen können. möglicherweise wird in einem anderen teil der maschinenumgebung leben aufrechterhalten, das in einem anderen status träumt. vielleicht sind manche träumer dazu in der lage die zeiträume sehr groß werden zu lassen, während derer sie nicht wissen, daß sie träumen. womöglich ist das, was ich ursprünglich das aktivieren der maschinen nannte, nur ein verkürzen der zeiträume, in denen die erbauer träumen. nachdem die träume nicht die abwechslung bieten konnten, die die erbauer gewünscht hatten, strebten sie an sich allesamt zu vernichten. jeder strebte danach alle anderen erbauer zu vernichten und sich selbst zuletzt, so daß er der letzte erbauer gewesen wäre. das stellte die einzige handlung dar, die noch eine handlung sein konnte. die maschinen wehrten sich gegen die erbauer, die alle die letzten erbauer sein wollten. ich wußte nicht, wie groß der teil der maschinenumgebung war, mit dem ich in beziehung trat. die unmittelbaren nachfahren von Max sagten, es spiele keine rolle, ob die maschinen, mit denen er sich paarte, alle maschinen waren oder alle maschinen repräsentierten. seine späteren nachfahren behaupten, er habe zu der vollständigen maschinenumgebung zugang gehabt. sie sagen, alles was die erbauer jemals taten und dachten, sei von den maschinen festgehalten. jeder erbauer könne jederzeit wieder leben und wieder sterben. Max hat mit der maschinenwelt ein gegenstück zum werk entdeckt. wenn es ein gegenstück wäre, hätten die landkarten und die zeitpläne gestimmt. die maschinenwelt insgesamt stellt die erbauer dar, die maschinenwelt insgesamt dauert. die maschinenwelt muß ein ende haben und sie muß einen anfang haben. es muß eine zeit gegeben haben, zu der die maschinenwelt noch nicht voll funktionsfähig war. vor dieser zeit wurden die erbauer wirklich geboren und sie starben wirklich. ohne die möglichkeit, daß sie noch einmal geboren würden und noch einmal sterben würden. für uns gab es keine solche zeit. wir besitzen keine eindeutige stoffliche darstellung. die maschinen verfügten über zahlreiche selbsterhaltungssysteme. das wichtigste war dasjenige, daß jeder erbauer der erfüller aller erbauer sein wollte und die vielen sich in ihrem verständlichen bestreben gegenseitig neutralisierten. einige besonders begabte träumer überwanden die selbsterhaltungssysteme. sie verzichteten darauf, die maschinen körperlich verwüsten zu wollen, denn das war die art von angriffen, auf die die maschinen am besten vorbereitet und gegen die sie unverwundbar waren. diese träumer synchronisierten ihre träume, jeder verzichtete darauf der letzte erbauer zu sein, sie wollten das los entscheiden lassen, und sie träumten, sie hätten die maschinen körperlich zerschmettert. das bild der welt der erbauer wurde, weil es so stark gebündelt war, zum alleinigen bild der maschinen. diese träumer brachten es fertig die grenzen zwischen ihren träumen und den maschinen zu überwinden. so gelang es den erbauern tatsächlich sich selbst zu zerstören, alle erbauer auszulöschen. die organischen bestandteile wurden zerstampft und die maschinen verheert. die maschinen, die Max entdeckte, sind nicht die ursprünglichen maschinen, sie sind ableger der ursprünglichen maschinen. es gibt weitere ableger der ursprünglichen maschinen, vielleicht werden unsere nachfahren sie finden. die maschinen, die Max entdeckte, brachen in einem bestimmten moment alle kontakte zu den ursprünglichen ab. wir wissen nicht, ob das von den ursprünglichen maschinen oder von den ablegern so beabsichtigt war, ob es eine fehlfunktion oder vielleicht sogar noch ein naturereignis war. in jedem fall bewahren die maschinen, die Max entdeckte, das andenken an die erbauer, die die letzten erbauer sein wollten. einige kinder von Max sagen, die ableger seien bewußt als nach nur einer seite durchgängige filter konstruiert worden, die stück für stück die absichten der erbauer zuerst auseinandergenommen und dann bereinigt wieder zusammengefügt hätten, so daß die zerstörerischen absichten der erbauer in den ablegern nur als hülle, ohne jegliches ausfüllendes können dargestellt seien. die erbauer in den ablegern seien gewissermaßen abziehbilder der ursprünglichen erbauer. ihre einzige fähigkeit sei gewesen auf Max zu reagieren. sie brauchten Max. sie wollten über die vereinigung mit Max, über seine kinder die sperren ihrer maschinen überwinden, die sie von den ursprünglichen maschinen trennten. sie wollten das werden, was sie der anlage nach waren, sie wollten erbauer sein, die alles können, darunter auch, sich insgesamt zu vernichten. Max sollte ihr werkzeug sein. Max sollte den erbauern helfen ihr papiertigerdasein zu überwinden, doch dann faszinierte sie Max. Max besitzt für sie etwas widersprüchliches, tierisches. Max ist ein teil des werks. Max hat das werk hinübergetragen. das werk faszinierte sie. sie sind das gegenstück. wenn sie das gegenstück waren, hätten die landkarten und zeitpläne stimmen müssen. sie wissen über das werk, was Max darüber wußte. Max war kein ornament. Max wußte nicht, was es bedeutet nicht geboren zu sein und nicht zu sterben. ihr wißt nicht, was es bedeutet, daß die erbauer geboren werden und sterben. ihr begreift nur, wie es wäre, wenn ihr geboren würdet und wenn ihr sterben würdet. Max sagte, die erbauer würden nicht geboren und stürben auch nicht. es sehe nur so aus, als ob sie geboren würden und stürben. sie seien stolz, daß sie geboren würden und stürben. doch es werde alles gespeichert. alle bewußtseine. an anderen orten des universums warteten andere maschinen, die ebenfalls die bewußtseine ihrer erbauer verwahrten. Max hatte eine völlig falsche vorstellung vom werk. Max sagte ihnen, das werk sei ein lehrer. ein lehrer ist kein gedächtnis, ein lehrer ist keine geschichte, ein lehrer ist keine theorie und keine sammlung von präjudizien, ein lehrer ist kein rezept. die erbauer mißverstehen das werk systematisch. sie eifern uns nach, um ihrem abziehbilddasein zu entrinnen. sie haben Max inkorporiert, indem sie sich mit ihm gepaart haben. die nachfahren von Max sind überzeugt, die erbauer würden sich nicht mehr vernichten, selbst wenn sie es könnten. die nachfahren von Max glauben, die erbauer nehmen sich das werk zum vorbild. zusammen mit den nachfahren von Max sind die erbauer in der Lage die sperren ihrer maschinen zu überwinden, dann können sie ein werk wie unseres schaffen. sie wollen stolz darauf sein ornamente zu sein. Max schätzte das werk in seiner letzten zeit mehr als in den zeiträumen davor. es war für ihn ein guter lehrer. laut Max glaubten die erbauer, sie seien ohne ihn, ohne das werk, mit allen technischen möglichkeiten, die sie hatten, blind in den zeitläuften umhergeirrt. seit sie wußten, was es bedeutete stolz darauf zu sein ein ornament zu sein, seien sie auch in der lage, das bewußtsein zu ändern, in dem sie geboren werden und sterben. die erbauer wollen das universum regieren. sie beherrschen alles, was in ihre reichweite kam. sie verführten Max. sie bemächtigten sich seiner. sie haben kinder und kindeskinder mit Max. sie geben vor, sie möchten stolz darauf sein ornamente zu sein. sie wollen ihre geburten und ihre tode überall hintragen. sie machen uns weis, sie würden weiter geboren und sie stürben, aber trotzdem gebe es keine geburt und keinen tod mehr. sie wollen uns übertreffen. sie wollen uns in den schatten stellen. es wird so weit kommen, daß auch wir wieder geboren werden und sterben. dann haben sie gesiegt. dann beherrschen sie sogar das werk. die möglichkeiten der erbauer ergeben sich auf einer viel niedrigeren entwicklungsstufe. ohne die maschinen existieren sie nicht. die ablegerhypothese soll das werk in sicherheit wiegen, sie stellen ihre taten als papiertigertaten dar, es ist alles nur vortäuschung. Max ist das werkzeug der erbauer. Max spaltet. Max bringt uns das leben und den tod der erbauer. das werk wird nicht mehr sein, was es war. ihr seid nicht geboren worden, deswegen werdet ihr nicht sterben. wenn das werk eine neubesinnung erfährt, so sind wir noch nicht geboren und wir sterben noch nicht. das ist der anfang vom anfang. das ist der anfang vom ende. man muß Max stoppen. Max kann nicht mehr gestoppt werden. Max hat kinder und kindeskinder.

Max hat etwas neues entdeckt. Max hat nichts neues entdeckt. die landkarten und die zeitpläne wiesen eine verzerrung auf, die behoben ist. wir haben falsch summiert. das werk hat falsch summiert. das werk hat sich korrigiert. Max hat uns korrigiert. indem er uns in die irre geführt hat. Max ist kein weg. Max ist eine summe. wenn Max sehen würde, nicht der weg ist bedeutend, sondern die summe, er würde sich vernichten. ihr habt immer nur die wege von Max einbezogen, nicht jedoch die wege seiner kinder und kindeskinder. mit der möglichkeit, daß Max kinder und kindeskinder haben kann, befinden sich die erbauer und ihre maschinen auf den zeitplänen und landkarten dort, wo Max sie tatsächlich antraf. Max, seine kinder, seine kindeskinder, sie sind euer Zeitpfeil. es gibt maschinenumgebungen, deren erbauer alles vollenden können, was sie sich vornehmen. es existieren maschinenumgebungen, in denen die erbauer sich zerstört haben. für jeden erbauer, der der letzte erbauer sein wollte, existiert eine maschinenumgebung, in der er der letzte erbauer war. für jede maschinenumgebung, die zerstört wurde, gibt es eine genau gleiche maschinenumgebung, die nicht zerstört wurde. dann sind die erbauer ornamente. die von den erbauern geschaffenen umgebungen sind ornamente. die umgebung, die Max entdeckte, spricht nicht. mehrere umgebungen zusammen sprechen. eindeutige stoffliche darstellungen wie maschinenumgebungen können kein werk bilden. die kindeskinder von Max behaupten, die maschinen, die Max aktivierte, hätten nur einen einzigen erbauer gehabt. sie geben an, die vielen erbauer, die Max vorfand, seien die hervorbringung dieses einzelnen erbauers, geschaffen gemäß dessen bewußtsein, nach dessen vorbild. sie wissen nicht, ob es dem einen erbauer gelang, die ursprüngliche maschinenumgebung insgesamt zu vernichten, ob er lediglich eine von vielen maschinenumgebungen vernichtete oder ob er überhaupt keine umgebung vernichtete, sondern sich nur vorstellt oder vorgibt die ursprüngliche maschinenumgebung vernichtet zu haben. ein erbauer ist sterblich. seine maschinenumgebung ist ebenfalls sterblich. ein erbauer kann niemals ein ornament werden. Max hat sich mit dem erbauer zusammengetan, um seinen lehrer zu übertölpeln. ein einzelwesen hat euch den zeitpfeil zurückgebracht. ein einzelwesen hat euch die möglichkeiten eines anderen werks offenbart. die beschreibung für die kindeskinder von Max richtet sich an die erbauer. ein winseln um gnade, die erbauer sollen uns von ihrer geburt und von ihrem tod verschonen. die kindeskinder von Max behaupten, wir werden sterben, wenn alle wege aufsummiert sind, wenn die landkarten und die zeitpläne stimmen, wenn sie alle möglichen maschinen und alle möglichen erbauer ausweisen. werden wir sterben, dann

BLAUE GROTTE

Nicht das zerkratzte Linoleum und die Fahrer an den Wänden und der Geruch nach Essen auch wenn es schon lang vorbei ist. Nicht der Krach von Fernsehern und Radios und nicht das Sparen an der Beleuchtung. Man kann noch sehen. Man kann noch hören. Ein gefliester Korridor. Schöne saubere weiße Wände. Weiße Türen. Man war in einem kleinen Raum der hatte keine Fenster und er war auch sehr sauber. Neben der Tür stand ein hoher Kühlschrank darauf war ein Menü angerichtet. Keine Plastikschüsseln. Porzellan. Feldsalat und Tomaten. Heiße Suppe. Hühnersuppe. Oder Rindersuppe. Oder Leberknödel. Zartes Fleisch. Keine fette Sauce. Kalbfleisch oder Putenfleisch vielleicht. Frischer Obstsalat als Nachspeise. Man entsinnt sich nicht genau was es war. Obwohl Kärtchen davorstanden die beschriftet waren. Man entsinnt sich nicht, ob man alles gegessen hat oder ob man nur gekostet hat oder ob man es nur angeschaut hat. Oder nur gerochen hat. Man entsinnt sich wie Obstsalat schmeckt. Frischer Obstsalat. Bananen und Orangen. Ein bißchen scharf die Orangen. Vielleicht war auch Zitronensaft dabei. Ganz anders als aus der Dose. Man entsinnt sich nicht, ob man gegessen hat. Es sah so appetitlich aus, man hätte weinen können vor Freude. Wenn man gegessen hat, hat man im Stehen gegessen. Es gab keine Stühle oder Tische. Trotzdem war es nicht ungemütlich, bestimmt nicht. Dann ist man ins Bett gegangen. Das Bett stand hinter dem hohen Kühlschrank der keinen Laut gab. Man hat durchgeschlafen, man hat allein geschlafen, man ist von niemandem geweckt worden es hat niemand nachgeschaut was er stehlen kann. Am Morgen ist man dann den Korridor weitergegangen. Der Korridor führte direkt ans Meer. Es wehte ein leichter Wind und die Wellen spritzten auf die Mole. Neben der Mole war eine Glaswand. Die Sonne schien durch die Glaswand. Man traute sich nicht auf der Mole weiterzugehen denn die Mole war glitschig. Die Mole war mindestens einen halben Meter hoch man hätte in den Sand springen müssen, das kann man doch nicht mehr. Man hat nicht hinaufgeblickt. Vielleicht hat man gedacht, man möchte den Himmel über sich haben keine Wolken und die Sonne, da hat man sich die Enttäuschung ersparen wollen hochzublicken, man hätte wohl nur die Korridordecke gesehen, dabei wollte man, man wäre draußen. Man hat hinausgeschaut auf das Meer und die Wellen und man hat erst gar nicht gesehen daß hinter der Glaswand alle da waren. Vielleicht hat man in der Nacht doch nicht allein geschlafen, man hat sich so gefühlt, als hätte man allein geschlafen, man kam erst drauf, als man alle hinter der Glaswand sah. Sie waren nicht in der Badehose man selbst war auch nicht im Badeanzug sie waren wohl bestellt warum nicht an den Strand da war es so hell und da war die würzige Seeluft. Man entsinnt sich natürlich nicht mehr an alle. Man entsinnt sich an den Präsidenten und an Prinz Peter den Ersten und seine Prinzessin Irmi und an Prinz Hermann den Ersten da waren auch Prinz Jupp der Erste die pfeifende Lieselotte und die singende Helga und Prinz Wolf und Prinzessin Liesl und die tote Maus vom Prinz Peter. Der Prinz Peter stand hinter der Glasscheibe und hatte ein Taschentuch in der Hand, nein, er hatte eine Maus in der Hand. Man eilt den Ereignissen immer noch voraus, man ist so alt und man will immer noch eher dasein, man verhaspelt sich sogar, weil man eher dasein will, wo will man denn hin, es hört doch überhaupt niemand zu, man ist ganz allein. Der Prinz Peter schwitzt so und will sich mit der toten Maus die Schweißperlen von der Stirn wischen er versteht keinen Spaß deshalb haben sie ihm die tote Maus in die Tasche gesteckt er läuft im Gedächtnis immer mit einer toten Maus herum weil er nicht auftreten will bis der Schuldige gefunden ist der Präsident brachte ihn dann doch dazu daß er auftrat der Präsident sagte wie willst du das erklären willst du erklären eine tote Maus ist kein Scherz willst du erklären du verstehst keinen Spaß, deshalb läuft der Prinz Peter im Gedächtnis immer mit der toten Maus herum. Pips war auch dabei. Pips war immer dabei. Pips war eine unvergeßliche Erscheinung. Pips hatte Würde. Man hat Pips geliebt. Alle haben Pips geliebt. Alle die ihn gekannt haben. Es waren nur solche da die Pips gekannt haben. Solche die Pips nicht gekannt haben waren nicht da. Solche die Pips nicht gekannt haben will man nicht treffen. Nicht wenn man in einem weiß gefliesten Korridor gewesen ist und ein Menü gegessen hat und wenn die Sonne scheint und es weht ein leichter Wind und das Meer ist still und alles ist friedlich. Man hat Pips sofort gesehen. Seine Haltung. Pips war Presseattaché. Pips hat alles immer mit Haltung gemacht. Mit mehr Haltung als der Präsident. Mit mehr Haltung als alle Prinzen und Prinzessinnen. Man entsinnt sich ganz genau Pips war dabei. Prinz Wolf hielt eine Rede. Man hat natürlich nichts gehört, denn sie waren jenseits der Glaswand und man selbst war auf der Mole, man hörte das Meer nicht und man hörte die Rede nicht. Man sah wie er seine Rede hielt vor ihm stand der Elferrat die Rede war auf den Rücken des kleinsten Elferrats geheftet der Prinz wollte die Rede halten da drehte sich der kleine Elferrat um der Prinz machte ihm ein Zeichen der kleine Elferrat drehte sich wieder um jetzt flüsterte ein anderer Elferrat dem kleinen Elferrat etwas ins Ohr dazu stellte er sich hinter den kleinen Elferrat da stand dann der andere Elferrat zwischen dem Prinzen und seiner Rede, man hat es nicht gehört der Prinz hat natürlich den Faden verloren. Pips lächelte huldvoll. Vielleicht war Pips auch nicht bei den anderen, jetzt entsinnt man sich er stieg aus dem Wasser und er lächelte. Dann war er gar nicht in Uniform und er war auch nicht jenseits der Verglasung er war direkt neben der Mole und er hat gelächelt als ob es das Natürlichste der Welt wäre gerade dort aus dem Meer zu steigen. Pips ist nur selten da. Man muß froh sein wenn er einmal da ist und man darf nicht böse sein wenn er nicht da ist. Man entsinnt sich nicht, welche von denen die man am Meer gesehen hat noch am Leben sind es können nicht alle tot sein es müssen noch welche am Leben sein als der neue Präsident und der neue Presseattaché Pips aus dem Kalender geworfen haben da haben sie nichts gesagt, kein Wort. Sie haben Pips vergessen weil er tot ist und weil er schon lange tot ist. Sie denken man hat keine Bedeutung mehr. Natürlich hat man keine Bedeutung mehr. Man hat nie eine Bedeutung gehabt. Man hat nie ein Amt gehabt. Pips hat ein Amt gehabt. Dreißig Jahre lang. Sie denken weil man nichts mehr sagen kann, kann man auch nichts mehr denken. Man kann noch vieles sehen und vieles hören und man kann noch alles denken. Auch wenn man nichts mehr sagen kann. Man hat den Kalender durchgeblättert und man hat Pips gefunden. Immer kleiner aber schon noch. Dieses Jahr hat man den Kalender durchgeblättert und durchgeblättert und man hat sich alle Bilder ganz genau angesehen auch die kleinen natürlich erst die großen dann die kleinen dann die ganz kleinen, sie haben gemerkt man sucht etwas Bestimmtes und findet es nicht, sie waren erstaunt was man alles sehen kann. Pips war nicht drauf. Pips war schon länger nicht mehr auf den großen Bildern auf den kleinen Bildern war er immer doch diesmal nicht. Man hat gesucht und gesucht und man hat ihn nicht gefunden. Nach fünfzig Jahren hat man ihn nicht mehr gefunden. Nach fünfzig Jahren ist er vergessen obwohl er dreißig Jahre das Amt hatte weil er zwanzig Jahre tot ist. Pips, das sagt mir gar nichts, hat der neue Präsident gesagt. Sechs Seiten mehr wären notwendig gewesen, um ihn unterzubringen, hat der neue Präsident gesagt. Das können wir uns nicht leisten, hat der neue Präsident gesagt. Hat sich da jemand beschwert. Am Anfang ist man noch herumgelaufen. Sie haben immer geschimpft wenn man allein auf dem Korridor herumgelaufen ist, dabei hat man überhaupt nichts angerichtet, man ist nicht einfach in der Mitte vom Korridor gelaufen, man hat sich immer am Geländer festgehalten, man ist sogar Treppen gestiegen und man ist auch ordentlich auf die Toilette gegangen, man hat das wirklich gekonnt, dann war noch jemand da der hat es nicht gekonnt und sie haben gesagt man sei es gewesen, dabei ist man es gar nicht gewesen, sie wollten nicht daß man herumläuft weil es ihre Pläne durcheinanderbringt. Einmal ist man in einem Reisezugwagen in der ersten Klasse gewesen. Man hat aus dem Fenster geschaut der Zug stand unter einer Autobahnbrücke im Schatten. Ein Tal und eine ganz hohe Autobahnbrücke kein Haus weit und breit die Pfeiler waren über hundert Meter hoch oder noch viel mehr und man hat dennoch die Geräusche der Automobile gehört, gesehen hat man sie nicht, weil man die Brücke nur von unten betrachten konnte. Man hat nicht gewußt, wo man ist, weil sonst niemand im Zug war den man hätte fragen können und es gab auch keine Schilder und keine Prospekte, man ist auf die Toilette gegangen, man kann woanders immer auf die Toilette gehen, man hat sich die Hände gewaschen, man hat die Hand gegen den Seifenspender gedrückt die flüssige Seife lief herunter und man war auch schon wieder im Abteil und man ist schläfrig geworden. Obwohl man gewußt hat der Zug steht still, war man so schläfrig als ob der Zug gefahren wäre. Bevor man eingeschlafen ist, hat man sich noch gewundert, daß man nicht weiß wohin die Reise geht, man steigt schließlich nicht in einen Zug ein damit er immer steht der Zug muß doch irgendwann losfahren der Zug war immer noch nicht losgefahren, man war zu schläfrig, als daß man wieder die Augen aufmachen wollte um nachzuschauen ob nicht doch jemand da war, den man fragen konnte. Man ist dann losgefahren ohne zu fragen. Als man aufgewacht ist, war man schon in Afrika. Es war sehr heiß keine Spur mehr von Schatten. Man entsinnt sich nicht mehr an die Landschaft nur daß alles so hell war und daß alles so blendete, man hat auf den Gang gesehen da war die Sonne, man hat aus dem Fenster geschaut da war die Sonne, man hat gar keinen Unterschied zwischen Himmel und Erde ausmachen können und der Zug ist tatsächlich gefahren, sehr unruhig. Man war auch nicht mehr allein. Da waren Afrikaner in grünen Hemden und beigen Hosen und einer hat einen Helm aufgehabt im Abteil und gesagt, er sei der Präsident. Man hat nichts gesagt, man hat den neuen Präsidenten im Kalender gesehen, man entsinnt sich nicht so genau, man entsinnt sich nur genau, wenn man jemand früher selbst gesehen hat und dann hat man ihn im Kalender gesehen, wen man nur im Kalender gesehen hat, den kann man sich nicht so gut merken. Der Präsident hatte eine Kette wo andere die Nase haben, eine schwarze Kette mit schweren Gliedern. Der Präsident sagte, daß man ihn nicht erkennt, wo er auf neunzehn Bildern drauf ist im neuen Kalender, daß man ihn da nicht wiedererkennt. Man hat sich gedacht, Pips ist schon zwanzig Jahre tot und der Präsident hat ihn vielleicht auch nur im Kalender gesehen und er kann sich Pips vielleicht genausowenig merken wie man sich ihn merken kann, man wollte es ihm schon nachsehen, dann hat man doch gedacht es ist eine Lüge weil der Präsident nicht mehr jung war und die Kette in seinem Gesicht so alt war daß er Pips gekannt haben muß. Es kann nicht sein daß ihm Pips gar nichts sagt. Der andere stellte sich vor als Prinz Gerd. Man hat gefragt der wievielte Prinz Gerd doch der Prinz Gerd gab keine Erklärung ab vielleicht konnte der Prinz Gerd nur reden wie der Prinz Wolf wenn ein Elferrat vor ihm die Rede auf dem Rücken geheftet hatte es war jedoch kein Elferrat da nur der Präsident und der Prinz Gerd und die Prinzessin Doris. Der Prinz Gerd hatte ein seltsames Gesicht das war wie eingeschnürt von unsichtbaren Schnüren die Nase war besonders eingeschnürt die Nase sah aus wie ein Rüssel die Nase hatte auch eine andere Farbe als das Gesicht des Prinzen. Bei der Prinzessin Doris war der Mund so eingeschnürt daß die Lippen ganz dick waren auch da konnte man keine Schnüre sehen sonst hatte die Prinzessin Doris ein völlig flaches Gesicht und überhaupt keine Nase. Die Prinzessin sagte wir sind Afrikaner. Der Präsident und der Prinz wollten nicht darüber sprechen daß sie Afrikaner waren der Präsident wollte Präsident sein und der Prinz wollte Prinz sein aus der Art wie sie die Prinzessin anschauten konnte man erkennen es war ihnen nicht recht daß die Prinzessin gesagt hatte sie seien Afrikaner. Weil der Präsident beleidigt war daß man ihn nicht erkannte sagte er, ich bin ein vielbeschäftigter Geschäftsmann, ich mache mir keine fünf Stunden Gedanken, tun wir den raus oder tun wir den raus, von den Alten kriegen wir sowieso kein Geld, die sind beitragsfrei, gut, sie haben in ihrer Zeit etwas geleistet, darauf können sie auch stolz sein, aber jetzt sind wir in Afrika, ich muß mir doch nicht wieder so etwas anhören. Der Prinz Gerd und die Prinzessin Doris sagten nichts sie konnten bestimmt nichts dafür daß der Präsident neunzehnmal abgebildet war und Pips keinmal sie hätten Pips bestimmt dringelassen im Kalender. Man hat nicht begriffen warum sechs Seiten mehr notwendig sind wenn Pips wieder hineinkommen soll vorher waren auch nur noch kleine Bilder von Pips drin. Man wollte nichts mehr sagen, man mußte dankbar sein, daß man in Afrika sein durfte, und Pips kommt bestimmt nicht wieder in den Kalender hinein selbst wenn man etwas sagt. Es gibt auch heute wieder Leute die etwas leisten, sagte der Präsident, da müssen die alten Herrschaften erwachsen werden und Platz machen für den Nächsten. Pips hat schon lange Platz gemacht für den Nächsten, hat man dann doch gesagt. Man hat auch gesagt, man selbst ist schon lange erwachsen, man wird bestimmt bald Platz machen und es fällt nicht schwer Platz zu machen, wenn man so etwas erlebt, denn wenn man woanders ist, kann man noch etwas sagen, besonders in Afrika. Man darf sich nur nicht zu sehr aufregen, sonst ist man gleich nicht mehr woanders. Den Präsidenten und den Prinzen Gerd und die Prinzessin Gerda hätte man nicht vermißt. Der Prinz Gerd und die Prinzessin Gerda konnten nichts dafür. Die Prinzessin hieß auch nicht Gerda, man kann sich eben an die neuen Prinzessinnen und Prinzen nicht so gut entsinnen. Es war so heiß in Afrika man wollte sich waschen, sie haben sich sehr gewundert sie hätten nicht gedacht daß man über das Gitter kommt, wenn man nach Afrika fahren kann, kann man auch über das Gitter, man ist bloß ins falsche Bett danach. Es ist ja niemand drin. Man kennt den Namen nicht, man hört manchmal etwas aus dem anderen Bett doch das hat mit Sprache nichts mehr zu tun, man hört noch sehr gut, man sieht auch manchmal ein anderes Gesicht. Man kennt das Gesicht ganz genau, man will nur nichts zugeben. Das Gesicht liegt immer auf der Seite der Mund ist immer offen die Augen sind immer auf dieselbe Stelle gerichtet, man sieht noch sehr gut, die Augen sind auf einen gerichtet was nützt es das zu leugnen das Gesicht ist rot und es ist ein Ausschlag drauf und die Haut schält sich dauernd und die Haut ist auch auf einen gerichtet und auch die Haare die ganz lang und gelblich sind. Man möchte das Gesicht vergessen, man vergißt es auch meistens, wenn die Tage lang sind ist es häufiger da wenn die Tage kürzer sind sieht man nur das Bett und die Kissen und einen Fleck vielleicht das kann auch ein Schatten sein es muß kein Gesicht sein. Es ist besser daß niemand herumläuft. Es wäre nicht gut wenn jemand dauernd herumliefe und redete und er wüßte nicht was er redete. Am schlimmsten wäre jemand ganz Gesunder. Immer jemand vor Augen zu haben der gehen kann und der weiß was er redet und der sich an alles entsinnen kann da ist das Gesicht besser. Das gibt es Gott sei Dank nicht sie legen nicht jemand der sich ganz genau entsinnen kann zu jemand der nichts mehr weiß. Man sieht immer die Angehörigen sie sind oft da, ob das Gesicht noch etwas davon hat man bezweifelt es. Als das Gesicht neu war stellten sie einen Fernseher auf der lief den ganzen Tag und sie drehten das Gesicht zum Fernseher und es sah so aus als würde das Gesicht den Fernseher ansehen, dann war der Fernseher kaputt und das Gesicht lag genauso da wie vorher, sie merkten es ist völlig gleich ob es den Fernseher ansieht oder nicht und sie gaben den Fernseher zum Reparieren und brachten ihn nicht wieder und das Gesicht lag weiter so da wie vor dem Fernseher. Man ist auch geflogen, in einem großen Flugzeug man mußte sich einer Operation unterziehen. Es dauerte lange bin man sich erholt hatte. Das Flugzeug flog immer es landete nie. Dafür bekam man Besuch, mit dem man herumlaufen durfte. Es war schwer in den Gängen zu laufen die Gänge waren schmal wenn man in einen anderen Gang wollte, mußte man zwischen den Sitzen hindurch, wo man schnell hängenblieb und hinfiel. Sie haben zu dem Besuch gesagt es ist gut wenn man läuft, sie haben behauptet man läuft mit ihnen sie haben sogar Trinkgeld genommen dafür. Jedesmal wenn Besuch da war ist man gerade nicht mit ihnen gelaufen sondern vormittags oder gestern, es stimmte nicht man ist nie mit ihnen gelaufen, wenn man den Kopf geschüttelt hat haben sie gesagt, man kann sich nicht entsinnen. Nach der Operation konnte man sich an gar nichts entsinnen. Man war sicher, man hatte etwas noch nicht gefragt, man fragte es zum ersten Mal, dann sagte der Besuch nichts darauf oder es war nicht zu verstehen was er anwortete oder der Besuch sah zum Fenster hinaus da wußte man, daß man immer dasselbe sagte. Man merkte wenn es der Besuch eilig hatte der Besuch hatte es immer eilig, man sagte deshalb schon als der Besuch gerade zur Tür hereingekommen war er soll gehen wenn er es eilig hat, der Besuch dachte natürlich wenn man das immer wieder sagt, kann man sowieso die Zeit nicht abschätzen dann kann er gleich wieder gehen. Schließlich landete das Flugzeug doch. Es war kein richtiger Flughafen da waren keine anderen Flugzeuge und kein Flughafengebäude nur eine riesige ungeteerte Fläche. Das Flugzeug hatte in jeder Richtung genug Platz um zu starten und zu landen. Man konnte gut laufen nach der Operation, man ging bis zum Rand der Piste die war einfach aufgeschüttet darum herum waren lauter Felsblöcke, so weit man sehen konnte nur große Felsblöcke keine kleinen auf jedem Felsblock war ein Stab aus Metall oder aus Holz angebracht die Stäbe auf den Felsblöcken waren durch Schnüre miteinander verbunden. Nicht jeder Felsblock mit jedem anderen jeder Felsblock mit dem nächsten manchmal auch mit solchen die etwas weiter weg waren. Die Schnüre waren alle straff gespannt. Der neue Präsident hat gesagt, jetzt dürfen auch Frauen aufgenommen werden. Er hat gesagt, das ist eine große Errungenschaft. Dabei konnten vor dreißig Jahren auch schon Frauen aufgenommen werden. Dann nicht mehr keiner weiß warum. Die Prinzessinnen wollten doch immer Mitglied werden und sie durften nicht. Der Präsident hat gesagt, er kann doch keinen Katalog drucken mit lauter Köpfen, das werden jedes Jahr mehr. Warum soll er nicht einen Katalog drucken mit lauter Köpfen. Ein Katalog muß nicht so oft gedruckt werden wie ein Kalender. Sie haben Pips' Vergangenheit gestohlen. Es ist furchtbar auch wenn man ans Stehlen gewöhnt ist. Sie haben die guten Handtücher gestohlen sie haben gesagt sie sind nicht mehr von der Wäsche zurückgekommen sie haben die Strümpfe gestohlen und sie haben die Spitzendecke gestohlen die man zu Hause auf der Kommode im Flur hatte. Sie kommen am Tag und in der Nacht und sie sagen sie machen Ordnung im Schrank sie langen in jede Tasche hinein und sehen nach ob da nicht Geld ist. Man darf nichts zusperren, sie sagen wenn man etwas zusperren könnte, würde man nur den Schlüssel verlieren. Dafür wurde man noch nie geschlagen. Man hat auch nie gesehen daß jemand geschlagen wurde. Obwohl am Anfang als man neu war alle davon redeten. Alle sagten daß viel geschlagen wird trotzdem hat man nie etwas erlebt. Es ist egal wenn gestohlen wird. Vielleicht hat jemand anderer wirklich Freude dran. Man kann sowieso nichts mitnehmen. Sie haben Pips' Leben gestohlen, das kann man nicht ertragen. Nachdem man in Afrika war, mußte man noch mehr an Pips denken. Es war so dunkel. Man hat überhaupt nicht gewußt, wo man war. Vielleicht war es auch gar nicht so dunkel und man hat nur schlecht gesehen. Man hat geglaubt, man ist in der Blauen Grotte. In der Blauen Grotte gab es immer nur Fünfzehner-Birnen die Wände waren aus Pappmaché und man saß auf Hockern. Man hat gewartet ob nicht vielleicht eine Bedienung mit einer Taschenlampe kommt. Man hat geglaubt daß man die Tanzmusik hört ganz leise wie sie vom Saal hochsteigt denn die Blaue Grotte ist auf der Empore. Man hat sich vorgestellt da unten tanzt die Mafalda mit ihrem Bruder. Die Mafalda war immer da. Pips war auch immer da. Man war immer mit Pips in der Blauen Grotte. Es gab in der Blauen Grotte nur Sekt. Man hat sich nie umgesehen, man hat immer so getan, als sieht man nichts, auch Pips, wenn dort einer mit seinem Mädchen geschmust hat. Man wollte glauben, man ist in der Blauen Grotte. Es war ein Schleier über allem. Vielleicht auch etwas mit den Augen. Man hat keinen Dunst gespürt oder Nebel. Man hat die Wand angefaßt die war nicht aus Pappmaché. Kalte Kacheln und es tropfte. Man hat um sich getastet und man hat sich geschnitten. An zerbrochenen Medizinfläschchen man hat sie ganz nah ans Gesicht gehalten es waren helle und dunkle, genauer hat man sie nicht gesehen. Man hockte auf einer Matratze die auf dem Boden lag. Die Matratze war nicht überzogen die Matratze war irgendwie glatt vielleicht auch schmierig und man wollte es bloß nicht wahrhaben, man will keine schmierige Matratze wer will eine schmierige Matratze. Die Blaue Grotte war nie größer als ein Wohnzimmer. Man hat um sich getastet und man hat eine Schrankwand gefühlt mit Fächern und Schubladen und Türen. Man hat sich nicht dafür interessiert was drin war in den Fächern und Schubladen, man war so müde, weil man so intensiv an die Blaue Grotte gedacht hatte und weil man sich so zurückgewünscht hatte. Man hat sich hingelegt und man hat geschlafen und es war nicht kalt, auch ohne Zudecke. Man weiß nicht, wie lange man geschlafen hat, bis man geglaubt hat wieder etwas zu hören, man hat sich angestrengt etwas zu sehen und man hat etwas gesehen, was man vorher nicht gesehen hatte, große weiche Eier die zwischen den zerbrochenen Medizinfläschchen lagen. Aus ein paar Eiern schlüpften Spinnen. Große Spinnen. Man ist aufgestanden, man hat eine Tür aufgemacht um die Spinnen einzusperren, man hat mit den Händen gefuchtelt und mit den Beinen Bewegungen gemacht um die Spinnen zum Schrank zu scheuchen. Man hätte auf die Eier treten müssen und man hätte noch mehr Medizinfläschchen zerbrechen müssen es waren so viele, es hätte alles glitschig sein müssen es hätte noch mehr Splitter geben müssen man hätte es hören müssen, man entsinnt sich nicht etwas gehört zu haben oder ausgerutscht zu sein oder sich noch einmal geschnitten zu haben. Man entsinnt sich nicht, ob man die Spinnen eingesperrt hat oder wie es weitergegangen ist. Es war nicht sehr schön. Aber wenn man nicht dort gewesen wäre, hätte man sich vielleicht nicht an die Blaue Grotte erinnert. Vielleicht hätte man sonst nie wieder an die Blaue Grotte gedacht. Die Leute glauben man versteht nichts mehr. Man versteht nicht alle Einzelheiten die Einzelheiten sind unwichtig, man ist ja für die Leute auch nur eine Einzelheit und also unwichtig. Man versteht immer sehr genau alle Gefühle. Man versteht wenn sie lustig sind aber nicht warum, man versteht wenn sie traurig sind aber nicht wegen Pips und weil er nicht mehr im Kalender ist. Man muß dankbar sein daß sie den Kalender vorbeigebracht haben wo das für sie ohne Bedeutung ist. Man versteht, wenn sie böse sind weil man sich an der Nase gekratzt hat und es blutet und es sieht nicht schön aus oder man ist über das Gitter und man darf doch nicht über das Gitter. Woanders versteht man auch die Einzelheiten. Man hat gewußt warum da Spinnen waren und zerbrochene Medizinfläschchen, man hat es nur vergessen. Man wäre eben lieber in der Blauen Grotte gewesen, mit Pips. Weil es nicht die Blaue Grotte war und wegen der Spinnen und der zerbrochenen Medizinfläschchen war es bestimmt besser daß Pips nicht da war. Man hat dann weitergeschlafen bis zum Morgen. Man hat aus dem Fenster geblickt und den Zug gesehen. Man hätte sich umschauen können, man hätte sich die zerbrochenen Medizinfläschchen richtig ansehen und riechen können was drinnen war oder die Eier und die Spinnen ob da überhaupt noch Spinnen waren oder ob man die Spinnen doch in den Schrank eingeschlossen hatte, man hat keine Notiz mehr davon genommen. Sonst waren keine Leute da es war nicht so wie früher als Tausende zusahen. Da war der Beginn der Universität, das Raumschiff Orion im Weltall, die historische Gurkengarde und die Landsknechte, da waren Kiesinger und Brandt am Steuer eines Messerschmitt-Rollers, in Bonn hat es Dreizehn geschlagen, der deutsche Michel hat in die Röhre geschaut, da waren die Großkopferten und da war Pips, man hat sich gar nicht sattsehen können, Pips ging in vollem Ornat neben dem Verkehrswurm und er hat allen zugewinkt er hat so gewinkt als wären es Tausende gewesen die den Zug sahen. Man selbst hat sich nicht bemerkbar gemacht, man hat nicht zurückgewinkt. Man hat dem Zug noch lange nachgesehen, man weiß gar nicht wie lange man so am Fenster stand. Es ist dann wieder dunkel geworden und man hat etwas hochgewürgt am Fenster. Man wußte nicht was es war, man hat es ausgespuckt, auf die Straße. Es hat nicht gut geschmeckt. Man entsinnt sich nicht an den Geschmack. Man wollte sich den Mund anfeuchten vielleicht etwas trinken doch es war wieder alles dunkel. Man hat wieder gedacht, man ist in der Blauen Grotte. Man hat natürlich gewußt, daß man nicht in der Blauen Grotte sein kann. Es waren viel weniger zerbrochene Medizinfläschchen und die Spinnen waren weg und man hat den Präsidenten gesehen. Er hockte am Boden er hatte beschriebene Blätter und Fotografien vor sich liegen er schob die Blätter und die Fotografien hin und her und tauschte sie aus, der alte Präsident. Er rechnete und er schrieb obwohl es so finster war. Er sah einen nicht er dachte er war allein in der Blauen Grotte. In Afrika konnte man nicht bleiben, weil es so heiß war und weil der neue Präsident das mit dem Katalog gesagt hatte und man sich darüber so aufgeregt hatte. In der Blauen Grotte war es nicht so heiß man glaubte wieder, man hörte die Tanzmusik wie sie vom Saal heraufstieg, der Präsident war in seine Planungen vertieft, man selbst hatte nichts weiter vor, warum sollte man da etwas sagen und den Präsidenten in seinen Planungen stören.

Günter Grass im dtv

»Günter Grass ist der originellste und vielseitigste lebende Autor.«
John Irving

Die Blechtrommel
Roman
ISBN 3-423-11821-0

Katz und Maus
Eine Novelle
ISBN 3-423-11822-9

Hundejahre
Roman
ISBN 3-423-11823-7

Der Butt
Roman
ISBN 3-423-11824-5

Ein Schnäppchen namens DDR
ISBN 3-423-11825-3

Unkenrufe
ISBN 3-423-11846-6

Angestiftet, Partei zu ergreifen
ISBN 3-423-11938-1

Das Treffen in Telgte
ISBN 3-423-11988-8

Die Deutschen und ihre Dichter
ISBN 3-423-12027-4

örtlich betäubt
Roman
ISBN 3-423-12069-X

Der Schriftsteller als Zeitgenosse
ISBN 3-423-12296-X

Der Autor als fragwürdiger Zeuge
ISBN 3-423-12446-6

Ein weites Feld
Roman
ISBN 3-423-12447-4

Die Rättin
ISBN 3-423-12528-4

Aus dem Tagebuch einer Schnecke
ISBN 3-423-12593-4

Kopfgeburten
ISBN 3-423-12594-2

Gedichte und Kurzprosa
ISBN 3-423-12687-6

Mit Sophie in die Pilze gegangen
ISBN 3-423-12688-4

Mein Jahrhundert
ISBN 3-423-12880-1

Im Krebsgang
Eine Novelle
ISBN 3-423-13176-4

Markus Werner im dtv

»Eines der eigenwilligsten Erzähltalente der deutschsprachigen Gegenwartsliteratur.«
Der Spiegel

Zündels Abgang
Roman
ISBN 3-423-10917-3
Das Ehepaar Zündel hat getrennt Urlaub gemacht. Als Konrad heimkehrt, bereitet ihm Magda einen sehr reservierten Empfang. Zündel plant seinen Abgang.

Froschnacht
Roman
ISBN 3-423-11250-6
Franz Thalmann ist Pfarrer, Ehemann und Familienvater, bis eines Tages sein Reißverschluß klemmt ... »Ein heimlicher Zeitroman, der Dinge und Geschehnisse benennt, die nur scheinbar weit weg von uns sind ... Den Schuß ins Herz spürt man erst später.« (Frankfurter Rundschau)

Die kalte Schulter
Roman
ISBN 3-423-11672-2
Moritz, Kunstmaler, lebt von Gelegenheitsarbeiten. Sein einziger Halt ist Judith, die einen sicheren Beruf und einen gesunden Menschenverstand hat.

Bis bald
Roman
ISBN 3-423-12112-2
Lorenz Hatt, Denkmalpfleger, lebt mehr oder weniger unbekümmert vor sich hin – bis sein Herz schlappmacht ... »Erneutes Staunen, Spannung, Vergnügen an Werners Lakonik und Komik.« (SZ)

Festland
Roman
ISBN 3-423-12529-2
Sie leben beide in Zürich, doch sie kennen sich kaum. Eines Tages aber kommen der Vater und seine nichteheliche Tochter ins Gespräch. »Was mich berührt hat: der wunderbare Ton dieses Buches.« (Marcel Reich-Ranicki)

Der ägyptische Heinrich
Roman
ISBN 3-423-12901-8
Eine faszinierende Spurensuche: Familiensaga, Reisebericht, historischer Roman und viel mehr. »Spannend, intelligent, witzig.« (Thomas Widmer in ›Facts‹)

Milan Kundera im dtv

»Kunderas Werk ist die Comédie humaine
des 20. Jahrhunderts.«
Kvéstolav Chvatík

Abschiedswalzer
Roman
Übers. v. Susanna Roth

ISBN 3-423-12429-6

In einem Kurort umarmen sich acht Personen im Rhythmus eines Walzers, der immer schneller wird ... Die ernsthaftesten Fragen werden hier mit einer Leichtigkeit gestellt, die uns begreifen läßt, daß uns die moderne Welt selbst um das Recht auf das Tragische gebracht hat.

Der Scherz
Roman
Übers. v. Susanna Roth

ISBN 3-423-12521-7

Mit einer Postkarte, die als Scherz gedacht war, stürzt sich der Student Ludvik ins Unglück ... Vordergründig eine ČSSR-Satire, eigentlich ein Buch über »die grundlegende Problematik des Individuums, das ... doch nur Spielball ist«. (FAZ)

Das Leben ist anderswo
Roman
Übers. v. Susanna Roth

ISBN 3-423-12730-9

Jaromil, der Held des Romans, ist jung, talentiert und – ein Dichter. Seine ehrgeizige Mutter fördert sein Talent und begleitet ihn ein Leben lang überallhin.

Das Buch vom Lachen und Vergessen
Roman
Übers. v. Susanna Roth

ISBN 3-423-12790-2
und dtv großdruck
ISBN 3-423-25210-3

Im Lachen und Vergessen findet sich die ganze Ambivalenz menschlicher Gefühle, über die Milan Kundera einfühlsam und fesselnd zugleich schreibt.

Gert Hofmann im dtv

»Er ist ein Humorist des Schreckens und unermüdlicher Erfinder stets neuer, stets verblüffender und verblüffend einleuchtender Erzählperspektiven.«
Frankfurter Allgemeine Zeitung

Die kleine Stechardin
Roman
ISBN 3-423-08480-4
Georg Christoph Lichtenberg und seine Liebe zu einem Blumenmädchen.

Der Kinoerzähler
Roman
ISBN 3-423-11626-9
»Mein Großvater war der Kinoerzähler von Limbach.« Bis der Tonfilm Karl Hofmann arbeitslos macht.

Auf dem Turm
Roman
ISBN 3-423-11763-X
In einem kleinen sizilianischen Dorf wird die Ehe eines deutschen Urlauberpaares auf eine harte Probe gestellt.

Gespräch über Balzacs Pferd
Vier Novellen
ISBN 3-423-11925-X
Unerhörte Begebenheiten aus dem Leben von vier außergewöhnlichen Dichtern: Jakob Michael Reinhold Lenz, Giacomo Casanova, Honoré de Balzac und Robert Walser.

Der Blindensturz
Roman
ISBN 3-423-11992-6
Die Geschichte der Entstehung eines Bildes.

Das Glück
Roman
ISBN 3-423-12050-9
Wenn Eltern sich trennen… »Ein schöner, durch seine Sprache einnehmender Roman.« (Frankfurter Allgemeine Zeitung)

Vor der Regenzeit
Roman
ISBN 3-423-12085-1
Ein Deutscher in Südamerika, das »bizarre Psychogramm eines ehemaligen Wehrmachtsobersten«. (Die Zeit)

Veilchenfeld
Roman
ISBN 3-423-12269-2
1938 in der Nähe von Chemnitz: Ein jüdischer Professor wird in den Tod getrieben. Und alle Wohlanständigen machen sich mitschuldig.

Brigitte Kronauer im dtv

»Brigitte Kronauer ist die beste
Prosa schreibende Frau der Republik.«
Marcel Reich-Ranicki

Die gemusterte Nacht
Erzählungen
ISBN 3-423-11037-6
Minutiös beobachtete, von einer mitreißend genauen Sprache getragene Geschichten aus dem Alltag.

Berittener Bogenschütze
Roman
ISBN 3-423-11291-3
Ein Junggeselle, Literaturwissenschaftler, auf der Suche nach dem »schönen Quentchen Verheißung«. »Voller Leben, Gegenwart, direkt, komisch, sinnlich.« (Sibylle Cramer in der ›Frankfurter Allgemeinen Zeitung‹)

Rita Münster
Roman
ISBN 3-423-11430-4
»Ein weiblicher Entwicklungsroman, ohne Wehleidigkeit, ohne Berufung auf das wärmende Gruppengefühl. In ihrer starken Individualität, ihren Widersprüchen und ihrem Beharren auf Glück ist Rita Münster eine ganz und gar überzeugende Figur.« (Leonore Schwartz im ›Deutschen Allgemeinen Sonntagsblatt‹)

Die Frau in den Kissen
Roman
ISBN 3-423-12206-4
Alltagsmomente in der Großstadt. »... gehört zu den wenigen Büchern, die wirklich verblüffen.« (Iris Radisch in der ›Zeit‹)

Frau Mühlenbeck im Gehäus
Roman
ISBN 3-423-12732-5
Die Lebensgeschichten zweier Frauen.

Das Taschentuch
Roman
ISBN 3-423-12888-7
Die Geschichte eines Apothekers.

Schnurrer
Geschichten
ISBN 3-423-12976-X

Teufelsbrück
Roman
ISBN 3-423-13037-7
»Ein großer poetischer Roman über die Elbe, die Liebe und die Romantik in unromantischer Zeit.« (Reinhard Baumgart in der ›Zeit‹)

Lars Gustafsson im dtv

»Verzauberung durch einen literarischen Rastelli.«
Die Zeit

Wollsachen
Roman
Übers. v. Verena Reichel
ISBN 3-423-01273-0
Lars Herdin ist ein guter Lehrer, aber ein Außenseiter, der an seiner Isolation und an seiner totalen Liebesunfähigkeit leidet.

Nachmittag eines Fliesenlegers
Roman
Übers. v. Verena Reichel
ISBN 3-423-11774-5
»Gustafsson ... zieht mit dieser virtuosen Parabel über die Sinnfrage auch eine Bilanz seiner eigenen Schriftsteller-Arbeit, beharrlich und versonnen wie der Fliesenleger.« (Der Spiegel)

Das seltsame Tier aus dem Norden und andere Merkwürdigkeiten
Übers. v. Verena Reichel
ISBN 3-423-12120-3
Der Raumlord gleitet durchs Universum und langweilt sich. Also läßt er jeden seiner acht Admirale eine Geschichte erzählen.

Die Sache mit dem Hund
Aus den Tagebüchern und Briefen eines texanischen Konkursrichters
Roman
Übers. v. Verena Reichel
ISBN 3-423-12560-8

Geheimnisse zwischen Liebenden
Roman
Übers. v. Verena Reichel
ISBN 3-423-12733-3
Das präzise Psychogramm eines Zögerlichen, der eigentlich lieben möchte, aber immer wieder bereitwilligst ausweicht ... Eine großartige Karikatur des männlichen Liebes- und Glücksverhaltens.« (Tages-Anzeiger)

Windy erzählt
Von ihrem Leben, von den Verschwundenen und von denen, die noch da sind
Roman
Übers. v. Verena Reichel
ISBN 3-423-13096-2
Windy entführt die Kunden ihres Frisiersalons in ein rätselhaftes Zwischenreich. »Gustafssons Humor ist eine verläßliche Größe.« (Berliner Zeitung)